LA CONVOCATION

HERTA MÜLLER

LA CONVOCATION

*Traduit de l'allemand
par Claire de Oliveira*

Publié avec le concours du
Centre National du Livre

Editions Métailié
5, rue de Savoie, 75006 Paris
2001

Titre original : *Heute wär ich mir lieber nicht begegnet*
1ᵉ publ. : Rowohlt Verlag, Hamburg, 1997
© Carl Hanser Verlag, München, 2009
Traduction française © Éditions Métailié, Paris, 2001
ISBN : 978-2-86424-742-5
ISSN : 1248-4695

Je suis convoquée. Jeudi à dix heures précises.

On me convoque de plus en plus souvent : mardi à dix heures précises, samedi à dix heures précises, mercredi ou lundi, à croire que les années ne sont qu'une semaine. Je n'en suis pas moins étonnée que l'hiver, après cette fin d'été, revienne bientôt.

Sur le chemin qui mène au tramway, les buissons aux baies blanches se remettent à pendre entre les palissades. Comme des boutons de nacre qui seraient cousus en bas, peut-être jusque dans la terre, ou comme des boulettes de pain. Ces baies sont bien trop petites pour être des têtes d'oiseaux blancs détournant le bec, mais je ne peux m'empêcher de penser à des têtes d'oiseaux blancs. C'est à vous donner le vertige. Mieux vaut penser à la neige mouchetant l'herbe, mais il y a de quoi s'y perdre ou avoir envie de dormir à cause de la craie.

Le tramway n'a pas d'horaires fixes.

Il me semble l'entendre bruire, à moins que ce ne soient les peupliers aux feuilles dures. Le voilà déjà qui arrive, aujourd'hui il veut m'emmener tout de suite. J'ai prévu de laisser monter d'abord le vieux monsieur au chapeau de paille. Quand je suis arrivée, il attendait déjà à l'arrêt, qui sait depuis combien de temps. Non qu'il soit décrépit, mais il est aussi maigre que son ombre, bossu et terne. Dans son pantalon, pas de derrière ni de hanches, seuls les genoux font saillie. Mais s'il ne peut pas se retenir de cracher par terre juste au moment où la porte s'ouvre, je vais tout de même monter avant lui. Presque toutes les places sont libres, il les passe en revue et reste debout. Dire que ces gens si âgés ne sont pas fatigués, qu'ils ne réservent pas la position debout pour les endroits où il est impossible de s'asseoir. On les entend parfois déclarer : au cimetière, on aura bien le temps de rester allongés. En disant cela, ils ne pensent pas du tout à mourir, et d'ailleurs ils ont raison. Cela n'a jamais marché dans l'ordre, il y a aussi des jeunes qui meurent. Moi, je m'assieds toujours quand je ne suis pas obligée de rester debout. Rouler sur son siège, c'est comme marcher en restant assis. L'homme m'observe, on le sent tout de suite dans cette voiture vide. Parler, je n'ai pas la tête à cela, sinon je lui demanderais s'il veut ma photo. Peu lui importe de me déranger avec ses regards appuyés. Dehors, la moitié de la ville défile, des arbres et des maisons pour varier. À cet âge, les gens sentent davantage de choses que les jeunes, à ce qu'on dit. Ce vieux sent peut-être même que j'ai aujourd'hui dans mon sac une petite serviette, du dentifrice et une brosse à dents. Et pas de mouchoir car je ne veux pas pleurer. Paul n'a pas senti à quel point j'ai peur qu'Albu ne me conduise à la cellule située sous son bureau. Je n'ai rien dit à Paul ; si c'est ce qui arrive, il le saura bien assez tôt. Le tramway roule lentement. Le chapeau de paille du vieux a un ruban taché, sans doute par la sueur ou la pluie. Pour me saluer, à son habitude, Albu me baisera la main en bavant dessus.

Le commandant Albu me soulève la main en la prenant par le bout des doigts et en m'écrasant les ongles si fort que j'ai envie de hurler. De la lèvre inférieure, il me baise les doigts en dégageant la lèvre supérieure pour pouvoir parler. Il me baise toujours les mains de la même manière, mais me tient toujours des propos différents :

Eh bien eh bien, tu as les yeux irrités aujourd'hui.

J'ai l'impression que tu commences à avoir de la moustache, c'est un peu tôt à ton âge.

Ah, la petite menotte est glacée aujourd'hui, espérons que ce n'est pas la circulation.

Oh là, tu as les gencives toutes ratatinées, on dirait ta grand-mère.

Ma grand-mère n'a pas vieilli, dis-je, elle n'a pas eu le temps de perdre ses dents. Ce qui est arrivé aux dents de ma grand-mère, Albu doit le savoir, voilà pourquoi il parle d'elle.

Une femme sait tous les jours à quoi elle ressemble. Et qu'un baisemain *primo* ne fait pas mal, *secundo* n'est pas mouillé, *tertio* doit s'exécuter sur le dos de la main. Les hommes savent mieux que les femmes à quoi doit ressembler un baisemain, Albu le sait lui aussi, assurément. Toute sa tête sent Avril, une eau de toilette française que mon beau-père, ce communiste de pacotille, utilisait aussi. Parmi mes connaissances, personne d'autre ne l'achèterait. Au marché noir, elle coûte plus qu'un costume en magasin. Peut-être qu'elle s'appelle plutôt Septembre, mais je ne confonds pas son odeur amère, l'odeur de fumée des feuilles qui brûlent.

Une fois que je suis assise à ma petite table, Albu me voit frotter mes doigts sur ma jupe, et ce n'est pas pour les sentir à nouveau mais pour en essuyer la salive. Il joue avec sa chevalière en souriant d'un air béat. Quelle importance, la salive, ça s'essuie, ça sèche même tout seul et ce n'est pas du poison. De la salive, tout le monde en a dans la bouche. D'autres crachent sur le trottoir puis frottent avec leur chaussure parce que cela ne se fait pas, même sur le trottoir. Albu ne crache certainement pas sur le trottoir ; en ville, là où on ne le connaît pas, il joue au monsieur distingué. J'ai mal aux ongles, mais il ne les a jamais écrasés jusqu'à les rendre bleus. Ils dégèlent comme des mains glacées qui se retrouveraient brusquement au chaud. Avoir l'impression que mon cerveau me glisse sur le visage, voilà le poison. L'humiliation, comment appeler cela autrement lorsque tout le corps se sent pieds nus. Mais que faire si l'on ne peut dire grand-chose avec les mots, si le mot le meilleur est mauvais.

Depuis trois heures du matin, j'essaie de capter le tic-tac du réveil : con-vo-ca-tion, con-vo-ca-tion, con-vo-ca-tion... Dans son sommeil, Paul se met en travers du lit puis recule en sursaut, si vite que lui-même prend peur sans se réveiller. C'est une habitude. Pour moi, fini le sommeil. Je reste couchée tout éveillée, je sais que je devrais fermer les yeux pour me rendormir mais ne les ferme pas. J'ai assez souvent désappris le sommeil et dû réapprendre comment il arrive. Il arrive soit très facilement, soit pas du tout. Vers le matin, tout dort, même les chats et les chiens ne rôdent que la moitié de la nuit autour des poubelles. Quand on sait que de toute façon on ne pourra pas dormir, mieux vaut dans la chambre sombre, plutôt que de fermer les yeux en vain, penser à quelque chose de clair. À de la neige, à des troncs d'arbre chaulés, à des chambres blanches, à beaucoup de sable : voilà à quoi j'ai passé mon temps, plus souvent que je ne l'aurais voulu, jusqu'au lever du jour. Ce matin, j'aurais pu penser à des tournesols, et c'est effectivement ce que j'ai fait, mais sans pouvoir oublier pour autant que j'étais convoquée à dix heures précises. Depuis que le réveil, en guise de tic-tac, dit con-vo-ca-tion, con-vo-ca-tion, con-vo-ca-tion, je n'ai pu m'empêcher de penser au commandant Albu, avant même de songer à Paul et à moi. Aujourd'hui, quand Paul a sursauté, j'étais déjà réveillée. Dès que la fenêtre était devenue grise, j'avais vu au plafond la bouche d'Albu en très grand, le bout de sa langue rose qui pointait derrière sa denture inférieure, et entendu sa voix narquoise :
Pourquoi être à bout de nerfs, nous ne faisons que commencer.
Il faut vraiment que je n'aie pas de convocation pendant deux ou trois semaines pour être réveillée par les jambes de

Paul. Alors je suis contente, on voit que j'ai réappris comment faire pour dormir.

Quand j'ai réappris à dormir et que je demande à Paul de quoi il a rêvé, il ne se souvient de rien. Je lui montre comment il lance des ruades avec ses jambes, les orteils en éventail, avant de rentrer les jambes en recroquevillant les orteils. J'écarte la chaise de la table et la pousse jusqu'au milieu de la cuisine, m'assieds dessus, tends les jambes en l'air et exécute la scène. Paul trouve le moyen d'en rire et je dis :

C'est de toi-même que tu ris.

Bon, j'ai peut-être rêvé que j'étais en moto et que je t'avais emmenée avec moi, réplique-t-il.

Son sursaut revient à bondir en avant tout en prenant la fuite en plein bond, c'est dû à la boisson, j'imagine. Cela, je ne le dis pas. Je ne dis pas non plus que la nuit enlève aux jambes de Paul leur démarche titubante. C'est ce qui doit se passer, la nuit attrape par les genoux la démarche titubante, commence par la tirer vers les orteils, puis vers la chambre noire comme de l'encre. Et vers le matin, quand la ville dort toute seule, vers l'obscurité de la rue. S'il n'en était pas ainsi, Paul ne pourrait pas se tenir debout au réveil. Si la nuit enlève à chacun sa cuite, à l'aube, elle doit être pleine comme un œuf. Il y a tant de gens qui boivent dans cette ville.

Peu après quatre heures, les camionnettes des livreurs arrivent dans la rue commerçante. Elles déchirent le silence, vrombissent beaucoup et livrent peu de choses, quelques caisses de lait, de pain et de légumes, beaucoup de caisses d'eau-de-vie. Quand il n'y a plus de nourriture, en bas, les femmes et les enfants s'en accommodent, les files d'attente se dispersent, les chemins conduisent à la maison. Mais quand il n'y a plus de bouteilles, les hommes maudissent leur vie et dégainent leurs couteaux. Les vendeurs s'efforcent de les calmer, mais les hommes ne se contiennent pas longtemps, juste le temps de ressortir. Ils parcourent la ville en

11

quête de boissons. Les premières bagarres ont lieu parce qu'ils ne trouvent pas d'eau-de-vie, les deuxièmes parce qu'ils sont complètement ronds.

L'eau-de-vie pousse entre les Carpates et la plaine aride du pays vallonné. Là, il y a des pruniers qui cachent presque les minuscules villages posés parmi eux. Des forêts entières, couvertes d'une pluie bleue à la fin de l'été, avec des branches qui ploient sous le faix. L'eau-de-vie porte le nom du pays vallonné, mais personne n'utilise le nom indiqué sur l'étiquette. À quoi un nom servirait-il s'il n'y a qu'une eau-de-vie dans le pays, les gens l'appellent « Deux Prunes » selon l'image de l'étiquette. Les deux prunes aux joues collées l'une contre l'autre sont aussi familières aux hommes que la Vierge et l'Enfant aux femmes. On dit que les prunes illustrent l'amour qui unit le buveur et sa bouteille. À mes yeux, ces prunes joue contre joue évoquent davantage les photos de mariage que la Vierge à l'Enfant. Sur aucun tableau de l'église la tête de l'Enfant n'arrive aussi haut que celle de sa mère. L'Enfant appuie le front sur la joue de la Sainte Vierge, sa propre joue sur le cou de sa mère et le menton sur sa poitrine. En outre, le buveur et sa bouteille connaissent le même sort que les couples sur les photos de mariage, ils se détruisent mutuellement et ne se lâchent pas.

Sur la photo de mon mariage avec Paul, je ne porte ni fleurs ni voile. L'amour brille tout neuf dans mes yeux, et pourtant je me marie pour la deuxième fois. Nos joues sont collées l'une contre l'autre comme deux prunes. Depuis que Paul boit comme un trou, notre photo de mariage est un présage. Quand Paul fait la tournée des bistrots de la ville, tard le soir, j'ai peur qu'il ne revienne plus à la maison et je regarde longuement la photo de mariage accrochée au mur, jusqu'à ce que mon regard se perde dans le vide. Nos visages deviennent troubles, la position des joues se modifie, il y a un peu d'air entre elles. C'est presque toujours la joue de Paul qui s'en va loin de la mienne, comme s'il rentrait tard à la maison. Mais il revient, Paul est toujours revenu, même après l'accident.

Parfois, on livre de la vodka polonaise à l'herbe de bison, jaune et douce-amère. Elle est la première à se vendre. Dans la bouteille, quand on sert la vodka, un long brin d'herbe noyé tremble mais sans jamais tomber ni être entraîné par le liquide. Les buveurs disent :

Le brin d'herbe reste dans la bouteille comme l'âme dans le corps, donc il protège l'âme.

Cette croyance va avec le goût brûlant dans la bouche et la cuite qui tremblote dans la tête. Les buveurs ouvrent la bouteille, un glouglou remplit leur verre, la première gorgée coule dans le gosier. L'âme qui tremble toujours ne tombe jamais à la renverse et ne quitte jamais le corps, elle commence à être protégée. Paul protège son âme, lui aussi, et n'en vient jamais à se dire que sa vie est intenable. Elle serait peut-être mieux sans moi, mais nous aimons bien être ensemble. L'eau-de-vie emporte la journée, la nuit emporte la cuite. Les ouvriers, je l'ai appris à l'époque où je devais encore aller dès le petit matin à l'usine de confection, disent que le mécanisme des machines à coudre s'huile par les rouages et celui de l'homme par le gosier.

À l'époque, tous les jours à cinq heures précises, Paul et moi partions travailler en moto. Nous voyions les camionnettes devant les magasins, les chauffeurs, les manutentionnaires, les vendeurs et la lune. Maintenant je n'entends que le bruit et ne vais pas à la fenêtre, je ne regarde pas non plus la lune. Je me souviens qu'elle quitte la ville d'un côté du ciel, comme un œuf d'oie, et que le soleil arrive de l'autre côté. Cela n'a pas changé, c'était ainsi même avant notre rencontre, quand j'allais à pied prendre le tramway. En chemin, je trouvais inquiétant de voir quelque chose de beau tout là-haut dans le ciel sans qu'il y eût sur terre, ici-bas, de loi interdisant de regarder en l'air. Il était donc permis de soutirer quelques images à la journée avant qu'elle ne devienne pitoyable à l'usine. Si j'avais froid, c'était parce que je ne me lassais pas de ce spectacle et non parce que je n'étais pas assez chaudement habillée. La lune est toute rongée en ce moment, une fois au bout de la ville, elle ne sait où aller. Le ciel doit lâcher le sol au point du jour. Les rues montent et descendent à pic, à même le sol. Les voitures de tramway vont et viennent comme autant de pièces éclairées.

Les tramways, je les connais de l'intérieur, eux aussi. Quiconque monte à cette heure-là a des manches courtes, un sac en cuir usé et la chair de poule, ça se voit aux bras. On se jauge d'un regard lourd. On est entre soi, c'est la classe ouvrière. Les gens aisés vont au travail en voiture. Et l'on se compare mutuellement : il s'en sort bien, celui-ci, celui-là moins bien. Personne ne s'en sort exactement comme soi-même, cela n'existe pas. On a peu de temps, les usines ne tardent pas à arriver, les gens descendent les uns après les autres après avoir été jaugés. Des chaussures cirées ou poussiéreuses, des talons droits ou de guingois, un col bien repassé ou fripé, des ongles, les bracelets des montres, une boucle de ceinture, le tracé d'une raie, tout appelle l'envie ou le mépris. Rien ne peut se soustraire aux regards somnolents, pas même dans la foule. La classe ouvrière cherche des différences, le matin, il n'y a pas d'égalité. Le soleil est du voyage à l'intérieur, dehors il hisse les nuages en blanc ou en rouge pour l'ardeur de midi. Personne ne porte de veste, être transi le matin signifie prendre un peu d'air frais, car à midi arrivent l'épaisse poussière et l'insupportable chaleur.

Quand je ne suis pas convoquée, nous avons encore plusieurs heures de sommeil devant nous. Au lieu d'être d'un noir profond, le sommeil diurne est plat et jaune. Notre sommeil est agité, le soleil tombe sur notre oreiller. Mais il est tout de même possible de raccourcir la journée. On nous observera bien assez tôt, la journée ne va pas nous échapper. Nous avons beau dormir presque jusqu'à midi, on trouve toujours quelque chose à nous reprocher. D'ailleurs on nous reproche toujours ce à quoi on ne peut rien changer. On dort, pourtant la journée nous attend, et puis un lit n'est pas un autre pays. On ne nous laissera en paix que lorsque nous serons allongés près de Lilli.

Paul doit aussi cuver sa vodka, naturellement. Il faut attendre midi pour qu'il ait la tête bien sur les épaules, pour que sa bouche puisse à nouveau parler sans avaler les mots avec une voix empruntée à l'ivrognerie. Quand Paul entre dans la cuisine, seule son haleine a encore une odeur qui me donne l'impression de passer, dans la rue, devant la porte ouverte d'un bar. Depuis le printemps, les heures où il est permis de boire sont réglementées par une loi, on ne peut boire qu'à partir de onze heures. Sauf que le bar ouvre toujours à six heures et que l'on sert l'eau-de-vie dans des tasses à café jusqu'à onze heures, et ensuite dans des verres.

Paul boit et n'est plus le même, puis il cuve sa vodka et redevient lui-même. Vers midi, tout pourrait aller mieux mais ça se gâte à nouveau. Paul protège son âme jusqu'à ce que l'herbe de bison soit au sec, et moi, je me creuse la tête pour savoir qui nous sommes tous les deux, lui et moi, jusqu'à ce que je ne sache plus rien. Vers midi, quand nous sommes assis à la table de la cuisine, il ne faut pas parler de l'ivresse de la veille. Il n'empêche que je dis telle ou telle phrase :

L'eau-de-vie n'y change rien.

Pourquoi me compliques-tu la vie.

Hier, ton ivresse était plus grande que cette cuisine.

Oui, l'appartement est petit et ce n'est pas que je veuille éviter Paul, mais quand nous restons chez nous, dans la journée, nous passons trop de temps à la cuisine. L'après-midi, il est déjà soûl et le soir encore davantage. Je remets les conversations à plus tard parce qu'il devient grincheux. J'attends toute la nuit qu'il soit revenu à la cuisine, dessoûlé, les yeux bouffis au milieu du front. Ce que je lui dis alors ne fait que glisser sur lui. Je voudrais que Paul me donne un jour raison. Mais les buveurs ignorent l'aveu, l'aveu silencieux, et, à plus forte raison, l'aveu arraché par l'attente d'autrui. Paul pense à boire dès le réveil tout en le niant.

Voilà pourquoi il n'y a pas de vérité. Quand il ne se contente pas de garder le silence en négligeant de m'écouter, il me dit, et ce pour toute la journée :

Ne t'inquiète pas, je ne bois pas par détresse mais parce que j'aime ça.

C'est possible, dis-je, tu penses avec ta langue.

Paul regarde le ciel par la fenêtre de la cuisine, ou bien à l'intérieur de sa tasse. Il tapote les gouttes de café sur la table comme pour s'assurer qu'elles sont mouillées et s'agrandissent quand on barbouille avec. Il me prend la main, je regarde le ciel par la fenêtre de la cuisine, je regarde à l'intérieur de ma tasse, je tapote moi aussi telle ou telle goutte de café sur la table. La grosse boîte rouge en fer-blanc émaillé nous observe, je lui rends son regard. Paul ne le fait pas, sinon il serait obligé de prendre aujourd'hui de nouvelles résolutions. Mais est-il fort ou faible quand il se tait au lieu de dire ne serait-ce qu'une fois : aujourd'hui, je ne bois pas. Hier, il m'a encore lancé :

Ne t'inquiète pas, si ton homme boit, c'est qu'il aime ça.

Ses jambes l'ont porté tout le long du couloir, trop lourdes, trop légères, à croire qu'il y avait un mélange de sable et d'air à l'intérieur. J'ai passé ma main autour de son cou et caressé ses poils durs que j'aime tant toucher le matin parce qu'ils ont poussé pendant son sommeil. Il m'a pris la main et l'a portée à ses yeux, elle est redescendue sur son menton en glissant sur sa joue. Je n'ai pas retiré mes doigts mais j'ai pensé :

Il ne faut rien coller contre sa joue quand on connaît l'image des deux prunes.

J'aime bien entendre Paul parler ainsi en fin de matinée, et pourtant c'est une chose qui me déplaît. Alors que je viens de m'écarter de lui, il me colle dessus son amour qui arrive avec une telle nudité que Paul n'a plus besoin de parler de lui-même. Il n'a pas besoin d'attendre. Mon consentement est là, tout prêt, je n'ai plus aucun reproche sur la langue. Et celui que j'avais dans la tête n'est pas long à

16

s'éclipser. Heureusement que je ne me vois pas, je me mets à avoir l'air bête et illuminé. Hier matin est encore sorti de Paul et de sa gueule de bois, sans qu'on s'y attende, comme un museau de chat marchant sur des pattes molles. TON HOMME, seuls les gens à la tête plate en dedans et aux commissures des lèvres toutes fières parlent comme ça. Même si la tendresse du midi prépare la voie à l'ivresse du soir, je suis à la merci de cette tendresse et il me déplaît d'en avoir besoin.

Le commandant Albu dit : on voit bien ce que tu penses, nier ne sert à rien sinon à nous faire perdre du temps. À moi, pas à nous, lui, de toute façon, il est de service. Il relève un peu sa manche et regarde sa montre. Elle indique l'heure, mais pas ce que je pense. Si Paul ne voit pas ce que je pense, Albu non plus, à plus forte raison.

Paul dort du côté du mur et moi sur le devant, près du bord du lit parce que c'est moi qui, le plus souvent, ne dors pas. Pourtant, une fois réveillé, il dit à chaque fois :

Tu t'es mise tout au milieu et tu m'as poussé contre le mur.

À quoi je réponds :

Impossible, sur le devant, j'avais autant de place que sur une corde à linge, c'est toi qui étais au milieu du lit.

L'un de nous pourrait dormir dans le lit et l'autre sur le canapé. Nous avons essayé. J'ai passé une nuit sur le canapé, Paul aussi. Pendant ces deux nuits, je n'ai fait que me retourner dans tous les sens. Je ressassais des pensées et vers le matin, dans mon demi-sommeil, sont venus des cauchemars. Deux nuits pleines de cauchemars qui, mis bout à bout, m'ont poursuivie toute la journée. Quand j'ai dormi sur le canapé, mon premier mari a posé ma valise sur le pont qui enjambe le fleuve et m'a attrapée par la nuque en éclatant d'un rire sonore. Puis il a regardé l'eau en sifflant la chanson où l'amour se brise et où l'eau du fleuve devient noire comme de l'encre. L'eau n'avait pas la couleur de l'encre, je l'ai vue, et dedans, j'ai aussi vu sa tête à l'envers, à la verticale jusqu'au fond, là où il y avait le gravier. Ensuite, un cheval blanc a mangé des abricots sous des arbres épais. À chaque abricot, il relevait la tête et, comme un être humain, crachait le noyau. Et tandis que j'étais seule dans mon lit, quelqu'un dans mon dos m'a prise par les épaules en disant :

Ne te retourne pas, je ne suis pas là.

Je n'ai pas tourné la tête, je me suis contentée de lorgner du coin de l'œil. Les doigts de Lilli m'ont saisie, sa voix était celle d'un homme, ce n'était donc pas elle. Je levai la main pour la toucher. La voix fit alors :

Ce qu'on ne voit pas, on ne le saisit pas.

Les doigts, je les ai vus, c'étaient les siens, sauf que quelqu'un d'autre les lui avait pris. Lui, je ne le voyais pas. Et dans le rêve suivant, mon grand-père a taillé à ras un massif d'hortensias couvert de neige et m'a appelée près de lui : viens donc, j'ai un agneau.

La neige tombait sur son pantalon, le sécateur coupait les fleurs tavelées de brun par le gel. Je lui ai dit :

Mais ce n'est pas un agneau.

Ce n'est pas non plus un homme, a-t-il dit.

Ses doigts gourds ne pouvaient ouvrir le sécateur et le fermer qu'avec lenteur. Difficile de savoir si c'était le sécateur qui grinçait ou plutôt sa main. J'ai jeté le sécateur dans la neige. Il s'y est enfoncé, on ne voyait pas du tout à quel endroit il était tombé. Mon grand-père a fouillé partout dans la cour, le nez au ras de la neige. Près du portail du jardin, je lui ai marché sur les mains afin qu'il lève le nez et ne passe pas le portail pour inspecter toute la route blanche. J'ai dit :

Mais arrête donc, l'agneau est gelé et sa laine brûlée par le gel.

Près de la clôture du jardin il y avait un autre hortensia taillé très ras. Je tendis le doigt de ce côté.

Et celui-là, qu'est-ce qui lui arrive.

C'est le pire, fit-il, au printemps il aura des petits, ça ne va pas comme ça.

Après la deuxième nuit, Paul déclara le lendemain matin :

Quand on se dérange l'un l'autre, c'est qu'on a quelqu'un. C'est seulement dans le cercueil qu'on est seul et cela arrive bien assez tôt. La nuit, nous devrions rester ensemble. Qui peut savoir ce qu'il a rêvé et oublié l'instant d'après.

Il parlait du sommeil, pas des rêves. Ce matin à quatre heures et demie, j'ai vu Paul endormi dans la lumière grise, son visage au double menton grimaçait. En bas, dans la rue commerçante, on poussait des jurons et on riait fort dès le petit matin. Lilli disait :

Les jurons font sortir le mal.

Vire ton pied, idiot. Penche-toi, qu'est-ce qui t'arrive, t'as de la merde dans les chaussures ou quoi. Ouvre tes oreilles, les deux grandes, comme ça t'entendras, mais t'envole pas avec ce vent. T'occupe pas de ta coiffure, on est en train de décharger. Une femme poussait de petits gloussements rauques comme ceux d'une poule. Une porte de voiture claqua bruyamment. Secoue-toi, espèce de chien taré, si tu veux te reposer, t'as qu'à aller au sanatorium.

Les vêtements de Paul jonchaient le sol. Dans le miroir accroché à la porte de l'armoire se trouvait le jour d'aujourd'hui, le jour où je suis convoquée. Je me suis levée en posant d'abord le pied droit par terre, comme chaque fois que je suis convoquée. Je ne sais pas si j'y crois ou non, mais ça ne peut pas faire de mal.

Je voudrais bien savoir si l'intelligence et le bonheur, chez les autres, sont du ressort du cerveau. Chez moi, le cerveau ne suffit qu'à fabriquer du bonheur. Il ne suffit pas à faire une vie. En tout cas pas la mienne. Le bonheur, je m'en accommode, même si Paul dit que ce n'en est pas. Je déclare de temps à autre :

Je vais bien.

La tête de Paul, silencieuse et droite en face de moi, me

considère avec étonnement, comme si ce n'était pas vrai que nous sommes l'un à l'autre. Paul dit :

Tu vas bien parce que tu as oublié ce que ça signifie chez les autres.

Les autres songent peut-être à la vie quand ils déclarent : je vais bien. Moi, je pense seulement au bonheur. Paul sait que la vie, je ne m'en accommode pas, je ne voudrais pas non plus dire : pas encore.

Mais regarde-nous donc, fait Paul, au lieu de parler du bonheur à tort et à travers.

La lumière de la salle de bains jeta un visage dans le miroir. En un clin d'œil : on aurait dit une poignée de farine volant sur une vitre. Cela devint ensuite un portrait avec des pattes-d'oie autour des yeux, et il me ressemblait. L'eau me coulait sur les mains, chaude, elle était froide sur mon visage. Ce n'est pas la première fois que j'ai cela en me brossant les dents, la mousse du dentifrice me sort par les yeux. Je me sens mal, je crache et j'arrête. Depuis que je suis convoquée, la vie et le bonheur sont pour moi deux choses distinctes. Quand je me rends à l'interrogatoire, je dois d'emblée laisser le bonheur à la maison. Je le laisse sur le visage de Paul, autour de ses yeux, de sa bouche, sur ses poils durs. Si on le voyait, le visage de Paul serait recouvert d'une couche transparente. Chaque fois que je dois y aller, j'aimerais rester dans l'appartement comme y reste la peur que je ne peux enlever à Paul. Comme mon bonheur laissé là, une fois que je suis partie. Paul l'ignore, il ne pourrait pas supporter le fait que mon bonheur compte sur sa peur à lui. Mais il sait ce qui se voit : quand je suis convoquée, je mets toujours mon corsage vert et je mange une noix. Ce corsage m'a été légué par Lilli, mais son nom vient de moi : le corsage qui pousse encore. Si j'emmène le bonheur avec moi, j'ai les nerfs trop sensibles. Albu dit :

Pourquoi être à bout de nerfs, nous ne faisons que commencer.

Je ne suis pas à bout de nerfs, loin de là, je n'en manque

pas, non, il y en a trop. Et ils bruissent tous comme le tram-way en marche.

Quand on est à jeun, les noix sont censées être bonnes pour les nerfs et l'intelligence. Tous les enfants le savent, mais je l'avais oublié. Si j'y ai soudain repensé, ce n'est pas parce qu'on me convoque très souvent, mais seulement par hasard. Ce jour-là, je devais comme aujourd'hui être à dix heures précises chez Albu, et je fus prête dès sept heures et demie. Pour y aller, on ne met pas plus d'une heure et demie. Je me prends deux heures, quitte à flâner dans les environs quand j'arrive en avance. Je ne suis encore jamais arrivée en retard, je suppose que le laisser-aller est mal vu.

Etant prête à sept heures et demie, je vins manger la noix. Avant, lorsque j'étais convoquée, il en allait de même, mais ce matin-là, il y avait une noix sur la table de la cuisine. Paul l'avait trouvée la veille dans l'ascenseur et mise dans sa poche, car une noix, ça ne se laisse pas traîner par terre. C'était la première de l'année, les fils humides de l'écale verte étaient encore collés dessus. Je la soupesai, elle était trop légère pour une noix fraîche, à croire qu'elle était vide. Ne trouvant pas de marteau, je l'ouvris en tapant dessus avec une pierre qui était ce jour-là dans le couloir et se trouve depuis dans un coin de la cuisine. La noix avait un cerveau mou. Il sentait la crème aigre. Ce jour-là, l'interrogatoire fut plus bref qu'à l'accoutumée, je me contrôlai et me dis, une fois dans la rue :

C'est grâce à la noix.

Depuis, je crois que les noix me font du bien. Je ne le crois pas vraiment, mais je veux essayer toutes les choses possibles et imaginables, tout ce qui peut faire du bien. Je m'en tiens donc à la pierre comme instrument, et au matin comme moment. Quand la noix a traîné toute la nuit déjà ouverte, son pouvoir bienfaisant est déjà usé. La casser le soir serait plus supportable pour les voisins, pour Paul, et aussi pour moi, mais je ne peux pas les laisser se mêler de mon temps.

La pierre, je l'ai rapportée des Carpates. Mon premier mari était à l'armée depuis le mois de mars. Il m'écrivait chaque semaine une lettre larmoyante et j'y répondais par une carte postale consolante. L'été venu, il était possible de calculer exactement combien de lettres et de cartes devraient encore faire la navette jusqu'à son retour. Comme mon beau-père voulait le remplacer et coucher avec moi, je commençai à en avoir assez de son manège dans le jardin et à la maison. Je préparai mon sac à dos et, après le départ de mon beau-père au travail, le posai dans les buissons, face à un trou de la clôture. À la fin de la matinée, je sortis les mains vides faire un tour dans la rue. Ma belle-mère qui étendait le linge ne se douta pas de mes intentions en me regardant. Sans dire un mot, j'attrapai mon sac à dos en passant la main par la clôture pour me rendre à la gare. Je partis à la montagne en me joignant à un groupe de diplômés du conservatoire. Tous les jours, nous allions péniblement d'un lac glaciaire à l'autre. Sur toutes les rives étaient plantées des croix de bois indiquant la date à laquelle étaient morts ceux qui s'étaient noyés entre les blocs de pierre. Des cimetières sous l'eau et des croix tout autour, autant de mises en garde contre les jours dangereux. On aurait dit que les lacs ronds étaient affamés, qu'il leur fallait de la chair, les jours inscrits sur les croix. Ici, nul ne plongeait pour aller chercher les morts, l'eau vous tranchait la vie en un tournemain, on gelait sur le coup. Les diplômés chantaient, même si le lac reflétait leur image la tête en bas pour voir s'ils feraient de bons cadavres. Ils chantaient en chœur durant la marche, les haltes et les repas. Je n'aurais pas trouvé étonnant de les entendre chanter la nuit à plusieurs voix pendant leur sommeil, comme sur les sommets les plus dépouillés où le ciel vous soufflait dans la bouche. Je devais me joindre à leur groupe car la mort ne restitue jamais le promeneur qui s'est égaré en solitaire. À cause des lacs, les yeux s'agrandissaient quotidiennement, mangeaient les joues depuis longtemps, je le voyais sur chaque visage, et les jambes rapetissaient de jour en jour. Le dernier jour, je voulus tout de même rapporter quelque chose à la maison et ramassai dans les moraines une pierre qui ressemblait à un pied d'enfant. Les diplômés se cherchaient de petites pierres plates à tenir dans la main pour conjurer le mauvais sort. Leurs pierres pour les mains avaient l'air de boutons de manteau, et ceux-là, à l'usine de confection, j'en avais eu tous les jours à ma suffisance. Mais à l'époque, les diplômés du conservatoire croyaient aux pierres contre le mauvais sort comme je crois aujourd'hui aux noix.

Je ne peux rien y changer : j'ai mis le corsage vert qui pousse encore et je frappe deux coups avec la pierre, la vaisselle tremble dans la cuisine, après quoi la noix est ouverte. Et pendant que je la mange, Paul, réveillé en sursaut par les coups, arrive en pyjama pour boire un ou deux verres d'eau ; quand il s'est pris une énorme cuite comme hier, il en boit deux. Je n'ai pas besoin de comprendre chaque mot, je sais déjà ce qu'il dit en buvant : tu ne crois tout de même pas pour de bon que la noix sert à quelque chose. Bien sûr que je ne le crois pas pour de bon, de même que je ne crois pas vraiment à toutes les habitudes que j'ai prises. Je n'en suis que plus têtue.

Mais laisse-moi donc croire ce que je veux.

Là, Paul n'ajoute rien car nous savons tous deux qu'avant l'interrogatoire il faut avoir la tête libre et éviter les disputes. En dépit de la noix, presque tous les interrogatoires sont terriblement longs. Mais comment être sûre que sans la noix ils ne seraient pas pires ? Ce que Paul ne comprend pas, c'est que je deviens encore plus dépendante de ces choses devenues des habitudes quand il les dédaigne d'une bouche mouillée et d'un verre qu'il vide avant de le reposer sur la table.

Quand on est convoqué, on prend des habitudes qui servent à quelque chose. Pour de bon ou non, là n'est pas la question. Enfin, pas « on », c'est moi qui ai pris ces habitudes qui, l'une après l'autre, se sont infiltrées en moi.

Paul dit :

Tu t'en accommodes.

Lui, en revanche, est préoccupé par les questions qui m'attendent quand je suis convoquée. C'est nécessaire, déclare-t-il, tandis que ce que je fais, moi, est de la folie. Ce serait nécessaire si les questions auxquelles il me prépare m'attendaient vraiment. Mais jusqu'à présent, on m'en a toujours posé d'autres.

Quant à savoir si ces habitudes que j'ai prises me servent à quelque chose, ce serait trop demander. Elles servent à quelque chose, pas à moi. À quelque chose, c'est-à-dire tout au plus à la vie au jour le jour. Il ne faudrait pas croire que cela vous promet du bonheur plein la tête. Il y a beaucoup à dire de la vie. Du bonheur, rien, sinon ce n'en est plus. Même le bonheur qu'on a raté ne supporte pas d'être dit. Ces habitudes que j'ai prises n'ont rien à voir avec le bonheur, mais avec les journées.

Certes, Paul a raison, la noix et le corsage qui pousse encore ne font qu'accroître la peur. Et alors ? Pourquoi voudrait-on faire son bonheur alors qu'on ne réussit qu'à fabriquer sa peur. Je m'y emploie tranquillement, je ne vais pas être aussi exigeante que les autres. Et personne ne convoite la peur qu'un autre se fabrique. Avec le bonheur, c'est l'inverse, donc ce n'est pas un bon objectif, pour quelque jour que ce soit.

Le corsage vert qui pousse encore a un gros bouton de nacre que j'avais autrefois choisi à l'usine parmi tant d'autres et emporté pour le donner à Lilli.

Lors de l'interrogatoire, je suis assise à la petite table, je joue avec mon bouton et réponds tranquillement même si j'ai tous les nerfs qui vibrent. Albu arpente la pièce, la nécessité de poser les bonnes questions lui bouffe sa tranquillité tout comme celle de bien répondre me bouffe la mienne. Tant que je reste sereine, il s'y est mal pris pour une question, peut-être pour toutes. Quand je rentre à la maison après l'interrogatoire, j'enfile le corsage gris. Il s'appelle le corsage qui attend encore. C'est Paul qui me l'a donné. Bien sûr, il me vient souvent des scrupules à cause de ces noms. Mais ils n'ont jamais fait de dégâts, même les jours sans convocation. Le corsage qui pousse encore m'aide, et le corsage qui attend encore aide peut-être Paul. Il a une peur énorme pour moi, et moi pour lui quand il reste à la maison à attendre et à boire ou qu'il fait la tournée des bistrots en ville. C'est plus facile pour celui qui doit partir, il emporte la peur avec lui, laisse le bonheur derrière lui et est attendu par l'autre. Rester à attendre à la maison étire le temps jusqu'au déchirement et porte la peur à son comble.

Ces habitudes que j'ai prises, je les crois capables de choses qu'aucun être humain ne peut faire. Albu crie :

Tu vois, tout ça se recoupe.

Et je réponds en tournant le gros bouton de mon corsage : pour vous, pas pour moi.

Le vieux au chapeau de paille a détaché les yeux de moi peu avant de descendre. C'est maintenant un père qui est assis en face de moi avec un enfant sur les genoux, il étend ses jambes dans le passage. Il ne se soucie guère de regarder la ville défiler au dehors. Son enfant lui met l'index dans le nez. Recourber le doigt et chercher de la morve est une chose qui s'apprend tôt. Et plus tard, on lui dira qu'on n'en cherche que dans son propre nez et seulement quand personne ne vous regarde. Ce père n'en est pas encore là, il sourit, ça lui fait peut-être du bien. Le tramway s'immobilise au beau milieu du trajet, nous ne sommes pas à un arrêt mais le conducteur descend. Allez savoir combien de temps nous allons rester sur place. Ce n'est que le début de la matinée, et le conducteur se prend une pause à la sauvette en plein trajet. Ici, d'ailleurs, chacun n'en fait qu'à sa tête. Il va vers les magasins d'en face, arrange sa chemise et son pantalon pour qu'on ne voie pas qu'il a laissé son tramway en plan au beau milieu du parcours. Il se donne l'air infatué de celui qui, à force de s'ennuyer sur son canapé, serait allé mettre le nez dehors au soleil. S'il veut acheter quelque chose au magasin, il va quand même devoir dire qui il est, sinon il ira à la queue comme tout le monde. S'il se contente de boire un café, il faut espérer qu'il le prendra debout. L'eau-de-vie, il ne peut pas se permettre d'en boire, même la fenêtre ouverte. Nous tous qui sommes assis dans le tramway, nous pourrions avoir le droit de sentir l'eau-de-vie, mais pas lui. Or il fait comme si c'était le contraire. L'endroit où je dois être à dix heures précises me met, en ce qui concerne l'eau-de-vie, dans sa situation. Je préférerais renoncer à l'eau-de-vie pour ses raisons à lui que pour les miennes. Allez savoir dans combien de temps il va revenir.

Depuis que je laisse mon bonheur à la maison, je ne suis plus aussi paralysée par le baisemain qu'auparavant. Je recourbe les jointures de mes doigts vers le haut afin d'empêcher Albu de continuer à parler sans aucune gêne. Avec Paul, nous nous sommes entraînés au baisemain. Comme nous voulions savoir si la chevalière qu'Albu porte au majeur jouait un rôle dans l'écrasement des doigts lors du baisemain, j'ai cousu un bouton de manteau sur un morceau de caoutchouc pour former un anneau. Nous l'avons porté chacun à notre tour en riant tellement que nous avons oublié la raison de cet entraînement. Depuis, je sais qu'il ne faut pas recourber la main d'un seul coup, mais toujours petit à petit. Là, les os de mes doigts se retrouvent contre ses gencives et l'empêchent de parler. Quelquefois, pendant le baisemain d'Albu, je pense à l'entraînement avec Paul. Dans ces moments-là, les douleurs aux ongles et la salive ne m'humilient pas autant. Cela s'apprend, mais pas question de le montrer, et encore moins de rire.

La tour où j'habite avec Paul, on ne peut en apercevoir distinctement que l'entrée et les étages inférieurs quand on la regarde de la rue en flânant autour, ou d'une voiture. À partir du cinquième étage, les appartements sont trop hauts, il faudrait sûrement des raffinements techniques pour les voir en détail. De plus, environ à mi-hauteur, la façade de la tour est en surplomb. Quand on lève les yeux pendant longtemps, ils vous rentrent dans le front. J'ai souvent essayé, la nuque fatigue. L'immeuble est comme cela depuis douze ans, depuis le début, selon Paul. Pour expliquer à quelqu'un où j'habite, il me suffit de dire que c'est dans l'immeuble au glissement. En ville, tout le monde sait où il se trouve et me demande :

Tu n'as pas peur qu'il s'effondre ?

Je n'ai pas peur, il y a du béton armé dedans. Puisque les gens, quand on y fait allusion, regardent aussitôt par terre comme si mon visage leur donnait le tournis, je dis :

C'est plutôt tout le reste qui risque de s'effondrer, dans cette ville.

Alors ils font un signe de tête approbatif destiné à attraper les palpitations de leurs veines jugulaires.

D'avoir un appartement tout en haut est un avantage pour nous mais présente aussi l'inconvénient que Paul et moi ne pouvons pas bien voir de là ce qui se passe en bas. Du septième étage, on ne distingue pas nettement les objets plus petits qu'une valise, et d'ailleurs qui irait porter une valise. Les vêtements s'estompent, leurs couleurs forment de grandes taches, les visages entre les cheveux et les vêtements de petites taches. On pourrait se creuser la tête pour essayer de voir à quoi ressemblent le nez, les dents ou les yeux dans les petites taches, mais à quoi bon. Les vieux et les enfants se reconnaissent à leur démarche. Entre l'immeuble et la rue commerçante, des bennes à ordures se dressent sur l'herbe, le long du trottoir. Et du trottoir s'échappent deux chemins étroits qui se manquent de peu en faisant le tour des bennes. Vues d'en haut, ces bennes à ordures sont des armoires sans portes où tout est sens dessus dessous. On y met le feu une fois par mois, la fumée monte haut, les ordures se rongent. Quand les fenêtres ne sont pas fermées, on a les yeux qui piquent et la gorge éraillée. Presque tout se passe dans la rue commerçante dont nous ne voyons malheureusement que les portes de derrière. Nous avons beau les compter très souvent, nous n'arrivons jamais à attribuer ces vingt-sept portes de derrière aux huit portes de devant, *alimentara*, boulangerie, marchand de fruits et légumes, pharmacie, bar, cordonnerie, coiffeur et crèche. Un mur de derrière plein de portes, et pourtant beaucoup de livreurs s'arrêtent sur le devant, dans la rue commerçante.

Le vieux cordonnier se plaignait du manque de place et des rats. Autour de la table où il travaille, son atelier est fermé par des planches clouées.

C'est mon prédécesseur qui a installé l'atelier, à l'époque c'était une construction nouvelle, disait le cordonnier, les cloisons de planches étaient déjà là. Celui qui était là avant moi n'y a pas pensé, ou bien ça l'embêtait, il n'a pas utilisé les planches. Moi, j'y ai planté des clous, et depuis que les chaussures y sont accrochées par les lacets, les brides ou les talons, plus rien n'est mangé. ça ne va pas, cette histoire, les rats mangent et c'est moi qui dois payer. Surtout en hiver, ils ont encore plus faim. Derrière les planches, l'espace devient aussi grand qu'une salle. Tout au début, un jour férié, je suis venu à l'atelier, et en bas, sous la table, j'ai dégagé deux planches pour m'y glisser avec ma lampe de poche. Impossible de mettre le pied par terre, disait-il, ça court et couine partout, tout est plein de nids de rats. Ceux-là, ils n'ont pas besoin de porte, il leur suffit d'avoir des galeries sous la terre. Sur les murs, il y a un nombre fou de prises de courant, et sur le mur du fond, quatre portes donnant sur les bennes à ordures. On ne peut même pas les entrouvrir pour faire sortir les rats ne serait-ce que quelques heures. Les portes de l'atelier, ce ne sont que des bouts de tôle, et sur le mur, à l'arrière des boutiques, plus de la moitié des portes sont des bouts de tôle rivés au mur. On a voulu économiser le béton, quant aux prises de courant, elles sont sans doute là au cas où il y aurait la guerre. La guerre, ça existera toujours, a-t-il fait en riant, mais pas chez nous, non. Les Russes ont la haute main sur nous avec leurs contrats, ils ne viendront pas. Ils se font livrer à Moscou ce qu'il leur faut, et ils bouffent notre blé et notre viande. La faim et les coups, ils nous les laissent. Qui pourrait avoir l'idée de nous envahir, ça ne ferait que lui coûter de l'argent. Tous les pays sont contents de ne pas nous avoir, même les Russes.

Le conducteur arrive, il mange un bretzel, il n'est pas pressé. Sa chemise est à nouveau sortie de son pantalon comme s'il avait roulé tout le temps. Son bretzel à la main et la joue toute gonflée, il se caresse les cheveux, il a le visage de travers, plus qu'il n'est besoin pour mâcher. Ici, sur le marchepied, il se fait beau mais ce n'est pas pour nous. Pour nous, il prend un air hargneux afin qu'en voiture personne ne se permette de dire quoi que ce soit. Il monte, un second bretzel dans l'autre main, un troisième dépasse de la poche de sa chemise. Le tramway s'ébranle lentement. Le père accompagné de son enfant a quand même fini par retirer ses jambes du couloir et les rentrer entre les sièges. L'enfant lèche la vitre et le père, au lieu de l'en écarter, lui tient la nuque avec la main pour que la petite langue rouge vif aille bien dessus. L'enfant tourne la tête, l'observe et lui attrape l'oreille en babillant. Le père n'essuie pas son menton mouillé. Peut-être qu'il écoute. Mais l'esprit ailleurs, il regarde par la vitre à travers la salive, comme si c'était le propre des vitres de dégouliner. Il a les cheveux drus et ras sur l'occiput, une fourrure. Dedans, la trace glabre d'une cicatrice.

Quand l'été est arrivé et que les premiers promeneurs en manches courtes ont fait leur apparition, Paul et moi avons soupçonné pendant toute une semaine un homme qui, jusqu'à aujourd'hui, arrive tous les jours de la rue commerçante à huit heures moins dix, les mains vides, quitte le trottoir, contourne les bennes à ordures puis revient sur le trottoir et regagne la rue commerçante. Ce manège, Paul commençait à le trouver trop bête : il remplit de papier un sac en plastique, le prit à la main et suivit l'homme. Il ne revint qu'au déjeuner, à une heure, avec un grand pain blanc facile à porter sous le bras. Il l'emporte le lendemain matin à sept heures et quart pour aller dans la rue, et à huit heures moins dix, quand l'homme fait le tour des bennes à ordures, Paul rentre à la maison, le pain plié en deux. L'homme a une quarantaine d'années, porte une chaîne en or avec une croix ; il a une ancre tatouée sur la face interne d'un bras, et sur l'autre le nom d'Ana. Il habite rue des Mûres une maison vert clair fabriquée en série, et chaque matin, avant de contourner les bennes à ordures, il dépose à la crèche un petit garçon en larmes. Il n'a rien à faire près de notre immeuble quand il revient de la crèche, à part se distraire. Pourtant, un détour exécuté jour après jour n'a rien de distrayant. Paul dit :

Celui-là, il va près des bennes à ordures à cause de la proximité du bar où il s'est efforcé, il y a quelques instants, de ne pas entrer. L'odeur d'eau-de-vie qui se dégage des ordures en train de fermenter soulage sa mauvaise conscience, il peut rebrousser chemin et commander au bar un premier verre d'eau-de-vie. Tous les verres suivants coulent de source. Vers neuf heures vient s'asseoir près de lui un homme qui ne prend que deux tasses de café mais reste assis à sa table jusqu'à midi moins cinq, l'heure d'aller chercher le petit. L'enfant pleure aussi en milieu de journée quand il voit son père en train d'attendre.

Pour moi, la puanteur des bennes à ordures n'évoque pas l'eau-de-vie, ce n'est peut-être pas la même chose pour les buveurs. Mais pourquoi cet homme, aujourd'hui encore, lève-t-il la tête pour regarder en l'air quand il passe dans la rue ? Et que dire de ce quinquagénaire en costume d'été marron à manches courtes qui lui tient compagnie ? Je crois que Paul parle de lui-même quand il pense qu'un homme

30

peut tendre le cou vers le ciel pour se décider à prendre une cuite en rentrant chez lui, malgré son sentiment de culpabilité. Et pourquoi cet enfant pleure-t-il en le voyant, peut-être n'est-il pas à lui. Paul est bien naïf de dire :

Mais qui irait donc emprunter un enfant à quelqu'un d'autre ?

Il ne va jamais faire les courses, sinon il saurait que les gens empruntent des enfants pour qu'on augmente dans les magasins leur ration de viande, de lait et de pain.

Pourquoi Paul dit-il que le buveur va toujours le matin et à midi à tel ou tel endroit, il ne l'a pris en filature qu'un seul matin et un seul midi. Tout peut relever du hasard et non de l'habitude. Albu en sait long sur le sujet. Interrompant ses propos de pauses tantôt brèves, tantôt longues afin de me troubler, il me demande au moins trois fois la même chose jusqu'à ce qu'il soit satisfait de la réponse. C'est alors seulement qu'il dit :

Tu vois, tout ça se recoupe.

Paul est d'avis que si ses découvertes ne me suffisent pas, je n'ai qu'à suivre moi-même le buveur. De préférence pas avec un sac à la main ou un pain sous le bras, cela ne rend pas invisible mais peut vous trahir.

À huit heures moins dix, je ne me mets plus à la fenêtre même s'il me vient à l'esprit chaque matin que le buveur, en bas, est en train de marcher en allongeant le cou. D'ailleurs je n'en parle plus parce que Paul tient absolument à avoir raison, à croire qu'il a besoin du buveur pour vivre et non de moi. Comme si cela pouvait nous rendre la vie plus facile que cet homme, entre son enfant et son ivrognerie, ne soit qu'un père tourmenté.

C'est peut-être ça, dis-je, il nous espionne sans trop y croire, maintenant.

Le conducteur a enlevé les grains de sel de son deuxième bretzel en le grattant. Les gros grains de sel piquent la langue tout en rayant l'émail des dents. Et le sel donne soif. Si cet homme ne veut pas boire de l'eau en permanence, c'est peut-être parce qu'il ne peut pas aller aux toilettes en route et que l'on transpire plus quand on boit beaucoup. Mon grand-père racontait qu'au camp, les gens se lavaient les dents avec du sel obtenu par évaporation. Ils se le mettaient dans la bouche et le frottaient sur leurs dents du bout de la langue. Mais ce sel était fin comme de la poussière. Le conducteur a mangé son premier bretzel puis bu à la bouteille, de l'eau, j'espère. Un camion non bâché traverse le carrefour, chargé de moutons. Serrés comme ils sont dans la remorque, ils ne risquent pas de tomber à cause des cahots. Pas de têtes ni de ventres, rien que de la laine noire et blanche. C'est seulement après le virage que je distingue parmi eux une tête de chien. Et devant, à côté du chauffeur, un homme avec un petit chapeau vert sapin de montagnard, comme en portent les bergers. Le troupeau change probablement de pré, pour l'abattoir, on n'aurait pas besoin de chien.

Bien des choses deviennent graves seulement lorsqu'on en parle. J'ai pris l'habitude de me taire à temps, et pourtant, c'est presque toujours trop tard car j'essaie de m'imposer pendant un moment. Chaque fois que Paul et moi ne comprenons pas ce qui tourmente les autres, nous nous disputons à qui mieux mieux. Le ton monte vite, chaque mot en appelle un autre, encore plus sonore. Ce que nous voyons dans le buveur, c'est, je crois, ce qui nous tracasse le plus. Et nous ne sommes pas tourmentés par les mêmes choses, bien que nous nous aimions. La boisson tracasse Paul davantage que mes convocations. C'est alors qu'il boit le plus, ces jours où je n'ai justement pas le droit de le lui reprocher même si son ivrognerie me tracasse davantage que...

Mon premier mari était tatoué, lui aussi. Il est revenu de

l'armée avec sur la poitrine une rose enfilée dans un cœur. Et mon nom sous la tige de la rose. Cela ne m'a pas empêchée de le quitter.

Pourquoi t'es-tu massacré la peau, cette rose avec un cœur est bonne pour ta pierre tombale, et encore.

Parce que les journées étaient longues et que je pensais à toi, répondit-il, et que tout le monde le faisait. Sauf les trouillards, il y en avait pas mal, comme partout.

Je ne voulais pas aller retrouver un autre homme comme il le croyait, mais tout simplement partir loin de lui. Il aurait voulu un reçu mentionnant toutes les raisons. Je n'aurais pas pu lui en dire une seule.

Est-ce que tu t'es trompée sur mon compte, se demandait-il, ou est-ce que j'ai changé ?

Non, nous sommes restés tous les deux tels que nous étions au moment de notre rencontre. L'amour ne piétine pas sur place, or le nôtre le faisait depuis deux ans et demi. Mon mari me regarda, et comme je ne soufflais mot, il fit :

Tu es une de ces bonnes femmes qui ont besoin qu'on leur tape dessus de temps à autre, et je n'en ai pas été capable.

Il ne plaisantait pas, il savait qu'il n'aurait jamais pu lever la main sur moi. C'était aussi ce que je croyais. Jusqu'au fameux jour sur le pont, il n'a jamais pu claquer ne serait-ce qu'une porte sous l'effet de la colère.

Il était déjà sept heures et demie. Il me demanda d'aller acheter une valise avec lui en vitesse avant la fermeture des magasins. Il voulait partir le lendemain à la montagne pour deux semaines. Il était censé me manquer pendant ce temps. Deux semaines, ce ne serait rien, même nos deux ans et demi ne sont pas grand-chose.

Une fois sortis du magasin, nous parcourûmes la ville en silence. Il portait sa valise neuve. Comme le magasin allait fermer, la vendeuse avait renoncé à vider la valise qui était bourrée de papier, le prix était resté sur la poignée. La veille, une pluie torrentielle était tombée sur la ville et le fleuve en crue charriait du limon arraché aux pâturages. Mon mari s'arrêta au milieu du pont et m'enfonça ses doigts dans le bras. Il me pétrit la chair jusqu'à l'os, une vague de douleur m'envahit, puis il dit :

Regarde toute cette eau. Si je reviens de la montagne et que tu me quittes, je me jette dedans.

La valise se balançait entre nous, et derrière ses épaules il y avait de l'eau avec des branches et de l'écume boueuse. Je criai :

Saute dedans tout de suite sous mes yeux, ça t'évitera d'aller à la montagne.

Je respirai à fond et penchai la tête en arrière. Il crut, et je n'y étais pour rien, que je voulais un baiser. Il ouvrit les lèvres mais je répétai :

Saute, je prends tout sur moi.

Ensuite, paralysée par la peur de le voir passer à l'acte, je dégageai mon bras pour qu'il ait les deux mains libres et puisse sauter. C'est seulement après ce moment que je partis sans me retourner, à petits pas, pour qu'il ne soit pas gêné par ma présence et que je me trouve assez loin du noyé. J'étais presque au bout du pont quand il arriva derrière moi en haletant, me plaqua contre le garde-fou et m'écrasa le ventre. Il me saisit par la nuque et me pencha la tête vers l'eau aussi loin que son bras le lui permettait. Tout mon poids était suspendu au-dessus du garde-fou, mes pieds se soulevèrent du sol, il serrait mes mollets en les coinçant entre ses genoux. Je fermai les yeux, attendant un ultime mot avant de tomber. Il fut bref :

Là.

Qui sait pourquoi, au lieu de me lâcher en desserrant les genoux, il relâcha sa main qui me tenait le nuque, et me fit retomber par terre en reculant d'un pas. J'ouvris les yeux, ils quittèrent mon front pour revenir lentement vers mon visage. Le ciel pendait au-dessus, violacé, il n'était plus solidement attaché en haut, et le fleuve charriait des tourbillons d'eau brune. Alors je me mis à courir avant qu'il ne se rende compte que j'étais encore en vie. Je ne voulais plus rester sur place, la frayeur bondissait sous mon palais, j'avais le hoquet. Un homme passa près de moi en poussant sa bicyclette, il sonna et cria :

Hé, mignonne, ferme ta p'tite gueule sinon tu vas te refroidir le cœur.

Je m'arrêtai en titubant, les jambes en coton, les mains lourdes. J'étais brûlante et gelée en même temps, je n'avais pas couru loin du tout, juste un bout de chemin, c'était seulement vers l'intérieur que j'avais parcouru la moitié de la terre. Ma nuque tenaillée me faisait mal, l'homme à la bicyclette entra dans le parc, deux traces de pneus striés rampèrent dans le sable derrière lui, devant moi l'asphalte était vide. Le parc qui montait en pente raide était d'un vert noirâtre parce que le ciel cherchait à attraper les arbres. Le pont ne me laissait pas un moment de répit, je ne pouvais m'empêcher de me retourner. Et au beau milieu du pont, la valise était toujours à l'endroit d'où j'étais partie. Et à celui où j'avais échappé à la mort, il se tenait la tête penchée au-dessus de l'eau. Entre les mesures que battait mon hoquet, je l'entendais siffler. De façon très mélodieuse, sans hésitation, il sifflait une chanson que je lui avais apprise. Mon hoquet était parti, gelé en attendant une autre frayeur. Je portai la main à mon cou, sentis mon larynx saillir sous elle puis s'enfoncer. À toute vitesse, le temps qu'il faut pour porter la main sur autrui. Et l'autre, là-bas sur le pont, sifflait :

Oui l'arbre a un feuillage
et le thé une eau
l'argent un papier
et le cœur une neige tombée de travers

Aujourd'hui, je pense que c'est une chance qu'il m'ait attrapée par la nuque. Je cessai d'être celle qui semait le trouble, il devint presque un meurtrier. Tout cela parce qu'il ne pouvait pas me battre et se méprisait de ne pas en être capable.

Le père assoupi tenait l'enfant si mollement que j'ai pensé : là, il va tomber. À ce moment, l'enfant lui a tapé dans le ventre avec ses chaussures. Réveillé en sursaut, le père a serré l'enfant tout contre lui. Les minuscules sandales du petit se balancent comme si ses parents lui avaient mis ce matin un de ses jouets. Des semelles neuves qui n'ont pas encore fait un seul pas dans la rue. Le père a donné un mouchoir à son enfant pour l'aider à patienter. Il y a un nœud dessus, et à l'intérieur du nœud, un objet dur que l'enfant cogne contre la vitre. Peut-être de la monnaie, des clés, des clous ou des vis que le père ne veut pas perdre. Le conducteur a déjà entendu les coups, il regarde autour de lui et lance : te gêne pas, surtout, ça coûte de l'argent une vitre comme ça. N'aie pas peur, dit le père, on ne va quand même pas la casser. Il tapote sur la vitre et montre la rue au dehors en disant : regarde, là-bas il y a un bébé à l'intérieur, il est encore plus petit que toi. L'enfant laisse tomber son mouchoir et dit : maman. Il voit une femme avec une poussette. Et le père dit : notre maman n'a pas de lunettes de soleil, sinon elle ne verrait pas comme tes yeux sont bleus.

Quand Paul me pose des questions sur mon premier mari, je dis :

J'ai tout oublié, je ne sais plus rien.

Je crois que j'ai plus de secrets pour Paul qu'il n'en a pour moi. Un jour, Lilli a dit que parler des secrets ne les supprime pas, et que l'on peut en raconter non pas le noyau, mais seulement la peau. Peut-être qu'avec Lilli, si je ne dissimule rien, j'arrive tout de même au noyau.

Tu appelles ça de la peau, toi, fis-je, quand une histoire va aussi loin que celle du pont.

Mais tu la racontes de la façon qui t'arrange, dit Lilli.

Comment cela pourrait-il m'arranger, ça ne m'arrange pas le moins du monde.

C'est sûrement contre toi tout en étant contre lui, dit Lilli, mais ça t'arrange tout de même de pouvoir en parler comme tu veux.

Comme c'était, pas comme je veux. Tu ne me crois pas capable de te dire ce que tu me cacherais, toi, voilà pourquoi tu parles de peau.

L'idée, c'est que le secret à propos de mon beau-père restera toujours le même bien que j'en parle tous les jours à ma façon.

Je ne vais pas me casser la tête au sujet du buveur près des bennes à ordures, il ne manquerait plus que cela. Et qui sait ce qu'il va s'imaginer à force de me voir jour après jour à ma fenêtre, là-haut. Comme nous ne sommes pas arrivés pendant bien longtemps à nous mettre d'accord sur le buveur, Paul et moi avons perdu l'habitude de nous creuser la tête au sujet des gens qui passent dans la rue. Qu'ils marchent en rond, en carré ou tout droit. On ne les connaît pas, et que voit-on quand on marche à côté d'eux. S'ils passent à côté de moi comme s'ils avaient les orteils à l'arrière du pied et les talons sur le devant, cela n'a rien à voir avec leurs pieds, mais seulement avec moi. Bien sûr que nous regardons quand même sans cesse par la fenêtre. Une voiture traîne sans but près des portes de derrière, ou encore devant l'immeuble, à moitié sur le trottoir, là où aucun homme normal ne se garerait, il n'y a pas de quoi se creuser la tête. Et pourtant, cela nous préoccupe plus que de raison.

Je préfère regarder par la fenêtre de la cuisine. Les hirondelles, de ce côté, décrivent leur propre cercle dans une grande parcelle de ciel. Elles volaient bas ce matin, et j'ai mastiqué ma noix en voyant grâce à elles que dehors, il y avait un jour. Comme je suis convoquée, ce sera seulement un jour vu par la fenêtre même si j'aperçois une moitié d'arbre à côté de la table du commandant. L'arbre a bien dû pousser d'un bras en largeur depuis que je suis convoquée. L'hiver, le temps passe sur le bois, l'été sur les feuilles. Le feuillage fait oui de la tête ou la secoue pour dire non, en fonction du vent. Je ne peux pas en tenir compte. Quand Albu me pose une question brève, il veut la réponse tout de suite. Les questions brèves ne sont pas les plus simples.

Il faut que je réfléchisse.

Que je concocte un mensonge, comme il dit ; pour en trouver un vite, il faut être plus intelligente que tu ne l'es, malheureusement.

Bon, d'accord, je suis bête, mais pas au point de dire une chose qui me desservirait. Quant à laisser Albu me harceler en essayant de lire sur mon visage le mensonge et la vérité, je ne suis pas assez bête pour ça. Tantôt il a les yeux froids, tantôt ils brûlent sur moi, et là...

Parfois c'est Lilli qui est en moi et qui regarde trop longtemps Albu dans les yeux.

Je frotte par terre avec mes chaussures sous la table pour qu'il y ait moins de silence.

Oui l'arbre a un feuillage
et le thé une eau
l'argent un papier
et le cœur une neige tombée de travers

Une chanson d'hiver et d'été, mais pour le dehors. Ici, avec des feuilles et de la neige dans la tête, on ne tarde pas à se faire prendre au filet. Le nom de l'arbre, je ne le connais pas, sinon je chanterais dans ma tête frêne, robinier ou peuplier, et non arbre. Je joue avec le bouton du corsage qui pousse encore. De ma petite table, je ne suis jamais aussi près des branches que le commandant. Nous regardons l'arbre en même temps, j'aimerais demander :

Quel est cet arbre ?

Ce serait une diversion. Il ne répondrait certainement pas mais avancerait sa chaise, et pendant que les jambes de son pantalon flotteraient çà et là sur ses chevilles, il ferait peut-être tourner sa chevalière ou jouerait avec son bout de crayon en me posant à son tour une question :

À quoi te sert-il de le savoir ?

Que répondre à cela... Après tout, il ne sait pas, lui, pourquoi je mets toujours ce corsage comme lui porte sa chevalière. Ni pourquoi je joue avec mon grand bouton. Et moi, je ne sais pas pourquoi il a toujours sur son bureau ce bout de crayon pas plus grand qu'une allumette et tout rongé. Les hommes portent des chevalières, les femmes des boucles d'oreilles. Les alliances rendent superstitieux, on ne les retire pas, et ce jusqu'à sa mort. Quand le mari meurt, sa veuve prend son alliance et la porte près de la sienne jour et nuit, au majeur. Comme tous les gens mariés, Albu porte sa fine alliance pendant les heures de service. Sauf que la chevalière ne va pas, me semble-t-il, avec son travail qui consiste à torturer des bijoux et des gens. Elle n'est pas laide du tout, elle serait belle si elle n'était pas à lui. Comme les yeux, les joues et les lobes de ses oreilles, sur sa tête. Lilli aurait sûrement aimé tendre les mains vers lui pour le caresser et me l'aurait peut-être présenté un jour comme son amant.

Il est bien de sa personne, aurais-je été obligée de dire.

La beauté de Lilli, on pouvait la laisser en repos ; Lilli n'y était pour rien si ce que les yeux apercevaient était stupéfiant. L'envie vous prenait, dans votre stupéfaction, de protéger le nez de Lilli, le pli de son cou, son oreille, son genou, de les couvrir de la main, on se faisait du souci, on pensait à la mort. Mais je n'ai jamais eu l'idée que cette peau pourrait se flétrir un jour. Entre la jeunesse et la mort, je n'ai jamais pensé que Lilli pourrait vieillir. Sur la peau d'Albu, le vieillissement est là comme s'il ne venait pas de la chair. C'est un grade qui lui a été conféré pour bons et loyaux services. À son âge, il ne peut plus rien lui arriver, il en restera à cette supériorité d'où la mort est absente. Cette mort, je l'appelle de mes vœux. La beauté d'Albu, c'est du sur mesure pour les interrogatoires, il est impeccable, et d'avoir sa salive qui me colle sur la main ne jettera pas le discrédit sur son apparence extérieure. Peut-être est-ce justement cette différence qui lui interdit de mentionner Lilli. Ce crayon rongé qu'il a sur son bureau ne va pas avec lui ni avec aucun homme de son âge. Et Albu n'en est certainement pas réduit à économiser sur les crayons. Peut-être est-il fier d'avoir un petit-fils qui fait ses dents. Une photo du petit-fils pourrait remplacer le bout de crayon sur le bureau, mais il est sans doute interdit ici, comme dans toutes les administrations, de mettre des photos de famille. Peut-être que ce moignon est pratique pour son écriture verticale, ou qu'un long crayon risquerait de lui rayer sa chevalière. Ou bien ce vieux bout de crayon est-il censé me montrer tout ce qu'on écrit sur les gens comme moi ? Nous savons tout, dit Albu. Possible, et sur ce point je suis d'accord avec Lilli, tout sur les peaux des morts, sans doute. Mais rien sur leurs secrets, rien sur Lilli dont Albu ne parle jamais. Rien sur le bonheur ni sur l'intelligence qui entreprendront demain une chose que moi-même j'ignore encore aujourd'hui. Et rien sur le destin qui pourrait bien venir après-demain, en fin de compte je suis vivante...

Qu'Albu et moi regardions l'arbre ensemble n'a rien de singulier. Nous regardons aussi en même temps ma table ou son bureau, un pan de mur, la porte ou le plancher. Ou lui son crayon et moi mes doigts. Ou lui sa chevalière et moi mon gros bouton. Ou lui mon visage et moi le mur. Ou moi son visage et lui la porte. C'est fatigant de se regarder en permanence dans le blanc des yeux, surtout pour moi. Je n'ai guère confiance qu'en les objets qui sont ici, eux ne changent pas. Mais l'arbre pousse, lui, il a donné son nom au corsage. J'ai beau laisser mon bonheur à la maison, le corsage qui pousse encore est ici.

Quand je ne suis pas convoquée, je marche jusqu'au grand boulevard du centre en passant par des petites rues. Sous les robiniers, il pleut des fleurs blanches ou des feuilles jaunes. Et si rien n'en tombe, il en tombe du vent. Quand j'allais encore à l'usine, je n'arrivais guère que deux fois par an à aller en ville en milieu de journée. J'étais loin de savoir qu'il y a tant de gens qui ne travaillent pas à cette heure. Tous ces gens sont payés pour flâner, ce n'est pas comme moi, au travail ils ont inventé des ruptures de tuyaux, des maladies et des enterrements, et trouvent encore le moyen, avant leur promenade, de se faire plaindre par leurs supérieurs et leurs collègues. Une seule fois, j'ai inventé la mort de mon grand-père parce que je voulais m'acheter à neuf heures, dès l'ouverture des magasins, une paire de chaussures grises à talons. Je les avais vues la veille au soir dans une vitrine. J'ai menti, je suis allée en ville, j'ai acheté les chaussures et le mensonge est devenu réalité. Quatre jours plus tard, mon grand-père est tombé de sa chaise en mangeant, raide mort. Le télégramme est arrivé tôt le matin au moment où, pour agrandir mes chaussures grises achetées trois jours auparavant, je les tenais sous le robinet. Je les ai mises et suis partie au bureau où j'ai dit que j'étais obligée de m'absenter les deux jours suivants à cause d'une inondation dans ma cuisine. Quand je mens en racontant une vilaine histoire, le mensonge devient réalité. J'ai pris le train pour aller à l'enterrement. Les chaussures, à mes pieds, séchaient en traversant toutes les petites gares, j'ai attendu la onzième pour descendre. C'était le monde à l'envers, j'emmenais dans cette ville l'enterrement issu de mon mensonge pour me retrouver ensuite face à l'inondation de ma cuisine au cimetière. Sur le couvercle du cercueil, les mottes de terre faisaient le même bruit que mes chaussures grises suivant le cercueil sur le trottoir.

À l'époque, je savais encore bien mentir. Personne ne pouvait me confondre. Mais la catastrophe qui avait inspiré le mensonge me prenait au mot. Depuis, j'aime encore mieux me faire surprendre en train de mentir que par un gros ennui. Sauf avec Albu, là, je mens bien.

Je vais flâner en ville sans but. L'usine, j'y allais sans raison, de manière absurde. Incroyable, l'absurdité se cachait plus facilement dans la journée. Quand je m'installe à une terrasse de café comme hier pour commander une glace, l'instant d'après j'ai envie d'une part de gâteau. En fait, j'ai seulement envie d'être assise, non, même pas cela, seulement de ne pas marcher pendant quelque temps. J'approche ma chaise de la table pour être à mon aise. Quand la chaise est bien en place, j'ai envie de me lever d'un bond et de partir, mais sans me remettre à marcher. De loin, les terrasses sont un but, elles s'offrent pour qu'on y reste, les coins des nappes volettent au vent. C'est seulement une fois que je suis confortablement installée que l'impatience traîne en longueur. Puis la glace arrive quand ma bouche ne tient déjà plus sur ma tête. La table est ronde, la coupe de glace et les boules de glace aussi. Arrivent ensuite les guêpes qui veulent se rassasier en importunant le monde, elles ont des têtes rondes. Même si je suis obligée de regarder à la dépense, je n'arrive pas à manger ce que j'ai payé.

Avec l'absurdité, je me débrouillais mieux qu'avec le manque de but ; au lieu d'inventer des mensonges pour l'usine, je m'invente des buts en ville. Je suis les femmes de mon âge. Je passe des heures dans des boutiques de vêtements à essayer des robes qui leur plaisent. Pas plus tard qu'hier, j'ai fait exprès d'enfiler une robe à rayures sens devant derrière, je l'ai tirée dans tous les sens, j'ai posé mes mains comme un col autour du décolleté, avec mes doigts qui pendaient comme des rubans. La robe a commencé à me plaire. Ce à quoi je ne m'attendais pas, c'est que je me suis sentie sortir de moi-même. La robe avait un aspect qui m'invitait à prendre rapidement congé de moi-même. Ma bouche a eu un goût d'amertume, et je n'ai rien trouvé à me dire durant les quelques moments qui restaient. Refusant de battre en retraite avant de disparaître, j'ai dit :

Pourquoi juste maintenant, sans mes pieds tu n'iras pas bien loin.

Je l'ai dit à voix haute, mon visage s'est empourpré, or je ne veux pas faire partie de ceux dont le visage se décompose parce qu'ils parlent tout seuls. Il y en a qui chantent. Je ne veux pas que quelqu'un hoche la tête à côté de moi sous prétexte que je confonds la parole et la pensée. Être entendu par des gens complètement inconnus est encore plus gênant que de passer inaperçu et de se faire bousculer. Bien qu'elle ait dû m'entendre, une femme pour laquelle je n'étais pas là ouvrit le rideau de ma cabine, posa tout de go son sac sur la chaise et demanda :

C'est libre ici ?

Vous ne voyez pas, c'est bien avec moi que vous parlez, non, pas avec l'air.

Dans mon énervement, j'ai perdu de vue la femme que je suivais. Je vais essayer des vêtements avec l'idée de devenir assez belle pour exister. Dans les vêtements que d'autres femmes veulent s'acheter, je n'aurais rien à chercher, surtout pas moi-même. Les vêtements me punissent, je me mets à être plus laide que l'autre lorsque nous portons la même chose. À l'usine, j'enfilais les plus beaux habits et, dans la salle d'emballage, j'allais et venais comme une dinde jusqu'à la porte. Quand on confectionnait des vêtements pour l'Occident, j'allais voir Lilli en haut avant chaque livraison. J'essayais deux ou trois modèles d'affilée.

Maintenant ça suffit, disait Lilli.

Car c'était strictement interdit. Pour les jupes, les pantalons et les vestes, l'interdiction n'était pas aussi stricte que pour les corsages et les robes. La veille du premier mai, fête internationale du travail, et aussi avant la fête de la libération du joug fasciste, en août, nous pouvions acheter des vêtements à l'usine. Les gens des bureaux les achetaient presque tous. Ces vêtements étaient plus élégants et pas plus chers que ceux des magasins, mais malheureusement pleins de défauts et de taches d'huile provenant des machines à coudre, sinon ils auraient été trop beaux pour notre peau. Beaucoup de gens s'en achetaient un sac plein. Être chic avec des défauts et des taches d'huile qui ne partaient jamais valait encore mieux que les vilains vêtements des boutiques qui vous transformaient en souris. Je ne pouvais pas supporter ces défauts ni ces taches, d'autant que je savais à quel point les vêtements que nous n'avions pas le droit d'acheter étaient beaux. Bien habiller en toutes saisons les Italiens, les Canadiens, les Suédois et les Français pour leur vie facile, couper, piquer, apprêter, repasser et emballer, tout en se sachant indigne du produit fini. Comment bien des gens n'auraient-ils pas pensé :

Mieux vaut quelques vilains défauts et des taches noires que rien du tout.

À cause des défauts, des taches et du fait que je ne voulais pas avoir chez moi dans mon armoire l'usine où nous passions toute la journée, je n'achetais pas de vêtements. Se promener le dimanche dans le parc avec cette marchandise de rebut, manger une glace au salon de thé. Les regards envieux sur ces habits, on ne passe pas inaperçu, chacun sait où l'on travaille et d'où on les a.

Quand j'allais jusqu'au boulevard du centre avec Lilli, après le travail, et que j'entrais dans des boutiques au lieu de me promener, elle m'attendait dehors. Je n'avais pas besoin de me presser, Lilli n'aimait pas du tout que je revienne trop vite. Elle tournait le dos à la vitrine et observait le ciel, les arbres, l'asphalte, et sans doute aussi les hommes d'un certain âge. Il fallait que je la tire par le bras, comme si c'était moi qui l'avais attendue et non l'inverse. Je disais :

Alors, tu viens.

Tu es pressée, demandait-elle, on flâne ou quoi.

On peut marcher lentement, mais partons d'ici.

Les vêtements ne t'ont pas plu.

Et qu'est-ce qui te plaît, ici, à toi.

Elle faisait claquer sa langue :

Une démarche souple et un dos un peu voûté, voilà ce qui me plaît.

Et alors ?

Comment ça, et alors ?

T'en as vu combien, demandais-je.

Son manque d'intérêt pour les boutiques n'avait rien à voir avec l'usine. Lilli n'a jamais eu de faible pour les vêtements, même avant. Ce qui n'empêchait pas les hommes de la suivre des yeux. Si j'en avais été un, je n'aurais pas laissé passer Lilli. Plus elle était mal habillée, plus sa beauté était

44

frappante. Elle n'était pas à plaindre, quant à moi, j'ai été coquette dès l'enfance. À l'âge de cinq ans, j'ai pleuré parce que mon nouveau manteau était trop grand pour moi. Mon grand-père m'a dit :

Tu le rempliras bientôt, habille-toi plus chaudement, comme ça il t'ira. Avant, quand tout allait bien, deux ou disons trois manteaux vous duraient toute une vie, et ce quand on était riche.

Je l'enfilais parce que j'étais bien obligée. Et dès que j'avais tourné le coin de la rue, près de la boulangerie industrielle, je l'enlevais. Pendant deux hivers, je l'ai porté davantage sur le bras que sur le dos, plutôt prendre froid qu'être laide. Et deux hivers plus tard, sous la neige, quand ce manteau a enfin été à ma taille, je l'ai enlevé parce qu'il était trop vieux et laid.

Si je voulais aller chez ma coiffeuse, il faudrait maintenant que je descende entre les foyers des étudiants. Je préférerais qu'on me fasse une permanente ou une mise en plis de vieille secrétaire, des rouleaux de chou farci. Oh et puis non, plutôt avoir la boule à zéro et ne plus me connaître à dix heures pile que de frapper à la porte d'Albu. De perdre l'esprit et de ne plus avoir toute ma tête au moment du baisemain. Une tache de soleil chauffe la joue du conducteur, la vitre est ouverte à côté de lui, il n'y a pas de vent. Il essuie son pupitre pour en enlever les grains de sel, il ne touche pas à son deuxième bretzel. Pourquoi en a-t-il acheté trois s'il est rassasié après en avoir mangé un ? Laisser le tramway en plan et traîner dans les boutiques puis, en revenant, jouer la comédie de l'affamé à ceux qui attendent. L'enfant s'est endormi le mouchoir à la main. Le père appuie la tête contre la vitre ; ses cheveux ont beau être ternes et poisseux, ne pas avoir été lavés depuis des jours, ils brillent. Le soleil les pénètre d'un éclat brûlant. Ne sent-il donc pas que la vitre est encore plus brûlante que le soleil au dehors ? Moi, le soleil me laisse tranquille jusqu'au tournant. Et même là, peut-être qu'il restera de l'autre côté, je ne veux pas arriver en nage chez Albu. Je ne sais pas si je pourrais changer de place ; quand les passagers sont en si petit nombre, ils vous dévisagent. Pour changer de place, il faut avoir une raison. Le père pourrait s'asseoir à tout moment à l'ombre, un petit enfant est à lui seul une raison. S'il pleurait, le père pourrait changer de place pour voir si l'enfant pleure à cause du soleil. Dans un tramway plein, cela n'irait pas du tout : toute place libre serait bonne à prendre, un enfant pourrait pleurer autant qu'il veut, personne ne songerait au soleil ; en revanche, on demanderait si cet abruti de père n'a pas une tétine pour ce petit merdeux qui braille.

L'été, mon grand plaisir était de jouer avec le fils du gardien de la boulangerie industrielle dans le chemin battu de derrière l'allée, là où il y avait le plus de poussière. Ce garçon était boiteux de naissance, il se traînait lentement derrière moi. Nous nous asseyions dans le trou le plus profond, il repliait la jambe droite et allongeait devant lui la gauche, toute maigre et raide. Assis, il était content. Il avait des mains adroites, des boucles serrées et un visage jaunâtre. Absorbés par notre jeu, nous formions des serpents de poussière qui rampaient les uns sur les autres.

C'est comme les orvets qui rampent dans la farine, disait-il, c'est pour ça qu'il y a des trous dans le pain.

Non, les trous viennent du levain.

Non, des serpents, demande à mon père.

La moitié de la journée, en attendant que son père quitte l'usine avec son sac pour revenir chez lui, bien d'autres serpents auraient pu traverser notre nid-de-poule. Mais quand ma robe était toute salie, j'étais ennuyée et je rentrais à la maison. Quant au garçon, je le laissais à ses orvets. Pendant deux semaines, il y eut un autre gardien au portail de l'usine où l'on fabriquait le pain. Puis le père revint, mais sans amener le garçon. On avait opéré sa jambe raide en l'endormant trop profondément. Il ne s'était pas réveillé. J'allai seule jusqu'au chemin usé où les arbres de l'allée se dressaient toujours côte à côte ; j'avais peur de l'inconnu comme si ces arbres avaient promis que le garçon, tout mort qu'il était, viendrait jouer ici. Je m'assis dans la poussière et l'amassai pour former un serpent aussi fin et long que la jambe tendue de cet enfant. De l'herbe rare s'effilochait au bord du chemin, les larmes coulant de mon menton formaient un motif en tombant sur le serpent. On m'avait enlevé ce garçon, peut-être voyait-il du haut du ciel que je voulais jouer encore.

Le matin, quand je me promène en ville, on m'a pris Lilli. Les jours où je suis convoquée me paraissent courts. Même si j'ignore ce que me veut Albu, il a quelque chose en tête. J'ai besoin du gros bouton de mon corsage et de mensonges malins, c'est tout. Ce que j'ai en tête quand je traîne dans les rues, je le sais moins que ce qu'Albu veut de moi.

J'ai été bête de regarder les hirondelles ce matin avant huit heures alors qu'Albu m'attendait à dix heures pile. Je ne veux pas penser aux hirondelles. Je voudrais ne penser à rien parce que je ne suis qu'une personne convoquée. J'ai parfois l'impression que les hirondelles ne volent pas mais qu'elles roulent ou qu'elles nagent. L'été dernier, Paul avait encore sa moto rouge, une Jawa tchèque. Une ou deux fois par semaine, nous la prenions pour aller au bord du fleuve, en dehors de la ville. Le chemin qui traversait les champs de haricots, c'était le bonheur. Plus il y avait de ciel au-dessus du chemin, plus ma tête était légère. À droite et à gauche défilait un enchevêtrement de fleurs rouges qui frémissaient lors de notre passage. Nous ne voyions pas que chaque fleur avait deux oreilles rondes et les lèvres ouvertes, mais je le savais même sans le voir. C'étaient des haricots à perte de vue, on ne voyait pas de rangées comme dans les champs de maïs. Même lorsque chaque tige est déjà sèche et que les feuilles sont cassées par le vent, un champ de maïs a toujours l'air bien peigné, à l'extrême fin de l'été. Dans les champs de maïs, le ciel a beau voler, je n'ai jamais la tête qui se fait toute légère. C'était seulement dans les champs de haricots que le bonheur me rendait bête au point que je devais fermer les yeux de temps à autre. Et quand je les rouvrais, j'avais déjà raté beaucoup de choses, les hirondelles volaient depuis longtemps dans une autre direction.

En m'agrippant aux côtes de Paul, je sifflais la chanson du feuillage et de la neige, je n'entendais que la moto, pas ma voix. En temps normal, je ne siffle jamais parce c'est une chose qui s'apprend dès les premières années, or je n'ai jamais sifflé dans mon enfance. Je ne sais pas siffler du tout, et depuis le jour où mon premier mari a sifflé sur le pont, je rentre la tête dans les épaules quand quelqu'un siffle. Mais dans les champs de haricots, c'était moi qui sifflais. Si c'était du bonheur, c'est parce que tout ce que je sais faire est moitié moins réussi que mes sifflements dans les champs de haricots. Dans les champs de haricots, j'étais tout aussi bête que le bonheur. Au bord du fleuve, je ne réussissais jamais à être heureuse, la surface lisse me calmait même lorsque je me prenais à penser au pont. Il est exclu d'obtenir du bonheur à partir du calme. Lorsque nous arrivions au bord de l'eau, j'étais gênée et Paul impatient. Il se faisait une joie du fleuve, et moi du retour à travers les champs de haricots. Il entrait dans l'eau jusqu'aux chevilles et me montrait une libellule noire. Elle avait le ventre qui pendait entre les ailes comme une vis de verre. Je montrais du doigt les mûres sur la rive, à côté de moi, leurs grappes noires brillaient. Et de l'autre côté du fleuve, les étourneaux noirs se posaient dans les champs moissonnés, sur de pâles meules rectangulaires. Cela, je ne le montrais pas à Paul parce que je pensais aux hirondelles qui mouchetaient le ciel, sans comprendre comment leur noir se répartissait dans cette journée d'été d'un jaune incandescent. Je ris d'un air troublé, ramassai un bout d'écorce dans l'herbe et le jetai aux pieds de Paul en disant : écoute, les hirondelles ne peuvent pas voler aussi vite qu'elles en ont l'air, elles ont un truc.

Paul coinça l'écorce entre ses orteils et l'enfonça dans l'eau. Quand il retira son pied, elle remonta aussitôt, brillante et noire. Il fit « tiens donc ».

Il leva les yeux un instant, juste assez longtemps pour que je voie les points noirs qu'il y avait dedans. Pourquoi lui demander encore quels fruits noirs sont cachés dans ses yeux si pour lui les hirondelles ne valent pas la peine qu'on en parle et que ses pensées sont bien ailleurs que ses orteils. Du vent soufflait dans les frênes, je tendis l'oreille pour capter le bruit de leurs feuilles et Paul sans doute celui de l'eau. Il ne voulait pas que nous parlions.

Le lendemain, j'expérimentai le « tiens donc » sur Nelu à l'usine quand il vint me trouver à mon bureau, une liste entre le pouce et la tasse de café. Il parlait de tailles de boutons pour les manteaux de femme que nous fabriquions cette année-là pour la France. Près de sa bouche, les pointes de ses moustaches bougeaient comme des ailes d'hirondelle. Je le laissai me lancer quelques phrases à la face. Quand il en arriva au travail de la semaine fixé par le plan, je comptai les poils qu'il avait oubliés sur son menton en se rasant. Je levai les yeux et quêtai son regard. Dès que nos pupilles se furent rencontrées, je lâchai en un rien de temps :

Tiens donc.

Nelu se tut et revint à son bureau. J'ai essayé d'autres mots, par exemple « eeh, hmm », mais rien ne valait « tiens donc ».

Le jour où je m'étais fait pincer avec les petits papiers, il nia m'avoir dénoncée. Nier est à la portée de tout le monde. Je m'étais séparée de mon mari au moment où l'on emballait les costumes en lin pour l'Italie. Après notre déplacement professionnel de dix jours, Nelu voulait continuer à coucher avec moi. Quant à moi, j'avais pris la résolution de me marier pour partir à l'Ouest, et j'avais mis dans dix poches de pantalon un bout de papier où j'avais écrit *Ti aspetto,* mon nom et mon adresse. Le premier Italien qui se manifesterait serait le bon.

Lors de la réunion des collègues inscrits au Parti, réunion à laquelle je n'eus pas le droit d'assister, on condamna mes petits papiers, qualifiés de prostitution sur le lieu de travail. Lilli me raconta que Nelu avait plaidé le crime de trahison, mais sans parvenir à convaincre. Comme je n'étais pas membre du Parti et que c'était mon premier crime, on décida de me donner l'occasion de m'amender. On ne me renvoya pas, Nelu essuya un revers. Le responsable du travail idéologique m'apporta dans mon bureau deux copies d'un blâme. Je dus signer l'original comme quoi j'avais pris acte, et la copie resta sur mon bureau.

Pour l'encadrer, dis-je.

Cette plaisanterie ne fut pas au goût de Nelu. Il était assis sur sa chaise et taillait un crayon.

Qu'est-ce que tu leur veux, à ces Italiens, ils vont venir te baiser, t'offrir des collants et du déodorant, et puis ils iront retrouver leurs fontaines. Si on suce, on a droit en plus à du parfum.

Je vis des rognures volantées et de la farine noire tomber de son taille-crayon et me levai. Je tins le blâme au-dessus de sa tête et le lâchai. La feuille plana et ne fit aucun bruit en tombant sur le bureau, sous son menton. Nelu tourna la tête vers moi et, blanc comme un linge, esquissa un sourire. Puis, par mégarde, il poussa du coude le crayon taillé. Ce dernier roula sur le bureau avant de tomber, nous le regardâmes et l'écoutâmes heurter le sol avec un petit bruit sec. Nelu se pencha afin que je ne le voie plus se ronger l'intérieur de la bouche. La pointe était cassée. Il fit :

Il est tombé par terre, pas au plafond.

Cela m'étonne moi aussi, dis-je, avec quelqu'un comme toi, il faut s'attendre à tout.

Ce jour-là, je revenais à l'usine après trois jours d'interrogatoires. Nelu n'ouvrit pas le bec pour poser des questions. Il était capable de plus que je ne l'imaginais. Sur les trois

50

papiers que l'on trouva ensuite dans les pantalons destinés à la Suède, on pouvait lire « Meilleures salutations de la dictature ». Les papiers étaient exactement identiques aux miens, mais ils n'étaient pas de moi. On me renvoya.

Nous allions au travail avec la Jawa même quand il y avait beaucoup de neige. Paul faisait de la moto depuis onze ans et n'avait jamais eu d'accident, même s'il buvait. Il connaissait les rues comme sa poche, il aurait trouvé nos deux usines les yeux fermés. J'étais emmitouflée, les réverbères et les fenêtres éclairées scintillaient, le gel nous mordait le visage, nos lèvres étaient comme une croûte de pain gelé et nos joues froides et lisses comme de la porcelaine. Le ciel et la terre sous la neige. Nous roulions vers une boule de neige. Je m'appuyais contre le dos de Paul, posais le menton sur son épaule pour que la boule de neige puisse me traverser les yeux. C'est quand on a les prunelles fixes que les rues sont les plus longues, les arbres les plus hauts, le ciel le plus proche. J'aurais voulu rouler sans fin, je n'osais pas cligner des yeux. J'avais les oreilles, les doigts et les orteils qui brûlaient. Le gel repassait au fer chaud, seuls les yeux et la bouche restaient froids. Le bonheur ne pouvait pas attendre, nous devions arriver avant d'être gelés, nous étions tous les matins à six heures et demie pile au portail de l'usine de confection. Paul me laissait descendre. Je lui remontais son bonnet d'un doigt violacé, l'embrassais sur le front comme un chien de porcelaine et lui remettais son bonnet sur les sourcils, puis il continuait sa route vers la banlieue, jusqu'à son usine de construction mécanique. Quand il avait du givre sur les sourcils, je pensais :

Nous voilà vieux.

Après mes premiers papiers, j'avais fait une croix sur l'Italie. Ce n'était pas grâce à des vêtements pour l'exportation que l'on se trouvait un Marcello, il fallait des relations, des messagers et des intermédiaires, pas des poches de pantalon. En fait d'Italien, j'eus le commandant. Ma bêtise me rabrouait de l'intérieur, m'adressait des reproches comme autant de claques, j'avais le corps bourré de paille. J'en avais assez de moi, c'était le seul moyen de pouvoir continuer, jusqu'à la deuxième série de papiers, à passer chaque jour au bureau avec Nelu à regarder fixement des rubriques et à les remplir. J'avais encore de la sympathie pour moi, c'était le seul moyen de pouvoir prendre le tramway avec plaisir, me couper les cheveux courts, acheter de nouveaux vêtements. Et je me faisais également pitié, c'était le seul moyen de me présenter à l'heure chez Albu. J'étais aussi indifférente à moi-même, j'avais l'impression d'avoir mérité ces interrogatoires pour me punir de ma bêtise. Mais pas pour les raisons invoquées par Albu.

À cause de ton comportement, toutes les femmes de notre pays se font traiter de putes à l'étranger.

Comment ça, se font traiter, les papiers ne sont pas arrivés en Italie.

Grâce à la sollicitude de tes collègues, dit-il.

Comment ça, pute, je voulais un Italien, c'est tout, et je voulais l'épouser, les putes veulent de l'argent, pas se marier.

Le fondement du mariage est l'amour, rien que l'amour, sais-tu seulement ce que c'est... Toi, tu voulais te vendre à tes Marcello comme la dernière des dernières.

Comment ça, la dernière des dernières, je l'aurais aimé, ce type.

J'en avais terminé, je me retrouvai en train de marcher dans la rue. Dehors, la clarté de l'été, chaque chose avait son bruit bien à elle. En moi, la paille crépitait. Cet Italien, je ne l'aurais probablement pas aimé, mais il m'aurait emmenée en Italie. J'aurais essayé de l'aimer. Sinon, je serais tombée sur un autre, ça court les rues, les Italiens. Quand on cherche, il s'en trouve toujours un, et on l'aime. Mais là, c'était plutôt Albu qui me convoquait aussi souvent qu'il en avait envie. Et au travail, Nelu avait l'œil sur moi. Je me persuadai de me détourner de tous les hommes. C'est justement lorsque mon attitude fut celle du refus que je me raccrochai à Paul. Je crois que ce qui ressemble à du désir, chez moi, c'est le refus plus que la recherche. Voilà ce qui a dû se passer, voilà pourquoi je me suis cramponnée à lui. Tout le monde n'aurait pas pu me montrer combien le refus vire à la convoitise, mais ç'aurait pu être un autre que Paul. Dégoûtée de tout, mais sans le moindre soutien, c'est dans cet état que j'ai dû déambuler : je fis la connaissance de Paul un dimanche, je restai le lundi. Et le mardi, j'emménageai chez lui avec armes et bagages dans l'immeuble au glissement.

Chaque matin, j'avais de plus en plus de mal à aller au bureau. Paul, les mains serrées sur sa Jawa devant le portail de l'usine, attendait mon baiser sur le front en souriant par habitude :

Il faut que tu fasses comme si Nelu n'était pas là.

Oui, c'était facile à dire. Mais faire huit heures durant comme si les deux pointes de moustaches, derrière le bureau, étaient une simple vue de l'esprit, comment est-ce possible ?

Il y a tellement de saleté à l'intérieur de Nelu qu'on ne voit même pas au travers.

Et la moto vrombit, soulevant autour de ses roues un tourbillon de neige ou de poussière. Mon regard voulait ramener au portail un Paul ayant déjà parcouru la moitié de la rue, je voulais lui dire tous les matins un dernier mot que l'on aurait pu emporter entre les machines pour toute la journée. Mais nous nous disions toujours la même chose.

Lui : Il faut que tu fasses comme si Nelu n'était pas là.

Moi : Je pense à toi. Ne t'énerve pas si on te vole tes vêtements.

Son départ rapide, sa veste qui faisait le gros dos quand le vent la gonflait au coin de la rue. Tous les matins, je pénétrais dans l'usine à mon corps défendant. À la vue de Nelu, j'étais déjà hors de moi. Le matin, nous ne nous disions pas bonjour. Pourtant, au bout d'une heure ou deux, Nelu pensait qu'il fallait tout de même parler un peu quand on passait huit heures ensemble. Moi, je ne m'y serais pas sentie

53

obligée, mais lui ne supportait pas le silence. Il parlait du plan, je disais :

Tiens donc.

Hmm, eeh ou tiens donc.

Si tout cela ne marchait pas, je devenais plus loquace. Je soulevais le petit vase de son bureau et, au travers du fond épais, je suivais des yeux la tige rouge et verte de la rose en disant :

Zut, qu'est-ce que tu as avec ton plan, c'est absolument impossible d'atteindre ses objectifs. Et si on arrive à les atteindre, ils augmentent dès le lendemain. Ton plan est une maladie d'État.

Nelu tirait sur sa moustache et frottait un poil arraché entre ses doigts. Le poil était ondulé. Il demandait :

Ça te plaît ?

Si tu t'en arraches un par jour, tu auras bientôt une tête de concombre, fis-je.

Arrête, on voit bien que tu penses aux poils du cul.

Pas aux tiens, en tout cas, dis-je.

Tu sais pourquoi les Italiens portent toujours sur eux des peignes de poche ? Parce qu'ils ne trouvent pas leur queue dans leurs poils quand ils ont besoin de pisser.

Toi aussi tu en portes un sur toi, mais pour rien. C'est que tu n'as pas l'étoffe des Italiens.

L'étoffe en question, je l'ai vue, je suis déjà allé en Italie, pas comme toi.

Tiens donc, tu y as fait l'espion, aussi ?

Oui, j'avais pensé à des poils pubiens, il m'avait forcée, tout en me parlant du plan, à penser aux siens. Ce poil-là, Nelu le posa aussi sur mon bureau, juste au milieu, là où il y avait désormais dans le bois une entaille qui n'était pas de moi. Il avait dû mesurer ce bureau pour chercher le point le plus éloigné du bord. Je ne voulais pas toucher son poil ondulé et n'avais pas de règle sous la main pour l'ôter rapidement de mon bureau. Je répétai donc le geste qu'il préférait voir : je soufflai sur le poil pour l'enlever. Il eut de quoi rire, car je fis une bouche en cul-de-poule. Il fallut que je souffle trois ou quatre fois pour que le poil tombe. Nelu m'avait rendue obscène.

Un de ces jours, la femme de ménage va entrer dans ce bureau après les heures de service et son chiffon essuiera des éclaboussures de sang au lieu de poussières, dis-je à Lilli, ça ne peut plus durer, un de ces quatre je vais sortir de mes gonds et descendre cette ordure.

Lilli repoussa ma main en balançant le bras et dit :

Aie un peu d'audace, pose-lui le couteau sur son bureau et dis-lui qu'il serait très bien sur son cou et que ça ne fait pas mal. Et éloigne-toi un peu comme sur le pont, pour qu'il ne soit pas gêné par toi. Il veut te pousser à bout et toi, tu le laisses attiser ta fureur, on dirait que tu n'attends que ça. Quand on se domine, on ne risque pas de ne plus se connaître. C'est une chose qui s'apprend.

Les prunes bleues du regard de Lilli pénétrèrent mes yeux sans céder du terrain. Et dessous, il y avait son cou lisse. La scène avec mon mari sur le pont m'avait appris que l'on peut très vite sortir de ses gonds et supprimer l'autre quand il s'est attaché à vous de tout son poids. Avec Nelu, il en irait de même.

Quand Lilli écarta ma main en balançant le bras, elle piqua un fard. Son nez frémit, resta frais et blanc. Même si je détestais Lilli toute entière, telle qu'elle se tenait devant moi, je ne pus m'empêcher de penser :

Ce nez est beau comme une fleur de tabac. Pour Lilli, je restai celle qui avait semé le trouble, je l'avais effrayée, elle fit tourner la scène du pont à mon désavantage. Je n'aurais jamais voulu savoir à quel point la haine de Lilli ressemblait à celle de sa mère. À son enterrement, on entendit la terre résonner sur le cercueil. On recouvrit Lilli, et cette mère me cria dessus avec la bouche de Lilli, c'était à s'y tromper.

Oui, on se domine, pensait Lilli, c'est une chose qui s'apprend. Mon côté brouillon, elle le démêlait mieux que moi. Et moi, je pensais y voir plus clair qu'elle dans son désordre. Quelquefois, nous aurions pu faire un échange pour peu de temps, elle et moi. Mais l'échange, elle l'a fait avec sa mère. Si on ne sort pas de ses gonds, on arrive à passer la frontière, pensait-elle. Il faut se dominer car quand on fuit, les balles ne touchent que les peaux de peureux. Elle voulait apprendre cela. À l'époque où elle m'avait enjoint de me dominer face à Nelu, elle se mit à coucher avec un officier de soixante-six ans. Quelques jours plus tard, ils eurent soudain l'idée de fuir à la frontière hongroise. Il fut arrêté et elle abattue, cette Lilli follement maligne.

Un jour, Lilli m'avait emmenée à la terrasse du cercle militaire pour me présenter son officier. Il était en civil et portait une chemise à fines rayures et à manches courtes, son pantalon d'été gris lui arrivait sous les aisselles, pas de côtes, pas de hanches. Il dit d'une voix grave et basse : mes hommages, mademoiselle.

Il me baisa la main. Ce fut un baisemain des plus experts, du bon vieux temps de la monarchie, à sec et en douceur, au beau milieu de la main. Des jeunes gens en uniforme étaient assis à d'autres tables, tout autour de nous. Il va sans dire que Lilli ne passait pas inaperçue, les officiers en pinçaient pour les belles femmes, ils lui lancèrent des têtes d'allumettes. Ils sentaient que le vieux avait mis le grappin sur elle et non sur moi.

La guerre étant finie depuis longtemps, la formation militaire croupissait dans une oisiveté dont il fallait enrayer les progrès grâce à un travail de précision, la conquête des belles femmes, qui faisait de chaque homme un battant. Le degré de beauté se lisait sur le visage, sur les courbes que formaient respectivement les hanches et les mollets l'un à côté de l'autre, et sur les seins. Selon la position des mamelons, ces derniers étaient qualifiés de pommes, de poires ou de fruits tombés. Les conquêtes féminines tiennent lieu de manœuvres, disait-on aux soldats. Entre le cou et les cuisses, tout le fourbi doit être comme il faut. Les jambes sont écartées ; face au visage, si l'affaire roule, on ferme les yeux. Les jambes et la tête ne sont pas tout, les seins ont leur importance. Les pommes valent la peine, les poires vont encore. Les fruits tombés sont hors de question pour les soldats. Les conquêtes, disait-on, graissent les charnières du corps et favorisent l'équilibre intérieur. L'harmonie du couple s'en trouve améliorée. Le vieil officier avait instruit Lilli du moyen de combattre l'oisiveté en temps de paix. Lui aussi, selon Lilli, n'avait cessé d'avoir des manœuvres jusqu'à la mort de son épouse. Elle avait cinquante ans et lui six de plus. Il ne pouvait plus cacher à aucune femme que la douce lassitude provoquée par la satisfaction du travail accompli ne venait pas des casernes mais des lits extraconjugaux. Après la mort de son épouse, il était allé tous les jours au cimetière, courir la prétentaine était devenu insipide.

Toutes les femmes que je connaissais se sont mises à avoir d'un seul coup des voix de crécelle et le goût de raisins aigres, dit-il, surtout les très jeunes. Les mollets perchés sur des chaussures à talons hauts, la vie marchait à petits pas pressés entre la caserne et le cercle. Dans les draps, elles étaient nu-pieds, poisseuses et gémissantes. Chaque seconde était bonne pour mourir, il avait peur de voir ces femmes mourir sous lui.

Pris isolément, chaque officier assis à cette terrasse était un benêt, même face à des poires ou des fruits tombés. Mais Lilli avait de petites pommes d'été bien fermes : ces hommes-là, elle leur aurait réglé leur compte en une seule phrase. Ils s'en doutaient, et c'est pourquoi au régiment ils s'attelaient tous ensemble à la conquête de Lilli. D'après eux, l'officier de Lilli n'avait plus besoin de graisser ses charnières, il avait passé l'âge du travail de précision, la relève était imminente. Ils l'incitaient à descendre de la belle chair de Lilli. Aux doigts lanceurs d'allumettes scintillaient des alliances en plein soleil, dans les yeux qui regardaient ensuite les doigts étincelaient des regards semblables à des balles mouillées. Le vieux posa le cendrier à côté de sa main et dit :
Ils sont malades, on aurait dû aller ailleurs.

57

Il ramassa les allumettes sur la table et les jeta dans le cendrier. Il avait des mains blanches de pharmacien, aux fines phalanges. Ni lui ni Lilli ne s'énervaient, leur calme n'était pas feint, ils avaient de la patience. Je n'y comprenais rien : une telle patience, on ne peut l'avoir que lorsqu'on sait qu'on n'en aura plus besoin longtemps. Mais il avait encore le visage lisse, le tempes qui palpitaient comme un papier tacheté à l'ombre du parasol. Cette façon que Lilli avait de le regarder sans revenir sur sa décision m'était inconnue. Ses regards et ceux du vieux, des prunes bleues tombées dans une eau calme, voilà ce que c'était. En position assise, quand il prenait la main de Lilli, son ventre l'entraînait vers l'avant. Là, il va se fâcher, me dis-je quand deux allumettes volèrent encore sur notre table. Il les ramassa aussi de sa main restée libre, si sûr de la main de Lilli qu'il se mit soudain à chanter doucement pour elle :

Un cheval entre dans la cour du camp
Il a une fenêtre dans la tête
Vois-tu le mirador qui se dresse bleuté...

L'entendre chanter d'une voix si grave, sans rien laisser deviner de lui-même, était en soi suffisant. Mais qu'il connût cet air-là me donna un coup au cœur. Mon grand-père le chantait aussi, il l'avait appris au camp. Lilli et moi étions trop jeunes, l'officier comptait là-dessus. Oh, si je m'étais mise à le chanter à mon tour, il en aurait eu le sifflet coupé. Tandis que là, s'il chantait d'un air gêné, c'était seulement parce que j'étais assise entre Lilli et lui et que j'écoutais. Je voyais les endroits usés à côté des baleines du parasol. Nous étions sous une roue et je troublais un secret. Lilli n'était pas une passade d'officier, il l'aimait. Et quand il cessa de chanter, je laissai Lilli au cercle en sa compagnie pour marcher en ville, tout hébétée. À l'époque, ils devaient déjà avoir formé le projet de s'enfuir. Il avait deux grands fils au Canada, il voulait y aller avec Lilli.

Le soleil brûlait, des feuilles vertes volaient dans les

tilleuls avec des jaunes, seules les jaunes tombaient par terre. Je n'y étais pour rien, le vert visait Lilli et le jaune l'officier.

Cet homme est trop vieux pour Lilli.

Je me cognais contre des passants, je les voyais trop tard. Cet après-midi-là, je fus terriblement seule et cela dura jusqu'au lendemain matin où, à l'usine, Lilli me demanda de la rejoindre pour parler de l'officier.

Depuis l'affaire des papiers, je n'avais plus le droit de monter à la salle d'emballage. Quand j'arrivai en haut des marches, Lilli m'attendait dans le couloir. Nous allâmes dans un recoin, elle s'agenouilla, j'appuyai mon épaule contre le mur et dis :

De visage, il est jeune, mais dans le ventre, il a déjà la boule du soleil couchant.

Là, Lilli leva la tête très haut, posa le bout des doigts par terre et écarquilla les yeux. Je l'avais vexée. Une veine gonfla en montant sur son cou, sa bouche se durcit pour crier. Mais Lilli me tira par la main pour me faire descendre près d'elle jusqu'à ce que je mette aussi un genou en terre et que je me cramponne à sa hanche. Et comme un homme, le bras chargé de cintres, passait à côté de nous en traînant et en feignant de ne pas nous voir, Lilli chuchota :

Quand il est étendu, son soleil couchant est plat comme un oreiller.

Je voyais les pieds de Lilli. Lorsque le deuxième orteil est plus long que le gros, on l'appelle orteil de veuve. C'était ce qu'avait Lilli. Elle dit :

Il m'appelle Cerise.

Cela n'allait pas avec ses yeux bleus. Et quand l'homme aux cintres s'éloigna davantage et qu'il eut refermé derrière lui la porte de la salle d'emballage, Lilli dit :

Le vent fait tomber la cerise de la branche, n'est-ce pas beau cela, que tu aies les yeux si foncés et que ce soit moi qui m'appelle Cerise.

Le soleil entrait dans le couloir, des néons étaient allumés au plafond. Assises de la sorte, nous étions deux enfants lasses.

Est-ce qu'il a été dans les camps, ai-je demandé.

Lilli ne le savait pas.

Demande-le lui.

Lilli acquiesça.

Curieusement, pas un bruit ne venait de la cour de l'usine et à ce moment-là, il régnait un tel silence dans le couloir que l'on entendait le grésillement des tubes de néon.

Aujourd'hui, je crois que le vieil officier devait chercher Lilli parce qu'avant de la rencontrer, il avait déjà arrangé la mort de cette fille. Que lorsqu'il a vu Lilli pour la première fois, il s'est arrêté comme un chronomètre : ça y est, je tiens la bonne. L'officier en retraite était toujours attiré par le cercle et ses uniformes. Le sien, au rebut, lui était entré dans la peau. Ses désirs restaient ceux d'un soldat. Cet endroit où on le voyait en uniforme comme autrefois, en dépit de sa chemise à fines rayures, il voulait y emmener Lilli. S'afficher avec sa conquête à la terrasse du cercle, et, une fois seul avec elle, pousser sa concupiscence tardive jusqu'à un point extrême qui dépassait la beauté de Lilli. Un homme comme lui en savait long sur les soldats, les chiens et les balles qu'il y avait à la frontière. Sa crainte de voir la mort désirer Lilli autant qu'il le faisait se hissa jusqu'à la conviction que Lilli intimiderait la mort, même pour lui-même. Aveuglé à force de trop voir, il risqua la vie de Lilli qui avait plus de prix à ses yeux que la raison ne pouvait le supporter.

Tout homme qui prend de l'âge se rappelle le passé. Quand le vieux se rappelait le passé, le blanc-bec qui avait abattu Lilli lui ressemblait. Le garde-frontière était un jeune paysan ou un ouvrier. Ou un homme qui, quelques mois plus tard, serait étudiant, puis professeur, médecin, prêtre ou ingénieur. Peu importe quel serait son métier. Au moment où il tira, c'était un homme qui patrouillait lamentablement sous le ciel pendant que le vent, jour et nuit, sifflait la solitude. Sur terre, la chair vivante de Lilli faisait vibrer cet homme, sa chair morte fut un présent du ciel, la perspective de dix jours de permission. Peut-être écrivait-il des lettres malheureuses comme mon premier mari. Peut-être était-il attendu par une fille de mon genre qui, si elle ne soutenait pas la comparaison avec la morte, savait, aux prises avec l'amour, rire et lui prodiguer des caresses jusqu'à ce qu'il se sente humain. Durant cette seconde-là, il tira peut-être au nom de son bonheur, et le coup partit. Au loin retentirent des aboiements puis des cris. L'officier de Lilli fut ligoté, emmené dans une baraque en tôle et surveillé par celui qui, dans sa soif de bonheur, avait tiré. Lilli gisait dehors. La baraque n'avait pas de cloison sur le devant. Par terre, il y avait une citerne, contre le mur un banc, et dans le coin une civière. Le garde but beaucoup d'eau, se lava le visage, retira sa chemise de son pantalon, s'essuya et s'assit. Le prisonnier n'avait pas le droit d'être assis, mais il avait celui de regarder Lilli étendue dans l'herbe au dehors. Cinq chiens accoururent, l'herbe leur montait jusqu'au cou, leurs pattes bondissaient par-dessus. Et loin derrière eux courait une troupe de soldats aux abois. Lorsqu'ils arrivèrent près de Lilli, sa robe ne fut pas la seule à être en lambeaux. Les chiens vidèrent le corps de Lilli. Sous leurs gueules, Lilli était aussi rouge qu'une masse de coquelicots. Les soldats chassèrent les chiens et formèrent le cercle. Puis deux d'entre eux pénétrèrent dans la baraque en tôle, burent de l'eau et emportèrent la civière.

Cela, je le tiens du beau-père de Lilli. Comme une masse de coquelicots, a-t-il dit, et à ce moment-là, j'ai pensé à des cerises.

L'enfant s'est assoupi au soleil. Son père lui prend le mouchoir, les doigts cèdent, le sommeil continue même si le père lui replie le bras vers l'arrière et range le mouchoir dans sa poche, même si, en écartant bien les jambes, il retourne l'enfant le dos vers l'avant, se lève et appuie sur son épaule la petite bouche béante. On arrive tout de suite à l'arrêt de la poste principale. Il porte l'enfant jusqu'à la sortie. Le tramway est immobile, la voiture est encore plus vide sans son bruissement. Le conducteur attrape le deuxième bretzel, puis hésite et boit à la bouteille. Pourquoi boit-il avant de manger ? Devant la poste, il y a la grande boîte aux lettres bleue, combien de lettres y trouvent place... Si je devais la remplir, elle ne se viderait jamais. Depuis les papiers pour l'Italie, je n'ai plus écrit à personne. J'ai simplement raconté des choses à droite à gauche, il faut parler et non écrire. Le conducteur mange son deuxième bretzel qui, d'après les miettes, doit maintenant être sec. Dehors, à un endroit qui n'est pas un passage pour piétons, le père traverse avec son enfant endormi. Si une voiture arrive, il marche bien trop lentement. Comment voudrait-il courir avec un enfant qui, par surcroît, est endormi. Peut-être que le père, avant de traverser, s'est assuré qu'aucune voiture n'arrivait. Mais du côté droit, il faut qu'il regarde par-dessus la tête du petit, il peut se tromper. Si un malheur arrive, ce sera sa faute. D'ailleurs il a bien dit à son enfant avant qu'il ne s'endorme : maman n'a pas de lunettes de soleil, sinon elle ne verrait pas comme tes yeux sont bleus. Il va à la poste. Il porte l'enfant comme un petit paquet ; s'il ne se réveille pas, il va l'expédier. Par la portière ouverte, une vieille dame demande : est-ce que cette ligne va au marché ? Lis donc ce qu'il y a d'écrit là-haut, fait le contrôleur. Je n'ai pas mes lunettes, dit-elle. C'est tout droit devant ton nez, dit-il, si le marché est là-bas, on va y arriver. La vieille dame monte, le conducteur repart. Un jeune homme qui court bondit encore dans le tramway. Il respire si fort que j'en viens à manquer d'air.

J'avais vu le beau-père de Lilli à la terrasse d'un salon de thé. Il voulait m'ignorer, mais je le saluai sans lui laisser le temps de détourner la tête. Cet après-midi-là, le temps était à la pluie et beaucoup de tables étaient libres dehors, je m'installai à côté de lui. En terrasse, on a le droit de déranger quelqu'un. Il commanda un café puis se tut. Je commandai un café et me tus. Cette fois, j'avais un parapluie sur le bras et lui un chapeau de paille sur la tête. Il n'avait pas le même air qu'à l'enterrement de Lilli. Comme il ramassait sur la nappe des feuilles de robinier flétries pour les jeter dans le cendrier, il ressemblait à l'officier de Lilli, mais il avait des mains grossières. Une fois nos tasses sur la table et la serveuse repartie, il tourna l'anse de sa tasse du côté de son pouce, la tasse eut un petit couinement. Il avait des grains de sucre collés sur le pouce, il les enleva en se frottant avec l'index, souleva sa tasse et but bruyamment.

Léger comme un bas, dit-il.

Voulait-il que je pense à ses amours à la cuisine ? Je fis : c'est parfois épais, aussi.

Il émit alors un petit rire et leva les yeux comme s'il avait pris son parti de ma présence :

Lilli vous a sûrement dit que j'ai été officier moi aussi, il y a longtemps. Je suis arrivé à rendre visite à l'officier de Lilli en prison. Je ne le connaissais pas, seulement de nom, à cause d'avant. Vous l'avez connu ?

Vu, dis-je.

Il a eu plus de chance que Lilli, continua-t-il, enfin peut-être que non, cela dépend. Il est en mauvais point.

Puis il repassa de l'index une feuille de robinier toute ridée, la déchira en son milieu, la jeta par terre, avala de travers, toussa, se racla la gorge, regarda à l'intérieur du cendrier et dit :

L'automne arrive déjà.

Voilà un sujet dont je peux parler avec tout le monde, pensai-je en disant :

Bientôt.

À l'enterrement, vous m'avez demandé à quoi ressemblait Lilli. Êtes-vous sûre de vouloir le savoir ?

Je me tins à ma tasse pour empêcher cet homme de voir ma main trembler. Il tombait de plus en plus de gouttes sur

63

la nappe, il enfonça son chapeau de paille sur ses yeux sans se laisser troubler :

L'officier a payé une fortune. Du côté hongrois, quelqu'un devait les attendre avec une moto et un side-car. Et le type a attendu son argent, mais une semaine à l'avance. Ensuite, il s'est précipité à la police et a gagné un bon paquet d'argent en plus. Vous voyez, dit le père de Lilli, là-bas, au fond du parc, le temps se lève déjà.

Lilli a aimé un portier d'hôtel, un médecin, un marchand de vêtements de cuir, un photographe. Pour moi, c'étaient des vieux, ils avaient au moins vingt ans de plus qu'elle. En parlant d'eux, elle ne les qualifiait jamais de vieux, elle disait :

Il n'est plus tout jeune.

N'ayant pas gêné mes relations avec Lilli, tous les hommes d'avant le vieil officier m'indifféraient. C'est seulement pour les beaux yeux de ce dernier qu'elle m'avait négligée ; pour la première fois, j'avais été délaissée pour longtemps, comme il était apparu à la terrasse du cercle, à l'époque. Arrivé d'un pas lent, cet homme qui avait vidé l'assiette de sa vie avait entraîné Lilli sous son joug. Une jalousie triste naquit en moi, mais à l'envers. Je n'enviais pas le vieux, j'enviais Lilli de l'avoir. Et pourtant, le vieux était loin de me plaire. Il y avait en lui un je ne sais quoi qui vous amenait à regretter qu'il vous déplût. Il manquait entre le vieil officier et moi une chose que je n'aurais ni voulue ni acceptée si elle était arrivée. C'était un homme qui ne suscitait aucun désir mais ne vous laissait pas en paix. Voilà pourquoi je n'avais pu m'empêcher de parler de la boule du soleil couchant en visant Lilli et non cet homme. Et c'est ainsi qu'aujourd'hui je me trouve présente, moi aussi, dans l'arrangement de cette mort.

Lilli aimait les hommes d'un certain âge, son beau-père fut le premier. Elle le harcelait, elle voulait coucher avec lui et le lui dit. Il la fit lanterner, elle s'acharna. Un jour que la mère de Lilli était allée chez le coiffeur, Lilli demanda à son beau-père combien de temps il se déroberait encore. Il l'envoya acheter du pain. Il n'y avait pas de file d'attente au magasin, elle prit son pain et ne tarda pas à revenir.

Où va-t-il falloir que tu m'envoies encore pour pouvoir rester maître de toi, demanda-t-elle.

Il lui demanda à son tour si elle était certaine de garder un gros secret.

Une enfant n'est pas vide, me dit Lilli, j'avais fini de grandir. Je posai le pain sur la table de la cuisine, enlevai ma robe en un clin d'œil en la faisant passer par-dessus ma tête. Tout commença. Pendant deux ans, presque tous les jours sauf le dimanche, et toujours à la va-vite, seulement à la cuisine, nous n'avons pas touché aux lits. Il envoyait ma mère acheter quelque chose, la file d'attente était parfois longue, parfois courte, mais elle ne nous a jamais pincés.

À part moi, seulement trois personnes de l'usine osèrent aller à l'enterrement de Lilli. Deux vinrent de leur propre initiative, des filles du service de l'emballage. Tous les autres refusèrent d'être mêlés à la fin d'une tentative de fuite. La troisième personne était Nelu, venu par ordre du chef. Une des deux filles me montra le beau-père de Lilli qui avait un parapluie noir sur le bras. Ce jour-là, le temps n'était pas à la pluie, le ciel étendait sa voûte bleue, les fleurs du cimetière avaient un parfum de brise qui vole et non cette odeur lourde et piquante d'avant la pluie. Les mouches allaient vers les fleurs, elles ne vous harcelaient pas en volant autour de la tête comme avant un orage. Je n'arrivais pas à déterminer si un parapluie, par ce temps, donnait à cet homme un air distingué ou patibulaire. Une chose était sûre, il lui donnait l'air étranger par rapport aux autres. Il avait l'allure d'un flâneur, mais aussi d'un escroc rompu aux manœuvres louches et dont la promenade quotidienne au cimetière, toujours à la même heure, n'est pas due aux fleurs.

Nelu avait un bouquet de pois de senteur, des fleurs blanches aux pétales ébouriffés. Dans ses mains, la neige des tiges avait l'air aussi fausse que le parapluie noir. J'allai trouver le beau-père de Lilli sans me présenter. Il devina qui j'étais.

Vous l'avez bien connue, Lilli.

Je fis oui de la tête. Peut-être lut-il dans l'air, devant mon front, que je pensais à ses amours à la cuisine. Il se sentit plus proche de moi que je ne l'étais de lui et se pencha pour me donner l'accolade. Je restai raide et il se redressa. Son parapluie se balança lors de ce mouvement de recul, l'homme tendit la main pour me saluer en gardant le bras plié. Sa main était froide et dure comme du bois. Je demandai :

À quoi Lilli ressemblait-elle ?

Il oublia son parapluie qui lui glissa sur le poignet, et le rattrapa au dernier moment avec le pouce.

Sous le cercueil de bois, il y en a un en zinc, dit-il, et il était soudé.

Il ne leva que le menton en gardant les yeux clos et murmura :

Regardez là-bas, la quatrième en partant de la droite, c'est la mère de Lilli, allez la voir.

Je m'approchai de la femme vêtue de noir qu'il avait appelée « la mère de Lilli » et non « ma femme », ce qui cadrait bien avec ses amours à la cuisine. Elle se l'était partagé avec Lilli trois années durant. Elle me tendit brièvement ses joues jaunes l'une après l'autre, ma bouche les embrassa de loin, moitié sur le foulard noir. Elle aussi devina qui j'étais :

Vous étiez au courant, n'est-ce pas. Un officier, et il n'avait plus toute sa raison.

Je pensais à la cuisine. Et elle, à quoi pensait-elle... Prenant son tour dans la ronde des endeuillés, Nelu jeta ses pois de senteur blancs sur le cercueil, puis une poignée de terre. J'aurais voulu faire tomber de sa main au moins cette poignée-là avant qu'elle ne touchât la bière, au moins celle-là. Il me fit un signe de tête. J'ignore ce que la mère de Lilli ressentit à ce moment.

66

Lilli vous aurait écoutée. Il vaut mieux que vous partiez maintenant.

Cela lui avait échappé, dans sa haine. Cet homme m'envoie la voir, et j'y vais. Elle rejette la faute sur moi, me chasse, et je pars. Comment peuvent-ils en arriver là, qu'est-ce qui m'empêche de leur dire :

Écoutez, je reste autant que je veux.

Sur le sol, on voyait toutes les chaussures en velours à motifs végétaux que portaient les villageois apparentés à Lilli, leurs bas blancs souillés de terre aux orteils et aux talons. Et derrière, Nelu qui chuchota :

Psst, tu as du feu ?

Il tenait sa cigarette dans sa main fermée, le filtre pointait à côté du pouce.

On ne fume pas ici, dis-je.

Pourquoi, demanda-t-il.

Il me semble que tu es nerveux.

Et toi, tu n'es pas nerveuse ?

Non.

Arrête, pour ces choses-là, on a trop tendance à avoir la larme à l'œil.

Pour quelles choses, demandai-je.

Eh bien, face à la mort.

C'est bien l'Italie qui était de ton ressort, non ? Lilli voulait aller au Canada, elle.

T'es dingue ou quoi.

Dis-moi, ton crâne supporte tout, même la terre fraîche ?

Les mots fusèrent de part et d'autre, le ton monta.

Une canne s'éleva le long de ma cheville et un vieil homme en chaussures de velours dit :

Bon sang, est-ce possible, si vous voulez vous disputer, allez le faire ailleurs.

J'entendais mon cœur qui battait à tout rompre. Je respirai un bon coup pour changer de ton et dis comme si j'avais été le calme en personne :

Nous sommes désolés.

Je plantai là Nelu et partis. Sur une tombe, dans la rangée de Lilli, la terre n'était pas encore tassée. Une croix en bois toute neuve et derrière, une assiette poisseuse ; je n'en revenais pas de m'être excusée pour Nelu aussi.

On donne aux morts de la nourriture à emporter pour la route jusqu'au ciel, afin d'apaiser les mauvais esprits. La première nuit, pour aller vers Dieu, l'âme se faufile derrière leur dos en évitant l'enfer. Lilli se verra aussi offrir une assiette par sa mère. La nuit, les chats du cimetière mangeront sur son tertre rectangulaire. L'écho sur les pavés de l'allée faisait plus de bruit que les pelletées de terre sur la tombe. Je me bouchai les oreilles et courus un peu jusqu'au portail du cimetière. Si je ne voulais pas comprendre l'amour de Lilli pour les vieux, c'était à cause de...

Au portail du cimetière, il y avait un autobus. Mon Tata était au volant, il dormait le visage appuyé sur les mains. Or mon Tata était mort depuis des années. Depuis, je l'ai surpris je ne sais combien de fois au volant, dans des autobus en marche ou à l'arrêt. Il était mort pour pouvoir rouler en toute tranquillité, pour échapper à ma Mama et à moi au lieu de se cacher de nous. Il tomba sous nos yeux et mourut. Nous le secouâmes, il avait les bras ballants, puis ils devinrent rigides. Les joues se collèrent aux os, le front était en toile cirée froide, d'un froid qui ne devrait pas avoir le droit d'être sur les gens que l'on n'oublie jamais. Sans cesser d'y passer la main, j'ouvris tout grands les yeux révulsés de mon père pour y faire entrer de la lumière et l'obliger à vivre. Tout geste devenait inconvenant. Je le tiraillais encore, mais Mama le laissa en paix comme s'il n'avait jamais été à elle. En tombant à la renverse, il nous avait montré comment on peut repousser l'aide des autres et refroidir sans ménagement. Il avait suffi d'un instant, et Mama et moi nous étions fait lâcher. Puis le médecin arriva, coucha Tata sur le canapé et demanda :

Où est le vieux monsieur ?

Mon grand-père est à la campagne chez son frère, répondis-je, il n'y a pas le téléphone là-bas et le facteur passe seulement une fois la semaine. Mon grand-père ne viendra qu'après-demain.

Le médecin écrivit le mot apoplexie sur un formulaire, y apposa son tampon, signa et s'en alla. La main sur la poignée de la porte, il dit :

Qui peut comprendre, votre mari était en bonne santé physique, mais son cerveau s'est éteint comme une ampoule électrique.

Sur la table pétillait un verre d'eau que le médecin avait réclamé sans toutefois le boire. Dans sa chute, Tata avait entraîné sa chaise, le dossier était par terre et le siège à la verticale, recouvert d'un tissu au motif gris-rouge et dentelé. Mama emporta le verre à la cuisine en marchant sur la pointe des pieds et regarda vers le canapé par-dessus son épaule comme si son mari avait été en train d'y faire une sieste. Elle ne répandit pas la moindre goutte d'eau. On n'entendit à la cuisine qu'un seul petit bruit, celui du verre qu'elle posait. Puis elle revint dans le séjour et s'assit à la table où il y avait eu le verre. Dans cette pièce se trouvaient deux personnes qui n'étaient plus tout à fait vivantes, et une qui était morte. Trois êtres qui se mentaient depuis longtemps quand ils disaient « nous » en parlant d'eux ou « notre » en parlant d'un verre d'eau, d'une chaise ou d'un arbre du jardin.

Depuis, je rencontrais Tata dans les rues et il avait la même étrangeté que ce jour-là sur le canapé. Voilà pourquoi je le reconnaissais partout, même devant le cimetière. Le mot « transports » était inscrit sur tous les autobus du pays. Et tous avaient des marchepieds déformés, des flancs rouillés ; sur le toit, une poussière fine comme de la farine était du voyage depuis six mois ou davantage. Derrière les vitres, les dernières rangées de sièges devenaient des personnages quand je les regardais. Sur le pare-brise de cet autobus aussi étaient collées des taches de rousseur, c'était ainsi que Tata appelait les insectes écrasés et desséchés, de couleur rouge et jaune. Ces femmes en bas blancs et en chaussures brodées et ces hommes aux visages pincés étaient de la famille de Lilli. Son père venait de la région des collines, d'un petit patelin de rien du tout dans une vallée où les pruniers, en ce moment, étaient couverts d'une pluie bleue qui courbait leurs branches. Le chauffeur devait attendre que Lilli fût entièrement enfouie sous la terre. Pendant que les chats du cimetière s'occuperaient de l'âme de Lilli, le chauffeur devrait rouler la moitié de la nuit pour ramener jusqu'aux pruniers les visages harassés de ses paysans.

Quand j'allais au lycée et que j'habitais encore chez mes parents dans cette petite ville, j'aimais bien accompagner mon Tata pour le dernier tour jusqu'au dépôt, dans le bus vide. Nous n'avions pas besoin de parler dans la pénombre des rues, le bus faisait un bruit de ferraille. Les sièges, les portes, les barres de maintien, les marchepieds, tout était mal vissé mais l'autobus ne s'effondrait pas. Tous les soirs, après ces nombreux trajets, Tata enlevait les principales vis et réparait le moteur pour le jour suivant. Lors du dernier tour, il klaxonnait à tous les coins de rue et, aux carrefours, passait au rouge. Nous riions quand c'était trop juste et que les phares d'un camion nous frôlaient en obliquant. Une fois arrivés au dépôt, il me laissait descendre au portail en fer. Je revenais à la maison et lui entrait dans le dépôt, il avait encore du travail et arrivait au bout d'une heure et demie.

Un soir que je revenais à la maison en passant par l'allée, un moucheron m'entra dans l'œil. Je m'arrêtai sous un réverbère et abaissai ma paupière en la maintenant par les cils, puis me mouchai. Mon grand-père avait appris ce truc au camp. Je m'y étais prise convenablement, le moucheron resta collé au coin de l'œil après que je me fus mouchée, et je l'enlevai en frottant. J'avais l'œil qui pleurait, il me fallait un mouchoir. Là, je remarquai que j'avais laissé mon sac dans l'autobus. Tata n'a que son moteur en tête, il ne le verra pas. Je tournai les talons.

Je pénétrai par le côté dans le dépôt où je me repérais

bien, sauf dans l'obscurité. Je ne quittai donc pas le bâtiment éclairé par une lampe tarabiscotée à abat-jour métallique. Je ne tardai pas à trouver l'autobus, deux paniers d'osier vides étaient posés dans l'herbe à côté de la roue avant. Et sur le siège avant droit pendait une natte qui se balançait. Je vis ensuite des joues, un nez, un cou. Assis sous la femme, mon père lui embrassait le cou. Elle levait la tête comme si elle allait, en suivant son cou, monter jusqu'au plafond. Elle cambrait les reins comme une liane. Je connaissais cette fille, elle était allée à la même école que moi, dans une autre classe. Elle avait mon âge. Depuis trois ans, alors que j'allais au lycée, elle vendait des légumes au marché. Sa natte fouettait l'air, puis Tata plaqua sa bouche sur la sienne. J'avais à la fois envie de filer comme le vent et de regarder perpétuellement. Autour de la lampe tournoyait, tel un filet moite, une nuée de moustiques. Jusqu'à la corniche, le peuplier était arbre. Au-dessus, à l'endroit où la gouttière coupait la lumière, une tour noire qui se balançait en bruissant. Son bruit était pourtant couvert par celui des grillons, de l'herbe jusqu'au ciel, si bien que je ne pouvais pas entendre la bouche ouverte de Tata, mais seulement la voir. Je ne savais pas depuis combien de temps j'étais plantée là, ni combien de temps durerait ce péché. Je voulais revenir à temps à la maison, y être avant lui à distance respectueuse. Derrière le bâtiment central, il y avait un trou dans la clôture, c'était le chemin le plus court.

Dans la rue, les étages de l'allée s'estompaient à la lumière. Les troncs massifs étaient blanchis à la chaux, étincelaient et vacillaient, ou était-ce moi qui ne marchais pas droit. Après ce que j'avais vu, il n'était pas permis d'avoir peur de la nuit entre les arbres. En outre, je savais que les tombes blanches vacillaient au soleil, par les journées aveuglantes, dans la partie du cimetière réservée aux enfants, tout comme les troncs blanchis, les nuits où il y avait de la lune. Car dans le cimetière, derrière la boulangerie industrielle, reposait le garçon aux serpents de poussière. Durant les heures brûlantes de la canicule, quand il n'était pas raisonnable pour les enfants de courir dehors, sa stèle était aussi soûle que cette allée nocturne. Autour de lui, les stèles chancelaient, surtout les photographies sur lesquelles les enfants avaient des tétines dans la bouche et des peluches dans les bras. Le garçon qui avait la plus grande tombe se tenait debout derrière un bonhomme de neige.

Avant de me donner le jour, mes parents avaient eu un garçon qui, quand il riait, avait le visage tout bleu. Il ne devint pas un fils digne de ce nom mais mourut avant le baptême. Mes parents purent abandonner sa tombe au bout de deux ans en ayant bonne conscience. Ma mère attendit mes huit ans pour me dire à l'oreille, un jour qu'un garçon aux genoux écorchés était assis en face de nous dans le tramway :

Si ton frère était resté en vie, tu ne serais pas venue au monde.

Le garçon suçait un canard en caramel qui entrait et sortait de sa bouche en nageant, les maisons toutes penchées montaient derrière les vitres. J'étais assise dans le tramway sur un siège en bois brûlant et peint en vert, à côté de Mama et à la place de mon frère.

Il y avait deux photos de moi prises à la maternité, et aucune de mon frère. Sur une des photos, je suis couchée à côté de l'oreille de Mama sur l'oreiller. Sur l'autre, au milieu d'une table. Pour leur deuxième enfant, mes parents avaient voulu une photo pour eux et une pour la tombe.

En revenant du dépôt, j'étais trop vieille pour avoir peur des troncs d'arbres blanchis à la chaux, mais j'avais l'impression d'avoir été rabaissée par Tata encore plus que Mama ne l'avait fait ce jour-là dans le tramway. Je suis mieux que cette fille à la natte, pensais-je, pourquoi est-ce que Tata ne me prend pas, moi... Elle est sale, elle a les mains vertes à cause des légumes. Que lui veut-il, à cette fille, elle a un bon mari. Le matin, quand je vais au lycée, je le vois. Il est jeune, il porte les lourds paniers de l'arrêt de bus jusqu'à l'étal du marché, et elle seulement un sac en plastique. Et elle a un enfant patient qui, sous le toit de béton du marché, joue derrière l'étal avec un chien en tissu tout crotté, sur une caisse en bois retournée, pour passer le temps. J'ai été bien bête de lui acheter avant-hier une brassée de raifort. Elle a mis l'argent dans la grande poche de son tablier, sur son ventre, et elle a caressé les cheveux du petit. Elle savait qui j'étais et pensait sûrement au péché. Sur sa lèvre supérieure, je voyais un herpès rouge vif à peine éclos, sans songer au fait que mon père le lui avait passé. Sur sa bouche à lui, l'herpès touchait à sa fin, il avait été rouge vif deux semaines auparavant. Mais cette femme ne laissait pas paraître à quel point elle aurait aimé laisser à la maison son enfant au chien en tissu tout crotté pour pouvoir prendre du bon temps avec Tata, à la tombée de la nuit.

Tata rentra, mon sac sur l'épaule, le posa devant moi et demanda :

Dis donc, depuis quand as-tu la tête ailleurs ?

Qui a la tête ailleurs, répliquai-je.

Il fit la sourde oreille, s'attabla sous la lumière crue et attendit le dîner. Il se coupa une bonne tranche de saucisson et mangea quatre poivrons pointus et très piquants qu'il avait rapportés, ils venaient sans doute d'elle. Il les avait peut-être même payés, allez savoir. Et avec le tout, il mangea six tranches de pain et une poignée de sel. Cette fille à la natte le vide littéralement de sa substance. Peut-être que l'odeur d'essence de l'autobus faisait monter le sang trop vite au cœur de mon père et le forçait à avoir du culot, comme à la guerre, dans le temps. Mon grand-père m'avait montré une petite photographie en me disant :

Voilà son char d'assaut.

Et qui est-ce, là, avais-je demandé.

Dans l'herbe, à côté de Tata, il y avait une jeune femme aux pieds nus, les chaussures lancées loin l'une de l'autre à côté d'un buisson ; des pissenlits fleurissaient entre ses mollets, et elle relevait la tête, appuyée sur un coude.

Une fille douée pour la musique, dit le grand-père, elle jouait sur la flûte de ton père. Pendant la guerre, ton Tata s'en prenait à tout ce qui avait des ovaires et ne mangeait pas d'herbe. Ensuite, des lettres arrivaient sans cesse. Je les ai toutes déchirées pour que ta Mama ne les aperçoive pas. J'ai été renversé de voir avec quelle vitesse il a pris ta mère. Mine de rien, elle lui avait fait perdre son culot, elle a tout de suite eu la haute main sur lui.

Je fis encore dix tours avec lui jusqu'au dépôt le soir, je les comptais sur mes doigts. Je pris le bras de Tata, son genou, il n'avait d'yeux que pour la route. Je lui attrapai l'oreille, il me regarda en souriant pour se concentrer ensuite sur la route. Je posai ma main sur la sienne, sur le volant. Il dit :

On ne peut pas rouler comme ça.

La dernière fois, je lui fis mordre une poire que mes dents avaient bien entamée pour lui éviter de se donner du mal avec la peau épaisse et jaune. Il mâcha bruyamment, il avait un jus mousseux qui lui coulait sur les dents, et il avala, le regard absent. Tata se régalait, et moi, je mangeais seulement pour l'appâter. Quand je n'eus plus faim et qu'il tourna la bouche vers moi pour mordre encore une fois, je dis :

Prends-la en entier, je n'en veux plus.

Il aurait bien pu demander pourquoi. Il klaxonnait au coin des rues parce qu'il se réjouissait à l'avance de cette fille à la longue natte. S'il lançait son autobus en passant au rouge, c'était parce qu'il était pressé et non pour nous faire rire.

Après son dixième tour, devant le portail du dépôt, il ouvrit encore la porte de l'autobus avec un élan qui était déjà destiné à son péché. Il avait même mangé le trognon de la poire et jeta la tige par la porte avant que je ne descende. Il attendait la chair d'une autre.

Ensuite, je restai tous les soirs à la maison. Il aurait bien pu me demander à l'occasion si je ne voulais pas l'accompagner. Les dix doigts avaient été comptés, mais on aurait pu repartir du début. Les cigarettes auraient peut-être mieux marché que mes mains ou qu'une poire entamée. J'aurais pu lui apprendre à avaler la fumée. Il soufflait la fumée par la bouche et s'il fumait, c'était seulement pour crâner avec des cigarettes étrangères. Tata ne pouvait pas se les offrir, il fumait rarement mais cela lui allait bien. Pendant qu'il faisait son dernier tour, je me cueillais une pêche dans les arbres noirs comme l'encre, à côté de la clôture, et m'asseyais sur le banc du jardin. Les grillons chantaient en stridulant la chanson d'un autobus qui, le soir, se transformait en lit sous de la chair vicieuse et entre quatre yeux. Disons plutôt six. Je mangeais et avalais pour garder ce secret.

Lors de mon dernier tour, quand j'étais rentrée à la maison et que la poire n'avait pas produit l'effet voulu, Mama m'avait demandé :

Tu as pleuré ?

Oui, j'avais pleuré.

Un chien errant m'a suivie depuis les poubelles de l'allée jusqu'à l'usine où l'on fabrique le pain, racontai-je. Mama dit :

Il est en rut et tu lui as fait peur.

Tu ne penses qu'au rut, criai-je, il n'a que la peau sur les os et il est abruti par la faim.

Mon cœur devint si dur qu'en le lançant vers elle, je l'aurais assommée. Ma langue se fit toute sèche tant je la détestais quand elle ajouta sans vergogne :

Ah, voilà pourquoi j'ai entendu un glapissement dehors.

Dehors, comme toujours à la tombée de la nuit durant l'été aride, il n'y avait que des chants de grillons de la terre jusqu'au ciel, mais pas l'ombre d'un chien. Elle avait agrémenté mon mensonge de cette frayeur que j'aurais causée à un chien en rut. Elle mentait pour que, dans ma détresse, je n'en vienne tout de même pas à dire que mon père était en rut et que j'aurais pu l'effrayer si j'avais voulu.

Combien de fois ai-je dû mentir ou tenir ma langue pour éviter à mes très chers parents, au moment même où je ne pouvais pas les supporter, d'être confrontés à leur malheur.

Quand je souhaitais voir ma haine durer éternellement, le dégoût venait la ramollir. Entre une bouffée d'amour et une quantité de reproches adressés à moi-même, je baissais les bras en attendant la prochaine haine. J'ai toujours eu assez de raison pour ménager les autres, mais jamais lorsqu'il s'agissait de mon propre malheur.

Un soir, Mama mit sa robe d'été avec plein de boutons de nacre et une fente audacieuse par derrière, se coiffa en formant un édifice avec une coque de travers, enfonça des barrettes métalliques en dessous et se fourra un bonbon au caramel dans la bouche. Quand elle suçait des bonbons en s'habillant coquettement, elle avait en vue quelque chose d'exquis. Elle mit ses nu-pieds blancs et dit :

Maintenant, il fait frais dehors après la grosse chaleur. Je vais me promener un peu jusqu'à l'allée.

Je ne sais pas si elle put passer par le trou de la clôture avec sa robe moulante. Quand elle arriva au terrain du dépôt, son mari réparait le refroidissement du moteur. Il avait dû se dominer, pour reprendre le mot de Lilli, en voyant la fente audacieuse, la coiffure et les sandales blanches. Il installa peut-être ma mère au volant en attendant que le radiateur fût prêt. Ils revinrent bras dessus bras dessous à la lueur des troncs blancs et des sandales. Au dîner, elle dit :

Ces heures-là, personne ne te les paie, quand tous les soirs, après une longue journée de travail, il faut par-dessus le marché que tu répares ton bus.

Comment cela, c'est moi qui fais presque tous les trajets, dit-il, c'est bien pour cette raison qu'on me donne une prime après les fêtes, pour quoi veux-tu donc que ce soit ?

Mama haussa les sourcils, alla jusqu'à se lever de sa chaise et coupa le pain pour elle et pour lui, alors que la miche de pain et le couteau étaient posés à côté de l'assiette de mon père. Mon grand-père et moi devions nous couper notre pain nous-mêmes.

Après la mort de Tata, bien entendu, ma Mama mit un

couvert de moins sur la table. Elle avait le même appétit et, selon toute apparence, dormait mieux. Ses cernes sous les yeux disparurent. Sans rajeunir, elle se maintint et le temps passa. L'indifférence vous donne un aspect négligé qu'elle n'avait pas. Si elle était à l'abandon, c'était plutôt à l'intérieur d'elle-même, soit que la solitude l'eût rendue fière, soit qu'ayant perdu cet attachement elle n'eût plus toute sa tête. Ni contente ni triste, à l'écart des expressions changeantes. Un verre d'eau était plus vivant qu'elle. Elle ressemblait à la serviette avec laquelle elle s'essuyait, à la table qu'elle débarrassait, à la chaise sur laquelle elle s'asseyait. Un an après la mort de mon père, mon grand-père déclara :

Tu as bien le temps, va plus souvent en ville, tu rencontreras peut-être quelqu'un qui te plaira. Et pour les travaux de jardinage, il ne serait pas mauvais d'avoir un homme plus jeune que moi.

Si je faisais cela, dit Mama, ce serait à toi de me l'interdire, mon mari était tout de même ton fils.

Mais ce n'est pas mon genre.

Tu ne t'es pas remarié, toi non plus.

Moi non, mais ton mari, lui, n'est pas mort dans un camp, dit Grand-père.

Cela ne servit à rien, Mama ne se coiffa plus avec une coque de travers et rangea définitivement dans sa penderie sa robe moulante fendue par derrière. Elle ne voulait plus faire perdre son culot à personne. C'en était fini de sa curiosité, même vis-à-vis de sa fille qui avait quitté le nid et revenait rarement.

Quand mon grand-père mourut, je passai une nuit chez elle. L'après-midi suivant, je repartis pour la grande ville. Elle aurait bien pu me demander de rester plus longtemps, j'avais pris deux jours de congé. Sur mon lit, il y avait des sacs en plastique contenant ses habits d'hiver, je dormis sur le canapé sans qu'elle y attache la moindre importance. Avant mon départ pour la gare, elle mit le couvert. Elle posa deux assiettes et mangea sans s'apercevoir que je faisais juste semblant. Avant, quand je n'avais pas faim, elle disait que je chipotais. Désormais, cela lui était égal.

Pendant de nombreuses années, il y avait eu quatre assiettes sur la table. Cela semblait normal puisque nous vivions à quatre à la maison, jusqu'à ce que ma mère me confie que je ne devais mon existence qu'à la mort de mon frère. Depuis, nous étions cinq et l'un de nous mangeait dans l'assiette de mon frère. Je ne savais pas qui. Mon frère n'avait jamais mangé dedans.

Il tenait le mamelon dans sa bouche mais il ne buvait plus, racontait mon grand-père, nous n'avons pas tout de suite vu qu'il ne dormait pas et qu'il était...

Comme la cinquième assiette n'avait jamais été posée sur la table, les quatre ne restèrent pas longtemps non plus. La mort de Tata rendit la première superflue. Mon départ à la grande ville enleva la deuxième de la table. Et la mort de mon grand-père montra l'inutilité de la troisième.

Le tramway est de travers. Peut-être est-ce la canicule qui a gauchi les rails. La vieille dame a les nerfs en mauvais état, elle a la tête qui tremble de gauche à droite, à croire qu'elle dit sans cesse non. Quand sera-t-on au marché, demande-t-elle. Le conducteur répond : on n'y est pas encore. Le jeune homme est debout au fond, près de la porte. On n'est qu'au tribunal, fait-il, vous n'êtes pas du coin ? Si si, dit la vieille, j'ai cassé mes lunettes hier. Je suis allée chez l'opticien, ils n'ont pas de lentilles, pas de colle, rien de rien. Maintenant, il faut que j'attende deux semaines. Si j'étais aussi âgée qu'elle... mais on ne peut pas échanger, pas même avec Lilli ou avec Paul. J'aimerais ne jamais devoir descendre au tribunal. Cela va se clarifier au procès, là, il faudra bien que tu parles, dit Albu quand il n'est pas content d'une réponse. Le conducteur sort le troisième bretzel de la poche de sa chemise, mord dedans et le repose. La bouchée lui glisse dans le gosier. Si on met tout ce temps-là, je n'aurai pas d'œufs aujourd'hui, dit la vieille. Le tramway s'arrête. Un homme en costume monte, portant une serviette. Alors j'achèterai des prunes, dit la vieille qui le regarde en ricanant : celles-là, au moins, je les rapporterai entières à la maison, elles ne se cassent pas. Des œufs, il en faut quand même pour les gâteaux, lance le conducteur, avec un trait de rhum et beaucoup de sucre. Hé oui, dit la vieille, ces hommes qui aiment bien manger sucré.

Pendant que Maman et moi prenions notre repas après l'enterrement de mon grand-père, le balai posé dans un coin de la pièce tomba. Son manche heurta le sol avec fracas. Je vis Tata tomber à la renverse, il avait dû se passer exactement la même chose avec mon grand-père. Je saisis mon verre d'eau. Si Mama avait été curieuse de savoir comment je vivais, je lui aurais parlé de mon mensonge à l'usine et de la mort que j'avais ramenée avec mes nouvelles chaussures grises à talons. Elle se fourra une croûte de pain dans la bouche avant de se lever pour remettre le balai dans son coin.

Quand je voyais tomber un cintre à l'usine, un parapluie dans le tramway, ou une bicyclette garée dans la rue, je sentais une toile cirée froide courir de mes deux tempes jusqu'au milieu du front. Mama mâchait et buvait beaucoup d'eau, elle était ma mère et en avait la certitude, à ma différence. En regardant son assiette, elle dit :

Tu sais, un jour j'ai commencé à t'écrire. J'étais au salon de thé, voilà comment cela m'est venu. C'était sans doute en mai ou en juin, et maintenant on est, ah oui déjà en septembre. Alors je suis allée à la poste. Le timbre était collé dessus, mais j'avais oublié ton adresse.

Je la regardai dans les yeux, brusquement transie.

Tu as encore mon adresse, demandai-je.

Sur un papier, il suffit que je la cherche.

Je ne lui avais pas dit « Mama », mais simplement « tu », de même que l'on tutoie l'enfant d'un autre, faute de pou-

79

voir le vouvoyer. L'écouter était pénible, parler moi-même ou me taire aussi arbitraire qu'il avait été, à l'époque, de quitter le nid de mes parents alors que j'aurais tout aussi bien pu y rester, également sans raison. Il y avait assez d'emplois dans les bureaux de cette petite ville, même à l'usine où l'on fabriquait le pain. Aujourd'hui, on dit que c'est arrivé comme cela et voilà tout.

Quand j'allai à la gare, l'air sentait la farine. Au portail de l'usine où l'on fabriquait le pain, le gardien brossait de la main les pellicules tombées sur sa veste d'uniforme. Il souleva sa casquette et salua, je ne le connaissais pas. Une fois que je l'eus dépassé, il bâilla bruyamment. Je me retournai comme si je l'avais échappé belle, comme si une plaque de béton mal ajustée avait aussi ouvert une gueule béante derrière mes chaussures grises à talons. À cet endroit, il fallait s'attendre à tout, il était capable de laisser le soir passer avant l'après-midi pour que le soleil arrive tout de suite ici, reste derrière la boulangerie industrielle, incandescent, et s'enfonce peu avant la nuit, noir comme une plaque à cuire le pain. Je pensais au début de soirée qui avait suivi l'enterrement de Tata. De retour à la maison après le cimetière, mon grand-père avait traversé la cour, ouvert le robinet et tiré le tuyau d'arrosage vers les pêchers. Maman cria :

Mais pas avec ce costume, change-toi.

Je courus derrière mon grand-père. Avec cette sécheresse, dit-il comme si les pêchers allaient mourir de soif au bout d'un quart d'heure. L'eau éclaboussait, formait autour des troncs des bulles insipides, pleines de fourmis noyées. La terre buvait lentement. Mon grand-père dit alors :

Une première enjambée, le monde s'ouvre. Une autre, il se referme. Entre les deux, juste un pet sur la mèche de la lanterne, c'est ce qu'on appelle avoir vécu. Pas la peine de mettre ses chaussures pour si peu.

Mon grand-père avait maintenant fait sa deuxième enjambée. Je voulais monter dans le train, traverser tous les champs de maïs avant qu'ils ne fussent noirs. Voir défiler toutes les petites gares qui semblaient autant de niches de chiens. Être très loin de cet endroit quand Mama poserait sa dernière assiette sur la table. Toutes ces années durant, elle avait dû se nourrir de l'assiette et de la faim de mon frère. Voilà pourquoi elle savait bien vivre en solitaire, comme si cette assiette, et elle seule, avait toujours été sur sa table.

En apercevant le billet bleu clair, je compris quelle chance j'avais eue de ne pas avoir été embringuée dans les amours de Tata. Il avait le culot plus malin que le cerveau. Par chance, il avait préféré l'ombre de la chair d'une autre au jus de ma poire entamée. Même en rêve, Mama ne méritait pas que ma jeunesse la représente et ramène Tata aux premières années de leur amour afin de fermer la porte de notre famille à la fille à la longue natte.

Il en allait autrement de Lilli : le deuxième mari de sa mère avait été le premier homme que Lilli était parvenue à avoir.

À la longue, ce n'était pas devenu répugnant, disait Lilli, mais quelconque. Ce qui se passait entre nous en l'absence de ma mère était plus évident que d'utiliser la même poignée de porte.

Le secret de Lilli se mit à être du passé quand elle fit la connaissance du portier de nuit qui avait une blessure de guerre sur la nuque. Jusqu'à ce qu'il parte à la retraite, Lilli coucha chez lui à partir de minuit, derrière le mur où l'on accroche les clés à la réception. Puis elle alla le soir dans une arrière-boutique pleine de vêtements de cuir jusqu'à la poignée de la fenêtre, jusqu'au jour où ce marchand déménagea à la campagne avec sa femme. Lilli se rendit ensuite à l'hôpital jusqu'au jour où son médecin de nuit partit voir son beau-frère à Buenos Aires et ne revint pas. Lilli transféra enfin ses amours dans la chambre noire d'un photographe, l'après-midi.

Être très pressé, disait Lilli, cela donne envie.

Ses frasques avec son beau-père étaient finies depuis belle

lurette, mais Lilli avait toujours dans les yeux la pointe du verre taillé quand elle disait :

Ma mère se met au lit avec son deuxième mari et au chaud sous la mort du premier.

Le mystère et la hâte étaient plus importants que le sentiment. À part le vieil officier, chaque homme avec qui elle avait entamé une relation avait une épouse à la maison. La première année avec son beau-père fut la plus risquée et la plus belle. Lilli l'avouait : bah, quel mystère, c'est arrivé comme cela et voilà tout. Pourquoi l'amour commence par être griffeur comme un chat pour disparaître au fil du temps comme une souris dévorée, ça, pour un mystère, c'en est un.

Elle était allemande. Jeune marié, son père avait été appelé sous les drapeaux et déchiqueté par une mine. La mère de Lilli était enceinte de deux mois. Veuve de guerre, elle recevait chaque année deux paquets de bienfaisance envoyés par la Croix Rouge allemande. L'un d'eux avait contenu l'édredon qui lui tenait chaud pour dormir. Un autre la jupe bleue hérissée de plis que Lilli portait parce qu'elle était trop étroite pour sa mère. Cette jupe n'était pas belle, même si personne d'autre ne portait de plis hérissés. Son tissu fin et dur brillait comme si on venait de sortir la jupe de l'eau. On s'attendait à voir des gouttes tomber de son ourlet. J'avais dit :

Sans doute un truc pour les vieilles, de la tôle ondulée attachée autour des hanches pour qu'on ne voie pas le capiton des veuves.

Bah, elle est pratique et le bleu va bien avec mes yeux, disait Lilli. En parlant de sa mère, elle évoquait aussi ce soldat mort qui n'avait pas eu le temps d'être son père. Quand j'étais en ville avec Lilli et qu'elle se servait de son portefeuille, je voyais pointer le bord dentelé d'une photographie. Je lui demandai un jour :

Qui est-ce que tu as là, dans la poche intérieure de ton portefeuille ?

Lilli commença par ranger ce dernier dans sa poche, puis elle dit :

Mon père.

Et il est secret, demandai-je.

Oui.

Alors pourquoi parles-tu de lui ?

Parce que tu me poses la question, curieuse comme tu es.

C'est toi qui as d'abord parlé de lui, et ensuite je t'ai posé la question.

La photo, je n'en ai pas parlé.

Mais tu peux bien la montrer s'il est dessus.

Comment veux-tu qu'il soit dessus s'il est mort, fit-elle.

Je posai la main en éventail sur mon front :

T'es cinglée.

Lilli sortit la photographie de son portefeuille et la tint face à moi. Elle avait le nez et les yeux de ce garçon de vingt ans à peine qui souriait de travers et portait à la boutonnière de sa veste d'uniforme une marguerite aux dentelures blanches. Je voulus attraper la photographie, Lilli repoussa ma main :

On regarde, on ne touche pas.

Je tapotai de l'index le front de Lilli.

Ben alors, cocotte.

Tu es contente, tu as assez regardé ?

Non, c'est que tu n'arrêtes pas de bouger.

Lilli mit la photographie la tête en bas, on aurait dit que son père était suspendu par les pieds. Les pointes de son col et sa casquette étaient retouchés à l'encre de Chine, ces endroits-là brillaient alors que le tirage était mat. Je l'avais aussitôt remarqué, et cela se voyait même lorsque la photographie était à l'envers. L'embarras rétrécit les yeux, mais ceux de Lilli s'agrandirent et oublièrent de cligner de temps à autre. Elle me cherchait une querelle, mais ce n'était pas à cause des retouches de l'uniforme.

Range-la, fis-je.

Pourquoi ? Tu le dévores des yeux.

Pardon, criai-je.

Comment ça, pardon, demanda-t-elle.

Tu es jalouse ou quoi.

Toi peut-être, pour moi il est bien trop jeune.

Maintenant, il aurait juste l'âge voulu.

Je n'y ai encore jamais pensé.

Moi, si, dis-je.

Chaque jour, après le travail, j'étais contente de ne plus voir Nelu. Je faisais les cent pas à l'arrêt du tramway devant les maisons basses et sales. Les fenêtres étaient à faible distance du trottoir. Derrière les rideaux, l'hiver, la lumière était allumée dès l'après-midi. Le peu de glace qu'il y avait brillait dans les nids-de-poule comme du lait répandu par terre, les camions me dépassaient à grand bruit. Dans le tourbillon soulevé par les roues apparaissait le garçon mort aux serpents de poussière. Depuis qu'il était mort, il avait moins de mal à marcher et mon Tata, lui, conduisait mieux. Quand la rue avait englouti le vacarme et la poussière de neige, elle perdait sa direction. Je laissais passer un tramway, puis deux ou trois. De toute façon, Paul travaillait une heure et demie de plus que moi, rien ne m'attirait à la maison. D'autres camions passaient, et entre eux, quand j'avais de la chance, un bus. Un jour, le garçon aux serpents de poussière et mon Tata se vengèrent, car ils étaient trop souvent obligés de faire leur apparition. Un homme portant une valise monta dans le tramway.

L'été dernier, en rentrant du travail, Paul dut une nouvelle fois enfourcher sa moto pieds nus, torse nu et avec un pantalon emprunté à quelqu'un d'autre. Tous ses vêtements, sa chemise, son pantalon, son slip, ses chaussettes et ses sandales avaient disparu pendant qu'il avait pris sa douche. Même si le vestiaire était surveillé depuis le printemps, c'était la quatrième fois, cet été-là, que Paul se retrouvait après sa douche sans rien à se mettre sur la peau. À l'usine, voler n'est pas une mauvaise action. L'usine appartient au peuple, on en fait partie et on prend sa part de la propriété du peuple, du fer, de la tôle, du bois, des vis et du fil de fer, tout ce qu'on trouve à emporter, en disant :

Le jour, on prend, la nuit, on vole.

Et comme si de rien n'était, on prend à l'un ses chaussettes, à un autre sa chemise, à un troisième ses chaussures. Même avant la surveillance, personne ne s'est autant fait voler ses affaires que Paul. On lui prenait tout d'un seul coup, cela n'arrivait pas aux autres. Pourtant, il ne portait pas de vêtements voyants. Ce qui comptait le plus pour le voleur, ce n'étaient pas les affaires, c'était de voir Paul se ridiculiser tout nu à l'usine. Quelqu'un voulait humilier Paul, lequel notait les propos, les rires, la façon de manger et les gestes au travail, les allées et venues en traînant dans la salle de l'usine. Tout le monde se comportait comme d'habitude, mais un jour, le type en question se laisserait aller et commettrait une erreur, pensait Paul. Et il voulait lui régler son compte devant tout le monde.

Comment cela, demandai-je.

En lui cognant dessus jusqu'à ce qu'il couine comme une souris.

Il y en a plus d'un qui crie pour que l'on croie qu'il a eu son compte. Mais il y en a aussi qui se taisent, et on leur tape dessus jusqu'à ce qu'ils soient morts. Craignant que Paul n'aille jusqu'à l'aveuglement, je dis :

Un voleur de vêtements, on le déshabille et on le pousse tout nu d'un bout à l'autre de l'usine ; il devient plus petit qu'une souris, et toi, tu n'as rien fait, tu n'es pas coupable.

Eh oui, il faut s'attendre à tout. S'il se trouve que c'est un des vieux ou un gamin rachitique avec des oreilles plus grandes que ses pieds, je vais l'accompagner pour qu'il s'aère un peu.

Les vêtements, ce n'est pas ce qui manque, qu'est-ce que t'aurais dit si on t'avais pris ta chère petite peau. J'ai entendu dire qu'hier tu t'es refroidi le bout des seins. T'as attendu, plein de savon, et pas de masseuse dans les parages.

Paul riait avec eux. Il préférait les quelques blagueurs à

cette horde silencieuse à la langue pourrie et aux yeux morts. Cette différence ne renseignait guère Paul sur la tête que pouvait avoir ce voleur. Soit il ne commettait pas d'erreur, soit Paul ne le remarquait pas. Et après la douche, même les vêtements de rechange que chacun, en cas de vol, rangeait dans son casier à outils avaient disparu.

Avec notre socialisme, les ouvriers sortent tout nus de l'industrie, disait Paul à l'usine, il y a des semaines où l'on se retrouve comme un nouveau-né, ça permet de rester jeune.

Le matin, quand les blagueurs arrivaient dans la salle, ils le saluaient ainsi :

Jour à poil.

Au repas, ils lui souhaitaient :

Appétit à poil.

Avant de rentrer chez eux :

Soirée à poil.

Lors de la réunion des membres du Parti, la différence était gommée, disait Paul. Tous étaient assis à l'avant-dernier rang comme une barrière en bois. Leurs tempes étaient baignées de sueur et ils avaient les cheveux collés sur le crâne, on ne savait pas si c'était à cause du soleil ou de la peur. Pour ne pas donner l'impression de vouloir prendre la parole, ils gardaient sans cesse leurs mains sur les genoux. Sales, dures et immobiles, elles restaient posées dessus ou glissaient sous les genoux. Dans la salle de réunion, sur le devant, les rideaux étaient fermés ; les places réservées aux présidents de séance et les premiers rangs de chaises étaient à l'ombre, mais ces chaises restaient vides. Seul Paul devait y faire son autocritique debout et en public pour s'asseoir ensuite à l'écart, dans cette rangée à l'ombre, sur une des chaises qui grinçaient même lorsqu'on respirait. Et il devait respirer à fond car devant son nez, l'air se dérobait aussi.

Paul disait de lui-même qu'il était entré au Parti petit morveux, après dix ans passés dans son école de construction mécanique. La mère de Paul disait :

Dans notre pays, on a beau être très intelligent, si on n'a

86

pas le carnet rouge du Parti, autant mettre bec à terre et péter dans la poussière comme une caille.

Cette fille de la campagne avait quitté les champs de betteraves pour la ville et une industrie lourde où il y avait cinq fois plus d'hommes que de femmes. C'était au lit, par le bas-ventre, qu'elle était devenue communiste.

Avec tous les honneurs dus à son rang, comme disait Paul. Que savait-elle faire ? Biner, semer, récolter, repriser des bas, piquer un peu à la machine, bien danser et traire les brebis. Si sa pratique du Parti s'arrêtait au bord du lit, elle comprenait parfaitement à partir de quand les relations changeantes pouvaient nuire à une fille bien faite. Elle garda son flair et, juste avant de tourner mal, épousa le père de Paul, un héros du travail socialiste. Elle devint fidèle et le resta. Son mari voulait lui apprendre la langue du Parti : elle avait de la cervelle, mais une bouche beaucoup trop libre pour cette langue dans laquelle il ne s'agissait jamais de renifler ni de goûter, d'entendre ni de voir. Le père de Paul avait beau lui seriner bien des phrases, elles avaient l'air de moqueries quand elle les répétait fidèlement : le progrès est dans notre force.

Parle plus bas, disait-il.

Et la phrase avait l'air fragile.

Un peu plus haut, elle faisait excentrique.

Tu parles de notre cause, dit-il, et il vaut mieux que tu ne t'en mêles pas.

Comment cela, demandait-elle, moi aussi je suis notre force.

Ce sont des mots que tu peux dire du haut de la montagne, vers la vallée, quand tu mènes les moutons au pâturage, mais à la réunion du Parti, il faudra tenir ta langue.

Cette formation dura tout le mois de janvier. La mère de Paul dit qu'elle préférait encore enlever toute la neige de cette grosse montagne, là-bas, plutôt que d'étudier cette langue. Son mari renonça.

Quand je vins m'installer chez Paul dans l'immeuble au

glissement, trois jours après, toute l'usine était au courant même si Paul n'en avait parlé à personne. Sa mère l'apprit tout aussi vite. Elle rédigea à l'attention de son fils une lettre à l'écriture hésitante et pleine de fautes, s'adressant à lui par en ces termes :

Lumière de mes yeux, ma vie.

Elle continuait ainsi : il y a des filles qui ressemblent à des fleurs et à des anges. Mais toi, mon fils, tu te mets autour du cou une serviette que tout le monde a déjà prise pour s'essuyer. Cette femme n'aime ni toi, ni son pays. Elle empoisonnera ton cœur. Ne l'amène pas chez moi. Tu vas salir ta vie. Je t'en prie, mon enfant, romps avec cette fille.

Sous les baisers, au lieu d'écrire « ta mère », elle avait signé de façon tarabiscotée et très travaillée, comme si elle avait été cultivée. Paul avait la certitude qu'on lui avait dicté cette lettre. Ces mots tendres, il les connaissait, tout comme l'écriture.

Et qui a calligraphié la signature ?

C'est la sienne, dit Paul.

Son père lui avait appris à signer, elle le faisait aussi facilement que repriser des bas ou traire les brebis. Le père de Paul était d'avis que la signature est le reflet de l'homme et qu'une signature en dit plus long qu'un regard. Comme sa femme était rarement amenée à écrire, mais souvent à signer des formulaires à l'usine, il lui avait tout de même appris ces fioritures, après l'échec de janvier, en s'entraînant avec elle dans la marge du journal. Cette lettre est la raison pour laquelle je ne connais pas la mère de Paul, même aujourd'hui. Il y a une photographie que Paul a reçue dans un enveloppe un an après la mort de son père, quand elle a cessé de porter le deuil. Des cheveux permanentés, un visage rond et bouffi par l'âge comme s'il était bienveillant. Une mécanicienne à la retraite qui, le deuil fini, revient pour la première fois manger un gâteau dans une pâtisserie. Sortant de ses manches courtes, sa chair flasque pend autour de ses coudes. Elle porte une montre d'homme au poignet et tient sa petite cuiller avec ses cinq doigts. De la main gauche, elle presse son sac à main sur ses genoux.

Paul raconte que lors d'une réunion du Parti, au lieu de se taire, elle avait pris la parole pour évoquer les courants d'air qu'il y avait dans la salle des machines.

Ils ont de la chance, les hommes, avait-elle dit, ils enfilent deux pantalons l'un sur l'autre et ils ne prennent pas froid, mais nous, les femmes, on a du vent qui nous entre dans la chatte. Tous les autres s'étaient mis à rire, elle les avait regardés avec de grands yeux et s'était reprise :

Enfin quoi, on a des courants d'air dans la chose.

Après cette réunion, en rentrant à la maison, le père de Paul l'avait giflée en lui disant :

Tu ne comprends pas que tu me démolis complètement, moi aussi ?

Il avait déchargé sa fureur en pleine rue sans pouvoir attendre d'être arrivé à la maison. Peut-être aussi parce que là-bas, il n'aurait pas osé le faire. Ce fut la seule fois qu'il la battit. Dès le lendemain, elle eut pour sobriquet « la Chose ». On ne l'appela plus que par ce nom jusqu'à sa retraite.

Avant que je n'épouse Paul, l'ingénieur le convoqua et lui dit : en voilà un drôle de choix, cette dame te confond avec ses Marcello. Il est encore temps de faire marche arrière.

Je me moquais bien des propos de cet homme, mais ce que Paul lui répondit fut trop audacieux, comme tout ce qui est parfaitement juste :

J'ai demandé la main de la fille de Staline, mais elle était déjà casée.

Sur cette réponse, il y eut notre mariage, l'ingénieur attendait le prochain faux pas de Paul. Et si Paul n'avait pas dit que les ouvriers sortaient tout nus de l'industrie, il y aurait eu un autre grief. Des faux pas, on en trouvait toujours, les vêtements volés, jamais.

89

Dieu merci, il n'y a pas d'arrêt sur le pont. Je ne veux pas voir le fleuve, ce que ses eaux charrient ne m'est pas agréable. Peu importe si ce qu'il a vu se trouve à la surface ou est toujours entraîné dans la même direction, il fait tourner toutes les têtes, même mon larynx n'y échappe pas. Et pourtant, je ne peux m'empêcher d'y jeter un coup d'œil. Les saules me paraissent plus grands, par cette chaleur, l'eau n'est pas haute. Le soleil passe par-dessus, darde sa langue et ses aiguilles brûlantes. Assis de travers, l'homme à la serviette cligne de l'œil. Il finit par comprendre à quoi sert sa serviette et la pose contre la vitre. J'en profite aussi ; je pourrais ne regarder que cette serviette si je n'étais pas dans tous mes états à cause du fleuve. Le garde-fou court des deux côtés de la voiture, et la serviette s'insère dans un de ces côtés comme une porte-guichet. Dans les compartiments de la serviette se trouvent des feuilles, probablement des dossiers judiciaires avec des noms, des tampons, des signatures et un délit. Au tribunal, il ne s'agit jamais de quelque chose de bon. Est-ce un homme étranger à l'affaire qui veut relire tous les papiers à tête reposée, ou un inculpé auquel on a accordé une pause pour reprendre son souffle avant la dernière audience ? Quoi qu'il en soit, il a de la chance de savoir ce qui est écrit dans son dossier. Je suis convoquée à dix heures pile, et lui a déjà le droit de rentrer chez lui avant neuf heures. Son habillement est très convenable. Un prévenu qui se prépare tôt le matin peut-il encore veiller à être rasé de près, à avoir des boutons de manchettes assortis, des plis de pantalon impeccables et des chaussures cirées ? Il aurait tout lieu d'y veiller bien sûr, à la différence d'un juge, il devrait faire une impression irréprochable, même si cela ne change rien à son délit. Ou bien l'homme à la serviette est-il assez coquet pour sortir tous les jours tiré à quatre épingles, quel que soit l'endroit où il va ? Pour cela, il faut avoir un travail où l'on ne se salisse pas. Il peut être les deux à la fois, il y a certainement aussi des juges inculpés. Les fautes graves ont des mobiles si légers que l'on inculpe sûre-

90

ment aussi des gens qui portent des boutons de manchettes assortis à leur tenue, voire des juges qui connaissent par cœur tout ce qui est interdit par la loi. Et si leurs enfants font une chose qui n'est pas permise ? C'est qu'ils grandissent eux aussi et finissent par quitter la maison paternelle, ils ne sont pas différents de Lilli et de moi-même. Après tout, ma mère ne compte pas beaucoup, personne ne lui a rien demandé quand j'ai écrit mes bouts de papier. Tata était mort et le beau-père de Lilli déjà à la retraite. Si ce beau-père ou mon Tata avaient été juges, nous en serions-nous souciées avant de fuir ou d'écrire des papiers ? Même les enfants des juges entendent parler du monde et vont au bord de la mer Noire comme tout un chacun dans ce pays. Ils regardent à l'extérieur et, comme tous les autres, éprouvent jusqu'au bout des ongles le besoin d'un ailleurs. Sans être forcément dans une situation difficile, on pense quand même : ce qui se passe ici ne peut pas être ma vie pour toujours. Comme Lilli et moi, les enfants de juges savent que le ciel, sans s'arrêter aux soldats de la frontière, continue vers l'Italie ou le Canada, où l'on est mieux qu'ici. Que la chance soit avec moi, demandent-ils tous à eux-mêmes, mais jamais aux gardes-frontière. L'un à Dieu, l'autre au ciel vide. Peu importe à qui. Il arrive que l'histoire se termine bien. On finit tantôt rouge comme une masse de coquelicots, tantôt solitaire et abandonné comme le vieil officier, tantôt ballotté dans tous les sens comme moi. Tôt ou tard, d'une manière ou d'une autre, on tente le coup.

Paul revint les pieds nus à la maison, les chaussures de rechange de ses collègues ne lui allaient pas. Cette fois, il n'avait pas besoin de chemise, il faut dire qu'on était au cœur de l'été. Il avait dû emprunter un pantalon qui s'arrêtait à mi-mollets et qui, en largeur, aurait pu contenir trois hommes comme lui : il s'était attaché du fil de fer autour des hanches. À la maison, Paul se moquait de la dégaine qu'il avait et sautillait dans le couloir. Le fond du pantalon lui pendait au creux des genoux. Il tendit les bras et me fit tourner de plus en plus vite autour de lui. Je collai l'oreille sur sa bouche, il fredonna une chanson, ferma les yeux et appuya ma main sur sa poitrine. Je sentis ses battements rapides sous ma main et dis :

Ne t'énerve pas comme ça, tu as le cœur qui vole comme un pigeon ramier affolé.

Nous dansâmes plus lentement, mîmes nos coudes entre nous en cambrant fortement les reins ; le ventre et les jambes avaient de la place pour onduler. Paul me tapota la hanche gauche et remua, puis la droite, son ventre s'éloigna de moi en dansant et mes hanches remuèrent toutes seules. Dans la tête, nous n'avions que cette cadence.

C'est une danse de vieux, dit-il, tu sais que mon père appelait les hanches anguleuses de ma mère des os à tango, quand elle était jeune.

Mes orteils vernis en rouge heurtèrent ceux de Paul qui étaient poussiéreux, et je chantai :

Monde monde frère monde
quand en ai-je assez de toi
quand mon pain est sec
et que la main oublie mon verre
quand le couvercle du cercueil résonne de coups autour de moi
peut-être alors que j'en ai assez de toi
quand on est né on se désespère
quand on est mort on pourrit...

Comme cela se trouvait bien, nous rîmes pendant toute la chanson où la mort arrive tout naturellement, comme la partie offerte d'une vie payée. En chantant, nous nous étouffions de rire sans perdre la cadence. Tout à coup, Paul me repoussa et cria :

Aïe, j'ai ma fermeture éclair qui me pince.

Je voulus l'ouvrir, mais rien à faire. Quand Paul retira le fil de fer des passants de ceinture et le jeta dans un coin, le fond du pantalon lui tomba sur les talons et le pantalon resta accroché devant. J'étais censée couper les poils coincés, mais je riais tellement que je n'en étais pas capable. Paul me retira les ciseaux en tremblant :

Nom d'un chien, fiche le camp.

Où ça, demandai-je.

Je laissai Paul se débrouiller tout seul, mais je ne pouvais pas m'empêcher de continuer à rire, de glousser de plus en plus fort, c'était une sorte d'accès de fou rire. Je recommençai à rire le temps qu'il fallut pour que je surmonte cette crise. Inspirer et expirer à fond d'un seul coup, pouffer à cause de tout cet air et ne plus en avoir du tout, ce fut la fin. Mais le début avait été du bonheur. De pouvoir danser sur fond de rires, briser la courte laisse à laquelle nous étions attachés en permanence. Qu'un chant de mort, de l'intérieur, ait soufflé un vent chaud sur nos tempes devait avoir été du bonheur. Avant d'être gênés l'un face à l'autre, avant que la laisse ne devienne plus courte que notre nez, ç'avait été du bonheur. Ensuite, Paul dut passer la main dans ses poils et je rentrai les doigts en enfonçant mes ongles dans mes mains comme une enfant punie.

Ce silence d'après le bonheur s'installa, à croire que les meubles avaient soudain la chair de poule. Nous retombâmes du mauvais côté, Paul en tête, jusque dans l'impossibilité de trouver une issue. Il avait toujours peur de nous voir nous habituer au bonheur. Pendant que je riais encore, il s'était coupé les poils, les ciseaux étaient accrochés au tableau à clés, l'immense pantalon de rechange gisait dans un coin. En slip, Paul sortit de la chambre pour aller dans le couloir et resta debout au soleil dans un grand carré qui, entre le plancher et le mur, cassait l'ombre de ses jambes au-dessus des genoux.

Pourquoi ris-tu toujours jusqu'à éprouver un malin plaisir, demanda-t-il.

Il me semblait entendre Nelu dire :

Te voilà encore avec ton bonheur sale et bancal.

93

Il y avait du vrai dans ce que disait Nelu, j'avais ce bonheur-là parce qu'il m'était nécessaire. Nelu n'avait pas son pareil pour causer des ennuis aux autres. Mais j'avais la langue plus rapide et des mains plus adroites que les siennes. En se rasant, il oubliait des poils sur son menton, en préparant le café, il renversait le chauffe-liquide qui tombait du récipient. Pour nouer ses lacets, il en faisait une grosse boule, cela durait une éternité et ne donnait jamais un nœud correct. Intarissable sur les boutons, il était incapable d'en coudre un.

Tu t'y es encore pris comme un manche, disais-je quand il ratait quelque chose.

Il se cognait régulièrement la tempe contre la porte de l'armoire. Quand son crayon qu'il venait de tailler tombait par terre, il se penchait et oubliait qu'il avait un tiroir ouvert au-dessus de la tête. Je disais en regardant son nouveau bleu :

Encore une violette qui vient d'éclore aujourd'hui.

Et je riais, il fuyait mon mépris jusque dans la cour de l'usine pour retrouver une certaine valeur aux yeux des autres. Il pouvait y rester autant qu'il voulait : à son retour, je continuais à rire ou recommençais. Il massait son dernier bleu, à côté de ceux des jours précédents qui étaient verdâtres.

Mes fous rires causés par Nelu devaient ressembler à ceux que j'avais avec Paul. Mais vis-à-vis de Nelu, j'attachais de l'importance au mépris, c'était du malin plaisir dès le début. Nelu méritait toutes ses mésaventures. Les malheurs qui lui arrivaient étaient encore bien trop peu de chose. Que Nelu ne supporte pas mon bonheur bancal, passe encore, mais ce bonheur n'était pas sale. C'était le sien qui était sale, il m'avait poussée dans mes derniers retranchements jusqu'à mon licenciement. Se raser de près, nouer ses lacets de chaussures ou coudre un bouton sont de gentils petits gestes pour notre usage personnel. Ce n'est pas avec cela que l'on peut prouver ses capacités dans une entreprise, là, d'autres choses entrent en ligne de compte...

Il va sans dire que je mis en pratique mon bonheur bancal après les ennuis que me fit Nelu. Depuis les premiers papiers, mon rire affectait de se moquer éperdument des dommages subis, mais sans pouvoir me dédommager.

Après la danse, Paul partit en ville avec sa Jawa pour acheter deux paires de chaussures. Une pour tout de suite et une paire de rechange pour son casier à outils. Je le suivis des yeux, sa Jawa rouge était aussi belle en bas dans la rue que la boîte à café rouge en fer-blanc émaillé sur la table de la cuisine. Désœuvrée, je traversai la tache de soleil dans le couloir. Je trouvai alors dans le débarras les chaussures de mon premier mariage, elles étaient blanches. Celles du deuxième étaient marron. Au-dessus, il y avait les sandales aux semelles trouées que Paul portait l'été dernier. L'automne était arrivé sans crier gare, le ciel était bas, la pluie enfonçait les feuilles pourries dans la terre. Ayant du jour au lendemain fourré nos affaires d'été dans les recoins du placard, nous avions besoin d'argent pour acheter des vêtements d'hiver et non des demi-semelles assez coûteuses pour ces sandales. Le temps qu'il faisait était en soi une raison de ne pas apporter des chaussures d'été au cordonnier. D'ici que leur saison revienne, il s'écoulerait beaucoup de temps. Le strict nécessaire était déjà du superflu.

La tache de soleil s'était entièrement posée sur le sol, mais sans toucher encore le pantalon emprunté. Je ne le saisis pas non plus. Dans l'appartement régnait un silence à vous agrandir du plancher jusqu'au plafond, là où l'on ne saurait être. Une assiette tombant de la table ou un tableau se décrochant du mur eussent été préférables, comme une nouvelle mort de mon Tata. Les mains hésitantes, je traversai la tache de soleil pour entrer dans la chambre et fermai la fenêtre, mais auparavant, je jetai encore un coup d'œil dehors : sur le trottoir, là où aucun homme comme tout le monde n'a le droit de stationner, deux personnes étaient à l'intérieur d'une voiture rouge. L'une gesticulait, l'autre fumait. Je quittai la chambre pour aller dans le couloir, à la cuisine, puis dans le couloir. Je connais ce manège qui vous fait oublier ce que l'on avait justement l'intention de faire, et ensuite cela vous revient pour de bon. Arpenter les pièces d'un pas traînant ou bien en levant trop haut les pieds comme sur des échasses pour partir en vitesse de l'endroit où l'on avait mis le nez. Je jetai mes chaussures de mariée dans le débarras et fermai la porte. Je pris les sandales de Paul et les essuyai pour en enlever la toile d'araignée. Une mûre écrasée était restée collée sur la semelle droite. C'est à cause d'elle, mais aussi de la voiture rouge, que tout déferla soudain sur moi : l'été dernier au bord du fleuve, la nudité de Paul après sa douche à l'usine, notre danse dans le couloir, la brutalité avec laquelle Paul m'avait arraché les ciseaux de la main.

Au lieu de pensées que l'on rumine sans fin, mieux vaudrait avoir dans la tête les choses elles-mêmes, bien tangibles. Les gens que l'on veut avoir ou dont on veut se débarrasser, les objets que l'on a gardés ou perdus. Il y aurait un ordre : au milieu de la tête, il y a Paul et non ma façon de me raccrocher à lui pour m'en détacher dans un amour égal. Le long des tempes courent les trottoirs, aussi loin qu'ils le veulent, et près des joues, il y a peut-être les boutiques et leurs vitrines et non mes destinations arbitraires en ville. Près de l'occiput, comment l'éviter, près de l'occiput il y a le coursier d'Albu qui est sans doute en bas dans la voiture rouge en attendant de sonner ici et de me convoquer. Oralement, pour que j'aie peur d'avoir confondu le jour parce que Paul ou moi n'avons pas bien entendu. Oui, il vaudrait mieux que le coursier soit là en personne à l'arrière de ma tête au lieu de me dévorer intérieurement de sa voix discrète qui y est restée depuis la dernière fois lorsqu'il revient à notre porte. Dans ma nuque, il y a le pont au-dessus du fleuve et mon premier mari avec la valise, mais pas l'incitation à sauter. Et près du cervelet, d'où est censé provenir l'équilibre, il y a une table sur laquelle se repose une mouche qui, au lieu de dîner, n'a pas faim. Toutes choses solides qui ont seulement besoin de la place qu'elles occupent dans la tête. Des plans et des arêtes faciles à distinguer et que l'on peut classer pour soi-même parmi les appuis ou les ennuis. Et dans les interstices, il reste de la place pour le bonheur.

J'enveloppai les sandales dans un journal puis les mis tout de même ensuite dans un sac en plastique, je ne voulais pas passer près de la voiture rouge avec un paquet de papier journal. Moi qui avais ri trop longtemps, je voulais faire quelque chose pour Paul. Et voir à quoi ressemblaient ces deux têtes dans la voiture. Déjà, je ne savais plus si c'étaient les deux têtes qui m'attiraient dans la rue ou les sandales de Paul.

Bien des gens font une différence non seulement entre les objets et les pensées, mais aussi entre les pensées et les sentiments. Je me demande comment. Il est incompréhensible que les hirondelles enfilées dans les nuages au-dessus du champ de pois aient au bout des ailes les mêmes pointes que les moustaches de Nelu, mais c'est seulement une erreur. Comme pour toutes les erreurs, je n'arrive pas à saisir si ce sont les objets ou les pensées qui veulent cela. Puisqu'il en est ainsi, l'entendement devrait être à la hauteur des erreurs et pouvoir en porter autant que la terre a d'arbres. Je pliai deux billets de cinquante lei en formant deux petits carrés, les pris dans ma main ainsi que le sac en plastique. L'ascenseur monta, mon visage entra d'un bond dans le miroir avant d'être suivi par mes pieds. Le sol fit un bruit de ferraille, l'ascenseur en marche avait son chemin bien à lui.

Je m'approchai beaucoup de la voiture rouge, les deux personnes devaient voir que le monde comportait des erreurs et que je descendais au lieu de les laisser monter. Par la vitre ouverte, je lançai à l'intérieur du véhicule :

Est-ce que vous avez du feu ?

Ensuite, j'aurais aimé dire :

Merci bien, je ne fume pas, c'était juste pour savoir si vous avez du feu. En croyant que ces deux-là me donneraient du feu tout de suite pour se débarrasser de moi, je m'étais trompée dans mes spéculations. Il en alla tout à fait autrement. L'homme hocha la tête et la femme aboya :

Non, tu ne vois pas qu'on ne fume pas ?

L'homme posa la main sur le volant et rit comme si elle venait de réussir un fameux coup. Sur sa chevalière brillaient deux lettres, un À et un N, et les cheveux de la femme, au soleil, eurent un éclat noir comme un corbeau lorsqu'elle lui dit quelque chose à l'oreille. Son visage avait le hâle huileux des bains de soleil et elle portait un collier de coquillages tachetés. Je dis :

Il se pourrait tout de même que vous ayez fumé avant et que vous vous remettiez à fumer après mon départ. Remarquez, peut-être que je confonds, on se bécote plutôt ?

Dis donc, ma petite dame, fit-elle, si t'es mal baisée aujourd'hui parce que ton mari court les filles après le boulot, va t'en chercher un au bar avec une longue asperge, ça te remettra les idées en place.

Bof, dis-je, je préfère attendre le retour du mien, il a un de ces poteaux télégraphiques, il m'envoie au septième ciel.

Il va de soi que ces deux-là ne se bécotaient pas ici mais ailleurs. Elle fut tout de suite haineuse, se sentant prise sur le fait. Lui aussi, sinon il ne serait pas resté là comme un étron, en se faisant tout petit et en se tenant coi. Il était probablement de service et elle lui rendait ses heures de travail plus douces. Avant qu'elle ne remonte sa vitre, je lançai encore :

Il me semble que cet été, les mal baisées portent des colliers de coquillages, ou bien est-ce plutôt de la fiente séchée ?

Le collier de coquillages y ressemblait vraiment. En partant, j'entendis le bruit de mes pas et ne me sentis pas très bien. La porte du bar était ouverte, je ne regardai pas à l'intérieur, je plongeai les yeux dans les tilleuls dont je savais qu'ils n'avaient pas un coup dans le nez. Mais j'entendis les voix ivres. L'odeur d'eau-de-vie, de café, de fumée, de désinfectant et de poussière d'été me suivit.

À la cordonnerie, c'était la première fois qu'il n'y avait pas de musique. Sur la table, il manquait le magnétophone dont les piles étaient attachées à l'appareil par un élastique de culotte. De l'autre côté de la table était assis un jeune homme aux dents en avant ; quand il fermait la bouche, ses lèvres restaient entrouvertes. Comme il ne portait pas de tablier, je pensai qu'il était le gendre du cordonnier, l'accordéoniste. Je demandai des nouvelles du vieux cordonnier. Le jeune homme fit quatre signes de croix et dit :

Mort.

Où est-il enterré, demandai-je.

Il fouilla dans un tiroir, je crus que c'était pour y trouver un bout de papier, mais il en sortit une cigarette.

Vous apportez des chaussures, ou vous venez chercher des tombes ?

Je déballai les chaussures enveloppées dans le journal, il souffla la fumée droit devant lui et me dévisagea comme si des chaussures emballées dans du papier avaient pu vous fusiller un homme.

Le cordonnier était malade, demandai-je.

Il fit oui de la tête.

Qu'est-ce qu'il avait ?

Pas d'argent, dit le garçon.

Il s'est tué ?

Pourquoi ça.

Je vous pose la question, moi, je ne sais pas.

Il hocha la tête.

Quand un vieil homme meurt, un jeune n'y est pour rien, pensai-je, mais il peut au moins avoir pitié. Celui-là, avec sa gueule de travers, est content qu'un atelier se soit libéré entre les boutiques, là où il y a des clients du matin jusqu'au soir.

En écrasant son mégot dans une boîte de conserve, il dit :

La tombe est rue des Mûriers, ça vous suffit ou est-ce que je dois aussi savoir dans quelle rangée ?

Cela me suffit bien plus que vous ne l'imaginez.

Moi aussi j'en ai ma claque, mais depuis mon arrivée ici

au mois de mars, on me demande toujours de parler du vieux cordonnier.

Je pensais que vous étiez son gendre, dis-je.

Jamais de la vie. Le premier jour que j'étais ici, un type est venu avec un œil poché bleu et vert et une tête de déterré, et sous mon nez, il a vidé, complètement vidé l'atelier. Il a emporté le cuir, les marteaux, les formes, les boucles, les clous, et même le papier émeri, le cirage et les brosses. Il a dit que ça ne faisait pas partie de l'atelier. Mais enfin qu'est-ce que ça veut dire, je n'ai rien apporté, moi, j'ai tout laissé à mon successeur à Josefstadt. Il a dit que si je voulais, je pouvais lui racheter ce matériel. Vous savez, à la maison, ils attendaient, ils n'avaient même plus d'argent, chez moi, pour acheter du pain. Moi, je ne suis pas tombé sur la tête, je ne vais tout de même pas acheter ce qui m'appartient.

Le cordonnier avait beaucoup de clients, dis-je, donc il gagnait de l'argent.

Sa fille buvait tous ses gains, reprit le jeune homme, et elle battait le gendre en question, d'où la tête qu'il avait. Quand il a vidé l'atelier, je lui ai demandé s'il était cordonnier lui aussi. Il a tendu ses malheureux doigts tout blancs et il a dit : quoi, j'ai l'air de te ressembler ? Ben alors, qu'est-ce qu'il voulait fabriquer avec tous ces trucs, j'ai demandé. Jouer de l'accordéon. Ah, d'accord, c'est ce qui te donne ces bleus, j'ai fait. Non, qu'il a dit, ça, c'est un cadeau de ma femme. Au bar, il y a toujours deux policiers, je me suis demandé si je devais aller les chercher. Mais les policiers d'ici, ils ne me connaissent pas trop bien, je me serais seulement attiré des ennuis. Le joueur d'accordéon serait peut-être même allé jusqu'à prétendre que c'était moi qui l'avais mis dans cet état, avec sa tête de déterré. Au fond, j'aurais dû le faire et lui coller un deuxième œil au beurre noir par-dessus le marché, il ne l'aurait pas volé.

Rue des Mûriers, il n'y a que des robiniers. Le buveur habite au début de la rue. Au bout de la rue repose Lilli. Et maintenant le cordonnier aussi. Le vieux cordonnier était sec et petit, il avait de grandes mains et des ongles recourbés, brunis par le cuir, beaux comme dix graines de potiron grillées. Quand je venais à la cordonnerie, il se passait la main sur la tête comme s'il y avait eu des cheveux dessus. À la douce musique folklorique du magnétophone, son crâne chauve transpirait et brillait comme les boules de verre des jardinets fleuris, sur le devant des maisons. On avait l'impression qu'il allait se casser en se cognant.

Alors, les chaussures ont encore trop dansé, plaisantait-il. Je ne sais pas s'il plaisantait. Ce que je sais, c'est que peu avant d'aller à la cordonnerie et de me trouver face au nouveau cordonnier, j'avais vraiment dansé pour la première fois sur une chanson où la mort arrive tout naturellement, comme une partie de la vie qui nous serait offerte. Je n'avais pas dansé depuis la soirée au restaurant lors de mon premier mariage, et je n'avais encore jamais dansé avec Paul. Après cette danse dans l'appartement, je n'aurais pas dû aller chez le cordonnier, j'aurais dû attendre encore un jour au moins et le cordonnier serait resté en vie. S'il était mort, c'était par ma faute.

Avant que sa femme ne soit internée dans un hôpital psychiatrique, le cordonnier était musicien ambulant comme son frère, son beau-frère et son gendre qui jouent encore tous les soirs au restaurant du grand boulevard. Pas musicien, m'avait-il dit, car ceux-là, ils jouent d'après les notes ; les musiciens ambulants, eux, c'est d'après leur âme.

Je n'aime pas danser et ne voulais plus jamais d'un homme aimant danser. Quand j'ai rencontré Paul, j'ai tout de suite abordé le sujet de la danse. Est-ce donc si important que cela, je n'aime pas danser, ce sont plutôt les femmes qui aiment danser, avait dit Paul, je ne connais que des hommes que l'on force à danser. Oui, et ils dansent la moitié de la nuit avec une femme pour pouvoir ensuite se la taper pendant un quart d'heure.

Comment cela, mon premier mari aime danser, dis-je, il est fou de danse. Tu dis que c'est d'une importance secondaire, mais tu n'as jamais été marié. Chaque fois qu'il y avait de la musique, je ne comprenais plus mon mari. Sa folie de la danse et ma haine de cette dernière nous ont gravement coupés l'un de l'autre. Quand on jouait de la musique, il y avait un monde entre nous. Je me repliais sur moi-même, rentrais dans ma coquille et devenais insipide, et lui ne se connaissait plus, exubérant comme un singe agité. Quand nous nous disputions, nous aurions mieux fait de nous taire pour ne pas agrandir la faille. Quant à se taire, n'importe quelle grossièreté aurait été préférable, car une dispute où la colère s'est donnée libre cours se pardonne mieux que des vexations comptées en silence. Cela avait dû se passer début septembre, nous avions pris des vacances tous les deux. Nous manquions d'argent pour aller au bord de la mer Noire ou dans les Carpates. Nous avions envie de nous offrir une soirée, un dîner au restaurant le week-end. Mon mari voulait aller au palace du boulevard où l'orchestre familial du cordonnier jouait la meilleure musique de la ville. Cela me semblait trop cher. Restait le Central où l'on pouvait dîner et danser pour deux cents lei. Nous n'étions pas les seuls à regarder à la dépense, le restaurant était plein. La viande avait un goût aigre, la salade de chou l'odeur de la poudre qui sert à exterminer l'altise. Ils n'avaient qu'un certain vin blanc que l'on pouvait couper d'eau parce qu'il était transparent et le restait. La plupart des gens appréciaient le repas, ils sauçaient leurs assiettes avec du pain afin que rien ne reparte à la cuisine. Ils mâchonnaient comme des lapins pour en arriver vite à la danse. Quant à moi, je chipotais et faisais traîner les choses en longueur. Mon mari mangeait plus vite, mais assez tranquillement par rapport aux autres. L'orchestre était mauvais et cela me convenait, je ne voulais pas danser. Et cela ne dérangeait pas mon mari qui était enthousiasmé par n'importe quelle musique. Je jetai un coup d'œil à la piste, les danseurs étaient dans le même état que lui. Comme ils regardaient tous à la dépense, la soirée se devait d'être à la hauteur : ils exultaient. Les hommes piaillaient, les femmes fredonnaient tantôt un brr brr grave, tantôt un youhou youhou aigu. Quand un pot-pourri était terminé, ils riaient les yeux révulsés et chancelaient comme de lourds oiseaux obligés de se poser. Mon mari avait fini de manger et s'était essuyé la bouche avec sa serviette. Derrière le verre de vin, il avait le nez qui oscillait, tout gondolé Mon mari remuait les jambes en restant raide au-dessus de la table tandis que le sol tremblait en dessous. Je fis :

Qui sait si nous ne sommes tout de même pas en voyage, le sol vibre comme dans un wagon-restaurant. Vous danseriez même sur des grincements de portes ou des chants de grillons. Non, je n'aurais pas dû dire « vous » ni le mettre dans le même sac, lui qui souffrait depuis un bon moment, ne pouvant que regarder. Il poussa son verre de vin au centre de la table, me regarda avec des yeux oblongs et fixes dont les coins se firent aussi durs qu'un trou de serrure. La bouche en cul-de-poule, il siffla et battit la mesure des deux mains sur la table. Je dis :

Maintenant, c'est pire qu'au wagon-restaurant, tu es en état de manque. Il eut bientôt besoin de moi pour danser. Bientôt, c'était maintenant. Il aplatit sa bouche en cul-de-poule pour sourire brièvement, se remit aussitôt à siffler, c'était une obsession d'une politesse entraînante. Et cette maîtrise de soi, surtout pas de dispute, pour que je pare le coup. Le serveur débarrassa la table, il ne resta que les deux verres. Vibrant en transparence, à croire qu'ils n'étaient pas réels sur la table vide, et derrière eux, nous deux à l'affût, moi qui lui cherchais une querelle, et lui, aux aguets pour danser. Il gagna la partie car il se maîtrisa en gâchant toutes les occasions de s'emporter ; je finis par en avoir assez. Comment avons-nous dépensé l'argent qui nous manquera demain... Il fallait qu'il pût, au moins lui, réparer ce mauvais repas par une danse. Je l'entraînai par la main sur la piste. Nous nous frayâmes un chemin en dansant parmi les couples pour aller juste devant l'orchestre. Il m'entraîna en tournant, les touches de l'accordéon s'estompèrent comme les lamelles d'un store vénitien.

Tu te fais lourde, j'ai le bras qui s'endort, dit-il.

Je ne peux pas me faire plus légère que je ne suis.

La danse donne de la légèreté aux femmes les plus grosses, tandis que toi, tu ne danses pas, tu te laisses pendre.

Il me montra la plus grosse dame du restaurant, une matrone que j'avais déjà remarquée en mangeant. À table, je n'avais pas vu grand-chose de sa robe blanche aux pièces d'échecs noires, j'avais seulement vu qu'elle était obligée de repousser son assiette jusqu'au milieu de la table pour apercevoir quelque chose au-dessus de sa poitrine. Le couteau et la fourchette atteignaient à peine la nourriture au bout de ses bras courts et dodus.

Celle-là, sa robe vole parce qu'elle a des plis creux profonds et juxtaposés, pas parce qu'elle est légère. Je m'y connais, en vêtements, dis-je.

Mais pas en femmes, dit-il.

Les pièces d'échecs s'envolaient des plis blancs. Neige et aigrettes de chardons, le cheval blanc de mon beau-père, le gâteau de mariage dont le glaçage neigeux m'avait gratté le bout du nez pendant le repas. J'avais la tête lourde. Même si j'étais obligée de danser, je n'avais pas le droit de reprocher à mon mari d'avoir eu pour père le communiste parfumé. J'avais beau prendre sur moi, je fis ce dont je voulais me dissuader. On peut interdire bien des choses aux autres, surtout à ceux qui sont très proches de vous, mais pas à soi-même. Alors que mon cerveau, en dansant devant les touches mouvantes de l'accordéon, me tourmentait avec le passé, mon mari se délectait de la proximité de la matrone. Il tapota le bras de l'homme qui conduisait les pièces d'échecs et qui était justement en train de piailler : votre partenaire danse bien.

Et comment, dit-il, c'est que je conduis bien.

Le danseur de la matrone se remit à piailler et elle à fredonner, et mon mari piailla avec eux.

Si tu piailles encore une fois, dis-je, je prends mes jambes à mon cou et je cours aussi loin que je peux.

Il se remit à piailler, mes pieds ne décollèrent pas du sol, la matrone fredonna son brr brr, et je restai plantée là.

Les couples ne cessaient de changer de danseur. Le changement de partenaire s'opérait sans un mot. On obéissait soit à des ordres intimes entre l'homme et la femme, soit à un hasard rapide. Ici, il n'y avait pas d'accord préalable. Je perdis la mesure.

Tu as beau être toute menue, quand tu danses, tu as les os qui se mettent à peser, dit mon mari.

Attrape donc cette barrique, répliquai-je, là, tu vas en avoir plein les mains.

La vieille dame à la tête qui tremble me pousse légèrement du doigt : dis-donc, tu n'aurais pas une aspirine ? Non. Mais le conducteur, il a bien de l'eau, ou est-ce que j'ai mal vu, il a bien une bouteille. Il a une bouteille, fais-je. Autrefois, elle a eu les yeux plus grands. Comme souvent chez les personnes âgées, une peau très fine, semblable à du blanc d'œuf cru, vient les recouvrir depuis les tempes. Ses pendants d'oreilles, deux pierres vertes et ovales, se balancent avec la tête. Les tremblements permanents ont fendu les trous de ses lobes en les allongeant beaucoup trop vers le bas, en les déchirant presque. Du dentifrice et une brosse à dents, voilà ce que je pourrais lui donner. Peut-être que le conducteur a de l'aspirine, dis-je. L'homme à la serviette fouille dans sa poche : j'en ai peut-être encore une. On entend le crissement d'une bande de cellophane froissée, il la lisse des doigts : c'est vide, maintenant je m'en souviens, j'ai pris la dernière ce matin. Il y a une pharmacie au marché, dit le jeune homme près de la porte. La vieille tourne la tête, il me faudrait un cachet tout de suite, quand sera-t-on au marché ? Elle va d'un siège à l'autre en se cramponnant des deux mains aux dossiers jusqu'à ce qu'elle arrive au milieu de la voiture. Le conducteur la regarde dans son rétroviseur : assieds-toi, Grand-mère, sinon ça va encore tourner mal. Si t'avais pris le tram dans l'autre sens, ç'aurait été plus près. La vieille se rapproche de lui en chancelant. Mais enfin, je t'ai bien posé la question, tu m'as dit que c'était la bonne direction. Est-ce que tu as de l'aspirine, au moins ?

Quand on ne s'aime pas, il est plus pénible de danser que d'être dans un tramway bondé, avais-je dit à mon beau-père. Et quand on s'aime, on a mieux à faire, on peut aussi écarter les jambes d'une autre manière et se donner le vertige.

Qu'est-ce que ça veut dire, mieux à faire, répondit-il, la danse n'est pas un travail, enfin, c'est un plaisir, voire un don inné, une disposition naturelle. Et aussi un sacré bout de culture. Dans les Carpates, il y a d'autres danses que dans les collines, au bord de la mer il y en a d'autres que sur les rives du Danube, et dans les villes ce ne sont pas les mêmes que dans les villages. Danser s'apprend dès l'enfance avec les parents et les autres membres de la famille. Sur ce point, ta famille a été imprévoyante, car si tu n'as pas appris cela, tu as raté quelque chose.

Non, dis-je, ma famille n'a pas été imprévoyante mais mélancolique, après le camp, plus personne n'a été gai chez nous.

Depuis, de l'eau a tout de même coulé sous les ponts, c'était avant ta naissance, dit-il. Il y a des gens qui ne sont pas doués pour la vie, et ils se cherchent des excuses. Ils ont manqué de chance, à un moment donné, et ils s'en servent pour expliquer tous leurs ennuis. Non, je t'en prie, tu es trop jeune, et quant à moi, je suis assez vieux. Crois-moi, ceux-là, avec ou sans camp, ils n'auraient pas été doués pour la vie.

C'était le réveillon du nouvel an, les parapoutch, comme mon beau-père appelait la famille au grand complet, festoyaient dans le séjour de mes beaux-parents. Je ne saurai jamais le sens exact du mot parapoutch. Il m'évoquait une horde parce que la famille était très grande et que chacun à sa manière était louche. Même si aucun de ses membres ne pouvait supporter l'autre, ils se retrouvaient constamment. Mon beau-père à lui seul comptait pour deux, au bas mot. Il se fabriquait un nid dans chaque poitrine pour pouvoir ensuite, de l'intérieur, vous donner de bons coups de pied dans les côtes.

Il y avait là David, Olga, Valentin, Maria, George et quelques autres encore. Je ne savais pas trop qui portait quel nom. Tout le monde avait retiré ses chaussures, j'en comptai dix paires près de la porte. Le cadet et l'aîné de mon beau-père étaient flanqués, l'un, d'une épouse replète, et l'autre, d'une épouse desséchée. Malade, le frère du milieu était resté au lit, mais sa femme était venue avec son frère et sa fille aînée − ou était-ce la fille du frère ? − plus un gendre. Ce dernier en tenait une bonne : à peine mon beau-père lui eut-il pris son manteau qu'il dut rendre tripes et boyaux dans la salle de bains, en portant encore son chapeau et son écharpe. Ce soir-là, j'ai retenu deux noms, Anastasia et Martin. La cousine de mon beau-père s'appelait Anastasia comme ma grand-mère morte. Elle avait la cinquantaine, était censée avoir gardé sa virginité et travaillait depuis trente ans comme comptable à l'usine de biscuits. Martin, un jardinier veuf, était un collègue de mon beau-père. Lors de ce réveillon, Martin devait conquérir Anastasia.

Elle n'a pas le sang chaud, disait mon beau-père, mais il vient un moment où n'importe qui se déboutonne.

Sept ou huit fois par an, quand la famille arrivait, mon beau-père remettait à l'endroit la photographie qui était dans le séjour. On y voyait les parapoutch : ses parents avec leurs six enfants, le père et la mère sur le siège du cocher avec chacun une fille sur les genoux. Les garçons étaient deux par deux sur les chevaux bais. Les autres jours, c'était un cheval blanc qui était accroché dans le séjour, monté par un jeune homme portant un petit fouet et des bottes lustrées. C'était mon beau-père sans l'être, il avait alors un autre nom que maintenant. Je dansai avec mon mari et lui demandai de ne pas me faire tourner, nous bougions dans tous les sens. En présence de son père, il restait calme. Je dansai avec le gendre qui, après avoir vomi, n'était plus aussi rond qu'à son arrivée. Ses pieds restèrent coincés, pendant le fox-trot, il perdit une chaussette. Martin la ramassa et l'accrocha à un bras du lustre. Puis il fallut danser avec son beau-frère ou son oncle, puis avec les frères de mon beau-père, puis avec Martin. Les hommes âgés, ces danseurs muets, avaient de la poigne, je ne devais pas souffler mot pendant qu'on me faisait tourner. Quand mon beau-père se planta devant moi les bras ouverts et la cravate défaite, je lui dis :

Assieds-toi donc à table, on peut aussi bavarder, non.

Bah, dit-il, ça conserve, la danse.

Ayant pris un bain juste avant, il avait des effluves parfumés. Dans la coupelle posée au coin de la table, il se prit une des cerises à la liqueur qui avaient un goût de compote et vous soûlaient. J'en avais déjà mangé quelques-unes de trop, leurs vapeurs étaient dans ma tête. Mon beau-père se mit une cerise dans la bouche et suça son index plein de jus rouge. De l'autre main, il me fit signe de me lever. Il suçota ce noyau de cerise en m'appuyant sur les reins jusqu'à ce que je sente ce qu'il avait dans son pantalon. Je n'étais pas curieuse de cela, même un an plus tard, quand son fils partit pour le service militaire. Je rangeai des serviettes dans le placard, il s'agenouilla derrière moi et m'embrassa les mollets.

Viens, tu verras, ça t'aidera à supporter son absence.

Je serrai les jambes, fermai le placard et dis :

Je ne peux pas te supporter.

Il aurait bien pu demander pourquoi, et là, il m'aurait entendue. Mais il fit :

Ben voyons, on se casse la tête pour savoir comment aider ses enfants, et voilà comment ils vous remercient.

Il voulait prendre la place de son fils. À l'époque, quand

je m'étais offerte à mon Tata pour remplacer la fille à la longue natte, c'était une nécessité urgente et ç'aurait du reste été possible. Mais pas cette fois. Mon mari et ma belle-mère n'apprirent jamais cela, ni ce que je savais du cheval blanc, du communiste parfumé et de son changement de nom. Autrefois, il avait déjà pris sa propre place, il était passé maître dans ce genre de chose. Le placard m'aurait écrasée si j'avais oublié cette histoire. Je ne fis pas de scandale, je tins ma langue ce jour-là aussi afin d'éviter à tous les parapoutch d'être confrontés à leur malheur.

À trois heures du matin, le réveillon nous chiffonnait le visage comme si nous avions passé toute une année dans ce séjour. L'envie de s'en prendre à la chair entrée par alliance dans la famille vira au bâillement. Les couples qui s'étaient quittés des yeux toute la nuit dans leur confiance mutuelle se retrouvèrent. Ma belle-mère se disputa avec son mari parce que la carafe en cristal était cassée, la fille aînée avec son ivrogne qui avait fait deux trous dans son pantalon avec une cigarette. Mon mari me reprocha d'avoir d'abord trinqué avec Martin pour le nouvel an, et seulement ensuite avec lui-même, sans m'en être aperçue le moins du monde. L'épouse desséchée se plaignait, son mari avait perdu un de ses boutons de manchettes en or. Il nous montra le bouton restant sur sa manche droite, nous cherchâmes dans la salle de bains, le séjour et le couloir, nous trouvâmes de vieux boutons de pantalons, des pièces de monnaie, des barrettes et des bouchons de parfum que nous posâmes les uns à côté des autres sur la nappe. Le frère cadet se disputa avec sa grosse femme parce qu'elle avait égaré les clés de la voiture. Elle retourna son sac à main sur la table, il en tomba un mouchoir, deux aspirines et un minuscule saint Antoine en fer rouillé. Il va nous aider, dit-elle en l'embrassant.

Bouffe-le, dit son mari, comme ça tu pourras peut-être faire des miracles et ouvrir la porte de la voiture avec le doigt.

Martin posa le menton sur la table et observa une nouvelle fois les mollets des femmes les uns après les autres. On ne tenait plus compte de lui, à cette heure, il n'était plus de la famille. La lumière était crue, sur son cuir chevelu brillaient tous les fils argentés d'un demi centimètre de repousse. Il avait les cheveux teints en brun.

Personne n'avait trouvé le bouton de manchette, tout le monde cessa de le chercher et, dans le couloir, mit ses chaussures et son manteau. Anastasia sortit de la salle de bains en portant une pince à épiler rouillée. De l'eau lui dégoulinait des mains, elle avait les cheveux mouillés autour du front et une goutte d'eau sur le menton.

Mais enfin pourquoi bois-tu dans tes mains, demanda ma belle-mère, il y a quand même assez de verres.

Anastasia se mit à pleurer :

Autant que je vous le dise maintenant, le veuf m'a torturée dans la salle de bains ce soir, c'est vraiment le comble, ce n'est pas possible.

La pince à épiler était posée sur la table à côté des autres trouvailles et ressemblait au petit saint Antoine à s'y tromper, mais personne ne l'embrassa. Anastasia enfila son manteau et ouvrit énergiquement la porte.

Attends donc, dit mon beau-père, les autres vont y aller tout de suite, eux aussi.

Je n'ai pas besoin que l'on m'accompagne, dit-elle.

Le frère au bouton de manchette perdu montra les pieds d'Anastasia : tu ne vas quand même pas partir déchaussée, en collant ?

Anastasia trouva la clé de la voiture dans sa chaussure.

Saint Antoine nous aura tout de même porté chance, dit mon beau-père à sa belle-fille desséchée.

Et pourtant personne ne le croit, fit-elle.

Puis elle serra Anastasia dans ses bras :

Martin a tenté sa chance, ne le prends pas trop à cœur, cela aurait pu marcher.

Martin était déjà parti, personne ne savait quand ni

comment. Il avait oublié son écharpe qui était accrochée dans le couloir.

Après le départ de tous, mon beau-père remit la photographie du bon côté. Ma belle-mère enleva la chaussette du lustre, ouvrit les portes et les fenêtres entre la rue et la cour. Il souffla dans l'appartement une nuit toute froide de neige. Le courant d'air balançait le lustre, soulevait la cravate de mon beau-père et les cheveux de son fils. À ce moment, le cheval blanc du mur fit un pas vers moi et, le premier janvier, vint chercher ces gens usés par la fête. Je me réfugiai dans le couloir. Mon beau-père bâilla et enleva sa cravate en la passant par-dessus sa tête. Sa femme ramassait des miettes de pain et de gâteau ainsi que des noyaux de cerises qu'elle mettait dans sa main.

Avant d'aller nous coucher, il faut débarrasser la table, dit-elle.

Je ne pensai pas à l'aider. Son mari posa sa cravate sur la table et en tripota le nœud jusqu'à ce qu'elle forme un cercle soigné, comme dans la vitrine d'un magasin.

Je me hâtai de dire bonne nuit.

Ce qu'on va rêver cette nuit se réalisera, lança-t-il.

Pour la nouvelle année, toutes les conversations des parapoutch commencèrent par le bouton de manchette perdu. Il n'est pas ici dans la maison, il a pu à la rigueur tomber dans les toilettes, c'est une chose qui arrive. Ayant une autre version des faits, j'avais dit à mon mari que le bouton de manchette en or était dans la boîte à bijoux sur la table de chevet de ses parents.

Pourquoi fouines-tu, avait-il demandé.

Parce qu'un bouton de manchette ne s'envole pas, répondis-je. Quand je regardai à nouveau dans la boîte à bijoux, il avait disparu. À Pâques, mon beau-père se vanta d'avoir une épingle de cravate en or :

Un cadeau de ma chère femme.

Elle ne lui était pas si chère et le savait. À l'établissement horticole, il avait une maîtresse de mon âge qui s'occupait

111

de combattre les acariens et les pucerons. Comme personne ne pouvait prononcer sans rire son titre au grand complet, camarade ingénieur pour la lutte contre les parasites des plantes cultivées, on l'appelait camarade inspectrice des poux. Tous les dimanches, ma belle-mère était contente de voir que son mari ne pouvait pas aller à l'établissement horticole. Mais à Pâques, le visage de ma belle-mère eut la délicatesse de la pâte feuilletée, elle ne se lassait pas de regarder son mari, si préoccupé par son épingle de cravate que ce dimanche-là, il n'emporta pas discrètement le téléphone dans la salle de bains pour appeler sa maîtresse. Ma belle-mère respira un bon coup et dit :

J'ai porté ma vieille bague au bijoutier, elle était devenue trop petite.

J'en eus la gorge nouée. Mon mari me regarda avec des yeux oblongs et fixes, comme à chaque fois qu'il me forçait à me taire. Je lui soufflai alors à l'oreille :

Ta mère dit vrai en mentant, le bouton de manchette n'aurait vraiment pas suffi pour l'épingle de cravate de ton père, sa bague manque aussi.

Une grosse mouche vrombit en décrivant des cercles fulgurants autour de la tête du conducteur. Elle se pose sur son bras, il essaie de lui taper dessus. Elle se pose sur son cou, il essaie de lui taper dessus. Ensuite, il se tape si fort sur la nuque qu'on entend le bruit de la claque. La mouche lui échappe et se pose sur le cadre de la fenêtre. Il veut la chasser dans la rue par la fenêtre ouverte. Elle s'éloigne en vibrant. On n'entend pas son vrombissement, les rails sont plus bruyants. Qu'est-ce qu'il y a, demande la vieille, tu m'as l'air tout affolé. Une mouche, dit le conducteur. Ah bon, sans mes lunettes, je ne vois pas ces petits trucs. Elle ne va pas tarder à venir sur toi, fait-il. Pourquoi ne l'as-tu pas tuée, demande-t-elle. Il ne pourrait pas l'avoir, dit l'homme à la serviette, il est là pour conduire, pas pour chasser des mouches. Ça serait bien, tiens, que le tramway déraille à cause d'une mouche. Elle ne viendra pas sur moi, rit la vieille, je tremble tellement. Ça a du bon, dit le conducteur, si ça te débarrasse des mouches. Non, dit-elle, c'est tout sauf bon. Tu verras bien, quand tu seras vieux. Les moustiques viennent quand même, eh oui, et les puces. Moi j'ai A comme groupe sanguin, le meilleur sang pour les puces, à ce que dit mon médecin. Moi j'ai AB, dit l'homme à la serviette. Et la demoiselle, demande la vieille qui ferme la bouche de travers et attend. O, dis-je. O, c'est du sang de Tzigane, dit la vieille. Les groupes O peuvent donner leur sang à tout le monde, mais ils ne peuvent en recevoir que de leur groupe. Le conducteur se frappe la tempe. Espèce de pute à cadavres, crie-t-il, va donc en chercher un autre, je ne suis pas encore crevé et je ne suis pas non plus un tas de merde. Il chasse la mouche vers nous. Nous non plus, nous ne sommes pas un tas de merde. Je suis la plus jeune ici, et s'agissant de crever, je serais la dernière. Moi aussi j'ai O, dit le conducteur. Le mouche vibre sur le carreau comme si les yeux papillotaient. Son ventre brillant est du même vert et de la même taille que les pierres qui tremblent aux oreilles de la vieille.

J'aimais aller à l'atelier du vieux cordonnier parce qu'il était bavard.

La musique, c'est ma vie, disait-il, mais ici on en a besoin aussi pour ne pas entendre les rats. J'en écoute également à la maison jusqu'à ce que je m'endorme. Avant, ma Vera chantait en même temps, toute la journée. Le soir, elle était souvent si enrouée qu'elle devait boire une infusion chaude au miel.

Tous les étés, sa femme plantait des dahlias le long de la clôture qui était au soleil le matin.

Ma Vera avait la main verte, dit-il, tout ce qu'elle plantait fleurissait. Mais le dernier été qu'elle a passé à la maison, ses dahlias, en pleine croissance, ont donné des feuilles appartenant à d'autres plantes, des feuilles de fritillaires impériales, de zinnias, de pieds-d'alouette et de phlox. Ensuite, il s'est produit la même chose pour les fleurs, c'était le bazar sur chaque tige. Un miracle, ces dahlias, mais ils étaient dérangés. Dehors, les passants s'arrêtaient près de la clôture. Ma fille a arraché tous les dahlias avant qu'ils ne se fanent pour que le vent n'aille pas répandre les graines de la folie. Vera, qui avait toujours été silencieuse, ne disait presque plus rien depuis la floraison des dahlias. Comme elle était en bonne santé physique et qu'elle ne pouvait plus servir à rien à la maison, ma fille l'envoyait tous les jours faire les courses. Quand Vera sortait du magasin, elle rapportait des haricots au lieu de pommes de terre, du vinaigre au lieu d'eau minérale, des allumettes à la place du papier hygiénique. Cela n'allait pas en s'améliorant, alors ma fille lui a donné une liste de courses. Ma Vera, cette oublieuse, montrait le bout de papier au magasin mais revenait avec des lacets au lieu de dentifrice, des punaises au lieu de cigarettes. Alors ma fille est tout de suite allée au magasin. Le vendeur et la caissière se rappelaient la dame et sa liste de courses : non, dirent-ils, elle n'a pas acheté de lacets ni de punaises, mais du dentifrice et des cigarettes comme c'était écrit sur son papier. Nous n'avons pas du tout de lacets, on en a commandé depuis des semaines, mais ils n'ont pas encore été livrés. Quant aux punaises, on n'en vend pas du tout. Du coup, Vera n'a plus fait qu'une promenade d'une heure le matin. Elle revenait souvent avec un autre sac à main que le sien. La plupart du temps, les papiers étaient dedans, et ma fille pouvait donc, grâce à l'adresse, rendre le sac qui était à une autre et récupérer celui de sa mère. Au moment où l'on n'a plus retrouvé le sac de Vera et qu'elle s'est mise à rapporter sans cesse les sacs d'autres personnes, on ne lui a plus permis de sortir que les mains vides. Quand elle rentrait à la maison, elle avait un chapeau au lieu de son foulard. Pendant l'hiver, on ne l'a pas laissée sortir à cause du froid. Et ensuite, au printemps, il lui est encore arrivé trois fois de partir habillée d'une robe pour revenir à bout de souffle en jupe et en corsage. Là, j'ai accepté qu'on la mette à l'asile psychiatrique. Il n'y avait aucune boutique de vêtements à la ronde, poursuivait le vieux cordonnier, c'était tout sauf du vol, et une chose est sûre, c'est que Vera n'aurait jamais volé. Même les gens du voisinage disaient que Vera avait toujours l'air très normale dans la rue, presque trop discrète, comme ils disaient. Mais quand on lui disait bonjour, elle ne rendait pas leur salut aux gens et leur lançait tout en continuant sa route :

Il faut que je me dépêche, j'ai du riz sur le feu.

Le vieux cordonnier posa le pouce et l'index aux commissures de ses lèvres. Cela n'a plus guère d'importance aujourd'hui, c'est secondaire comme bien des choses dans la vie.

Je parlai à mon tour au vieux cordonnier de ma grand-mère morte et de mon grand-père qui avait dit, après la mort de mon Tata, que la vie n'était qu'un pet sur la mèche de la lanterne et que cela ne valait pas la peine de se chausser.

Sur ce point, il a raison, pensa le cordonnier, il a dû être une sorte de philosophe, ce ne sont pas les propos d'un sot.

Ensuite, il montra la cloison de bois où des chaussures étaient accrochées à tous les clous :

Regardez donc ça, mon travail sur les chaussures, je le vois d'un autre œil, sinon je ne gagnerais pas ma croûte.

Tendue sous ses lèvres et jaunie par la cire du cuir, la peau qu'il avait entre le pouce et l'index se métamorphosa en membrane de palmipède.

Ma Vera, au moins, elle s'est mise toute seule dans cet état-là. Mais à l'hôpital psychiatrique, il y avait avec elle deux jeunes femmes qui sont devenues folles à la police sans avoir rien fait. L'une avait volé de la cire à bougies à l'usine, l'autre un sac d'épis de maïs dans un champ. Qu'est-ce que cela peut bien représenter, je vous le demande.

Je n'ai pas de caoutchouc ni de cuir pour des demi-semelles, dit le jeune cordonnier. Il glissa les mains dans les sandales de Paul comme dans des moufles, les retourna en mettant les semelles vers le haut et regarda la mûre écrasée. Ses dents en avant s'ouvraient et se fermaient, j'étais absente. Le garçon aux serpents de poussière était mort parce que je n'avais pas eu la patience de jouer. Mon Tata parce qu'il ne voulait plus se cacher de moi. Mon grand-père parce que j'avais menti en parlant de sa mort. Et Lilli parce que j'avais dit la boule du soleil couchant. Le vieux cordonnier parce que j'avais dansé sur la chanson du monde dont on a assez. La gueule de travers remballa les sandales dans le journal.

Repassez dans dix jours, on verra bien ce qu'on peut faire. Comme je voyais déjà assez bien, j'acquiesçai et partis.

Le vent volait en soufflant dans la rue commerçante, les tilleuls lâchaient des paquets de petits pois verts. À chaque paquet étaient attachées deux petites feuilles de cuir qui n'avaient rien à voir avec les feuilles dentelées en forme de cœur poussant sur les branches. Tout en haut dans le ciel, par cette soirée d'été, il y avait un canapé de nuages blancs. Une femme portant un flaconnet se faufila par la porte de la pharmacie. Le liquide, le bouchon de gaze et le pouce de la femme étaient bleu indigo. Je demandai l'heure à la femme, elle dit :

Il va être huit heures et demie.

Ce n'était pas dans dix jours que je voulais faire quelque chose pour Paul, comme le pensait le jeune cordonnier, mais ce jour-là entre sept heures et huit heures et demie. Je n'y étais pas arrivée. Tournant le dos à la rue, la pharmacienne était assise pieds nus dans la vitrine à côté d'un tas de petites boîtes couvertes de caractères chinois dans lesquelles un bouton de manteau n'aurait pas même pu entrer. Elles ressemblaient aux boîtes de préservatifs sur lesquelles on pouvait lire, outre les caractères chinois, le mot Butterfly. Lilli avait dit un jour :

Ils sont malins, les Chinois, leurs capotes sans défaut, ils les exportent aux États-Unis pour les Chinois de Chinatown, ce quartier de New York. Ceux qui sont troués, ils les envoient aux Bulgares ou à nous.

Dans les boîtes de la pharmacienne, il y avait un bout de coton et, dedans, un œil de verre. Elle disposa à même le bois une rangée d'yeux marron clair et marron foncé, bleu clair et bleu foncé, ou encore parsemés de points verts. Les yeux marron clair auraient convenu pour la tête de Paul, je les comptai, puis les marron foncé pour moi. Il y avait plus d'yeux pour Paul dans la pharmacie. Derrière la vitre, à la lueur cramoisie du soleil, la pharmacienne se mit à disposer la seconde rangée. Elle était assise dans un aquarium. Je frappai sur la vitre, elle tourna la tête, rajusta ses cheveux qui lui tombaient sur le front et continua son travail. Les yeux parsemés de points vert-gris étaient pour elle.

Le canapé blanc du ciel, la pharmacienne dans son aquarium, les petits pois dans les tilleuls, les sandales de Paul servant de moufles au jeune cordonnier, la rue des Mûriers et ses robiniers : après la mort du vieux cordonnier, plus rien ne se dominait. Le vent n'a pas semé dans la ville les graines de folie qui étaient dans les dahlias de Vera, il a semé le vertige entre les lacets et le dentifrice, les cigarettes et les punaises, le foulard et le chapeau. Voilà que l'on recommande la cécité par ce soir rouge, dans la ville, il y a des yeux de verre pour tout le monde. Mais le couvercle du cercueil résonne de coups, surtout pour ceux qui veulent se donner du bonheur en dansant sur le monde dont ils ont assez. Oui, cela nous arrangerait bien de porter la couronne et d'en avoir assez du monde. Mais n'est-ce pas au contraire le monde qui en a assez de nous ?

Nous, ce n'est pas tout le monde, tant s'en faut. Tout le monde ne perd pas la tête, de même que tout le monde n'est pas convoqué. Lilli ne fut pas convoquée, même si, après mes premiers papiers, j'avais compté là-dessus pendant des semaines. Je voulais la préparer au fait qu'elle aurait le palais qui lui monterait au cerveau avec un goût douceâtre, lors du premier interrogatoire. Lors du deuxième aussi et de tous les autres, mais cela ne fait plus peur. Lilli n'avait pas peur.

Mais tes bouts de papier, je ne les ai pas vus.

Comme si c'était une raison pour ne pas être convoquée. Comme s'ils n'étaient pas la proie la plus facile, ceux qui ne savent rien hormis la manière dont le cœur bondit d'angoisse. Quand on a le palais dans le cerveau, on signe vite. Nelu et les filles de la salle d'emballage avaient probablement été interrogés sur mon compte. Nelu me détestait et ces filles me connaissaient à peine, je leur étais indifférente. Elles m'indifféraient aussi, mais le fait que les mots ne sortaient pas de leur gosier dès qu'une porte s'ouvrait dans le couloir ne promettait rien de bon.

Lilli avait raison, on ne l'a jamais convoquée. C'est une chance, et pourtant elle m'aurait défendue, elle qui n'aurait jamais pu se défendre elle-même. La seule question que Lilli me posa sur les interrogatoires fut :

Quel âge a-t-il donc, ton commandant.

Tu en as de bonnes, toi, pourquoi « mon » commandant, disais-je.

Je le rajeunissais de dix ans.

La quarantaine.

Bon sang, disait Lilli maintenant qu'il ne pouvait plus être question de cet homme pour elle. J'avais alors compris que dès la première fois, les doigts d'Albu se seraient posés sur la chair de Lilli. Elle aurait pu être consentante ou se fermer à lui, dans les deux cas il le lui aurait fait payer très cher. Quelques jours après cette conversation, Lilli me dit que ses parents s'étaient disputés. Sa mère ne voulait plus laisser sortir son beau-père de la maison, et ce à cause d'un rendez-vous qui n'avait rien de galant. Il était question du kiosque à journaux près du parc où son beau-père devait se présenter l'après-midi à cinq heures. La mère de Lilli dit :

Aujourd'hui, tu vas rester ici, je vais appeler la centrale et leur dire que tu es malade. À quoi bon ces enfants qui poussent de tous côtés, il faut que tu fasses preuve d'autorité, ils n'ont qu'à en prendre des plus jeunes.

Elle lui barrait le passage. Le beau-père mit son porte-feuille dans sa poche et la poussa sur le côté :

Faire preuve d'autorité, mais où est mon autorité, je te prie, tu te rends compte ! Ah ça, à la maison, tu es forte, cria-t-il, mais au marché, tu te dépêches de me coller la pastèque dans la main, tu libères ta main droite pour que ce crétin de lieutenant puisse te la baiser. Et ensuite, madame trouve encore le moyen de dire : j'ai mon honneur pour moi. Ici, à la maison, tu fais celle qui n'a pas froid aux yeux, mais si un gars de ce genre vient nous trouver, tu ne pourras plus avaler ta salive tellement tu auras peur. Il vaut mieux que tu prennes tes gouttes pour le cœur.

Dans mon désir de savoir comment marche la vie, en revenant de chez le cordonnier, je passai en revue toutes les possibilités d'en avoir assez du monde. La première et la meilleure : comme la plupart des gens, ne jamais être convoqué et ne jamais perdre la tête. La deuxième : ne jamais être convoqué mais perdre la tête, comme la femme du cordonnier et Madame Micu au rez-de-chaussée, près de l'entrée. La troisième : être convoqué et perdre la tête comme ces deux femmes que l'on avait rendues folles dans cet établissement. Être convoqué et ne jamais perdre la tête, comme Paul et moi, est la quatrième. Elle n'est pas particulièrement bonne, mais s'agissant de nous, c'est la meilleure. Sur le trottoir, il y avait une prune écrasée, des guêpes s'en gavaient, des petites qui venaient à peine de naître et des vieilles. Si une famille entière trouve place sur une prune, qu'est-ce que cela doit donner... Le soleil quittait la ville, attiré vers les champs. À première vue, il était fardé de couleurs criardes pour le soir, mais à bien y regarder, il était fusillé, rouge comme une masse de coquelicots, aurait dit l'officier de Lilli. Oui, c'est la cinquième possibilité : être très jeune, belle plus que de raison, ne pas avoir perdu la tête mais être morte. Et pour cela, point n'est besoin de s'appeler Lilli.

Je rapportai à la maison les sandales usées. La voiture rouge n'était plus sur le trottoir, l'asphalte vide ne trahissait rien, les mégots ne savaient pas ce qu'il y avait eu. Des chats retournaient les poubelles avec fracas, ils cherchaient quelque chose à manger avant que la nuit ne supprime tous les territoires et que des chats d'ailleurs, une lueur verte dans les yeux, ne viennent se servir ; les gémissements de la faim et les feulements de l'accouplement iraient alors de pair. Par rapport à cette soirée d'été, mon visage était frais. De la vaisselle tinta dans l'immeuble d'à côté, on avait fait tomber quelque chose. C'était l'heure où les gens mangeaient. Dans le croissant de lune s'esquissaient la face d'une chèvre et celle d'un chien. La lune devait décider laquelle convenait pour cette nuit, le temps était compté. Des jardinières gouttaient au premier étage. Un moulin à vent tournait en ronronnant entre les pétunias qui avaient beaucoup d'eau pour pousser, au moment où la lune s'est décidée pour un visage. J'avais beaucoup accompli ce jour-là, ayant trouvé, en dépit de tous les revers, la meilleure solution pour nous :

Nous ne perdons la tête ni l'un ni l'autre.

Mon bonheur bancal me battait avec insolence dans les tempes, je n'étais pas si bête que cela. Les boutiques étaient déjà fermées maintenant et la fenêtre de notre cuisine éclairée. Paul attendra avec deux paires de nouvelles chaussures et la question de savoir lesquelles porter et lesquelles ranger dans son casier à outils. Il faut qu'il mette les plus belles. Ses plus belles chaussures seront peut-être les plus laides à mes yeux, comme sur la photographie de Lilli. Je n'ai qu'une photographie d'elle, j'avoue que je la regarde souvent. Quand je parle de sa beauté dont personne ne doute, Paul fronce les sourcils.

Qu'est-ce que tu lui trouves donc, tu me plais plus qu'elle, sans mentir. Ce qu'elle a eu de plus beau, c'est que tu l'as beaucoup aimée.

Là, quand j'entends ces mots, je ne veux plus parler de visage, je me suis souvent vue obligée de dire :

Paul, tu as bon cœur et mauvais goût.

Mais ce soir-là, tandis que Paul essayait ses chaussures, je voulus lui parler des yeux de verre dans cette vitrine et de la possibilité de ne pas perdre la tête, et surtout du fait que je n'étais pas si bête que cela.

Une moto était garée près de l'immeuble avec le rétroviseur et les lumières cassés, le siège arraché, le guidon et les repose-pied tordus. La Jawa rouge de Paul, j'en eus la chair de poule sur le crâne. Pendant que j'attendais l'ascenseur, j'eus l'impression de ne plus être dans ma peau, mais répartie dans les boîtes aux lettres du mur. Mais les boîtes aux lettres restèrent accrochées quand l'ascenseur monta, et la personne qui en descendit fut moi, la plus bête de toutes.

En revenant du magasin, Paul a derrière lui un camion gris qui ne sort pas de son rétroviseur. Pour le laisser passer, Paul serre à droite. Il y a peu de circulation. Il roule très lentement, le camion roule tout près de lui, le frôle en plein sens giratoire comme s'il voulait se glisser sous la Jawa et continuer sa route. La moto vole en l'air, puis Paul vole sans moto et tombe comme une branche morte tomberait d'un arbre. Quand il ose ouvrir les yeux, il voit de l'herbe et entend des voix. Autour de lui, il y a des chaussures, des pantalons, des jupes et, tout en haut, des visages. Paul demande alors :

Où est la moto. Elle est au bord de la route.

Où est le camion. Personne ne l'a vu.

Où sont mes chaussures.

À tes pieds, dit un vieux en short.

Et celles qui étaient accrochées au guidon, dans un sac, où sont-elles.

Bon sang de bonsoir, dit le vieux, c'est un miracle que tu aies encore des dents à l'intérieur de la bouche, et voilà qu'il te faut des chaussures ! Tu as un ange gardien, ça ne te suffit pas.

Mon ange gardien est dans le camion gris, dit Paul, où est-il parti ?

Quel camion, ce qu'il faut, c'est que tu perdes l'habitude de foncer.

Les jambes sortant du short sont comme du marbre, entièrement parcourues de veines et sans le moindre poil. Une fois que les gens attroupés ont vu que Paul avait encore toutes ses dents et même sa tête, chacun s'en va de son côté. Le vieux aide Paul à se relever puis à redresser la moto. Puis il lui donne son mouchoir.

Essuie au moins le sang que t'as sur le menton.

Vous avez vu le camion gris, demande Paul.

J'en ai vu beaucoup.

Vous avez vu sa plaque minéralogique ?

Le destin n'a pas de numéro.

Et le camion.

Vaut mieux en rester au destin, sinon ton ange gardien va se vexer, dit le vieux.

Pendant ce temps, Paul essuie avec le mouchoir bien repassé le sang qu'il a sur le menton.

Ensuite, étendu sur le lit dans la chambre sombre, Paul me demanda après avoir raconté son accident :

Est-ce qu'on rend un mouchoir sale ou est-ce qu'on le garde.

Je haussai une seule épaule. Plus Paul parlait du vieux, plus il était évident qu'il ne s'était pas trouvé là par hasard. Après le faux-fuyant de la conduite à tenir avec un mouchoir, il en eut un autre.

Ce qui m'énerve encore plus que l'accident, c'est que l'on m'ait encore volé deux paires de chaussures.

Je regardai par la fenêtre : tout en bas la rue, calme, vide, et la lune qui s'était décidée aujourd'hui pour la face de chèvre. S'il n'y avait pas d'erreur, c'était ce qui convenait pour cette nuit. Je lançai moitié par la fenêtre :

La dernière fois que j'ai été convoquée, Albu a eu un sourire patelin en me baisant la main : vous allez trop souvent au fleuve, ton mari et toi, les accidents de la circulation, c'est une chose qui arrive.

Quand je cessai de regarder dehors, la face de chèvre était là, le ciel avançait et la chambre vacillait. Peut-être que les gens savent tout de même de quoi ils parlent quand ils me demandent si je n'ai pas peur que l'immeuble s'écroule.

Paul avait allumé la lumière :

Et c'est maintenant que tu me le dis ?

Que peut-on expliquer à des yeux à la lueur vacillante...

Parce que je ne l'ai pas cru. J'ai cru qu'Albu, pour changer, avait eu l'idée de parler d'un accident, que les yeux irrités, les gencives diminuant de volume et les mains glacées avaient fait leur temps.

Dehors la nuit noire et la clarté à l'intérieur, tout à nos conversations dans l'obscurité, nous n'avions pas touché aux blessures que Paul avait au front, au menton, aux jointures des doigts, aux coudes et aux genoux. En séchant, le sang avait adhéré aux saletés. Je rapportai du coton et de l'alcool de la salle de bains. Je voulais prendre Paul dans mes bras et n'osais pas, les éraflures nous auraient gênés à l'extérieur sans rien donner à l'intérieur. Il se passa la main dans les cheveux et grimaça comme si même ce geste avait été douloureux.

Laisse-moi, dit-il.

Paul tamponna d'une main rapide et sûre les blessures de ses genoux, des coudes et des phalanges. Quand la sensation de brûlure le fit pleurer, il s'essuya les yeux avec l'intérieur du bras, juste avant de ne plus rien y voir. J'eus la permission de lui tamponner le front et le menton parce qu'il ne voulait pas se mettre devant le miroir. Je n'eus pas le même geste que lui avec le tampon, j'hésitais, et comme il eut un rire forcé, je ne pus m'empêcher de lui dire :

À qui veux-tu en remontrer ? Quand ça fait mal, on crie.

Et lui, au lieu de crier aïe :

Regarde-moi bien, tu verras ce que tu m'as caché.

Il me saisit par le cou et le serra comme un étau. Et, comme il me l'intimait, mes yeux lui bondirent dessus. Nettoyée par mes soins, sa blessure au menton avait une lueur crue, je la sentis dans mes yeux comme une bouchée de pastèque recrachée. Mais ensuite, je vis la valise de mon premier mari sur le pont. Là, il aurait absolument fallu dire, j'aurais dû dire, j'aurais dû pouvoir dire :

Plus personne n'a le droit de m'attraper de cette manière dans sa haine amoureuse, as-tu compris, plus jamais de la vie. Au lieu de quoi j'ôtai ses mains de mon cou en tirant dessus. Ce qui commence par cette prise se termine contre le garde-fou, la tête en bas. J'espère que je ne serai pas obligée de lui rendre la pareille. J'espère ne pas devoir me rabaisser un jour aux yeux de Paul comme mon premier mari s'est rabaissé face à moi.

À partir de demain, on prend le bus et le tram, dit Paul, les jongleurs vont avoir un peu plus de peine.

Il alla d'un pas incertain à la cuisine. La porte du frigidaire s'ouvrit, se ferma, on entendit un glouglou, Paul buvait à la bouteille non pas de l'eau-de-vie, du moins je l'espérais, mais sûrement pas de l'eau non plus. Un verre tinta sur l'étagère, il le posa sur la table. J'entendis le verre se remplir jusqu'en haut, ce n'était pas un grand verre. Paul aspira bruyamment, j'attendais. Il ne reposa pas le verre, ne déplaça pas de chaise pour s'asseoir dessus. Le verre dans une de ses mains écorchées, Paul se trouvait maintenant de l'autre côté du mur, à la cuisine. Et si la lune s'était déplacée jusque-là, une face de chèvre le considérait, impuissante, et le visage de Paul, défiguré par les blessures, lui rendait son regard.

À côté de moi, un moustique était posé sur le chambranle de la porte, passivement pris dans la lumière comme une broche. Il ne se méfiait pas, j'aurais pu le tuer. Quand nous éteindrons la lumière, il va chanter et se repaître. Il a de la chance, ce soir il ne sera pas obligé de piquer, il lui suffira de tamponner avec sa trompe pour avoir du sang. Malheureusement, il a le nez fin, c'est moi qu'il va préférer, il trouvera sûrement que le sang de Paul a une trop forte odeur d'alcool.

Je le trouve louche, le vieux au mouchoir, me cria Paul de

la cuisine, il doit mourir de rire. J'étais content d'être en vie, alors je n'ai rien compris, presque rien.

L'eau-de-vie ou la face de chèvre avaient fait oublier à Paul sa frayeur, mais le moustique ne m'avait pas fait oublier la mienne. Je demandai :
Est-ce qu'on voit la lune par la fenêtre de la cuisine ?

Le lendemain, le soleil étendit ses doigts vers notre lit, des piqûres de moustique me démangeaient, deux sur le bras, une sur le front, une autre sur la joue. La veille, Paul avait sombré dans le sommeil à cause de l'eau-de-vie, tandis que j'y avais été rapidement entraînée par la fatigue avant l'arrivée du moustique sur moi. J'avais perdu l'habitude, avant de m'endormir, de demander comment on doit tenir sa tête pour qu'elle supporte les jours, parce que je l'ignorais. Se poser cette question pouvait faire oublier comment on s'endort et je n'étais pas sans le savoir. La première semaine après les bouts de papier, quand je fus convoquée trois jours d'affilée, je ne parvins pas à fermer les yeux la nuit. Mes nerfs devenaient du fil de fer scintillant. Il n'y avait plus ce poids que ma chair aurait dû peser, mais seulement de la peau tendue et de l'air dans les os. En ville, je devais prendre garde à ne pas échapper à moi-même comme le souffle nous échappe en hiver, et à ne pas m'avaler moi-même en bâillant. J'ouvrais la bouche toute grande, mais sans jamais atteindre les proportions de ce froid que je ressentais à l'intérieur de moi. Je commençai à me sentir portée par quelque chose de plus léger que moi et à y trouver du plaisir, à mesure que je devenais sourde en mon for intérieur. J'avais pourtant peur de voir ces jeux fantomatiques gagner en beauté, peur de ne rien entreprendre pour lutter contre eux et pour revenir. Le troisième jour, le chemin du retour à la maison après Albu m'entraîna dans le parc. Je me couchai dans l'herbe, le visage tourné vers le bas, mais sans m'en apercevoir. Avec quelle indifférence aurais-je aimé être morte là-dessous, moi qui aimais diablement la vie. Je voulais pleurer tout mon soûl, mais j'eus une de mes crises de fou rire au lieu d'une crise de larmes. Heureusement que la terre assourdit les sons, je ris jusqu'à l'épuisement. Quand je me relevai, je fus coquette comme je ne l'avais pas été depuis longtemps. Je rajustai ma robe, j'arrangeai ma coiffure, je regardai si j'avais des brins d'herbe dans les chaussures, les mains vertes ou les ongles sales. C'est seulement après cela que je sortis du parc et de sa chambre verte pour gagner le trottoir. L'instant d'après, il y eut un crépitement dans mon oreille gauche, un insecte avait rampé à l'intérieur. C'était un bruit clair et fort, j'avais dans toute la tête des claquements d'échasses parcourant une salle vide.

Oui, le moustique m'avait préférée et j'avais capitulé. Nous ne devions pas nous déranger mutuellement. J'aurais dû lui interdire mon visage. À la lumière du jour, les croûtes que Paul avait sur le front et le menton avaient l'air d'un tamis sale dont personne ne savait ce qui resterait dedans et ce qui tomberait par les trous.

Cette nuit, mes blessures m'ont brûlé, dit Paul, j'avais la bouche sèche et j'ai dû aller constamment à la fenêtre, sinon j'aurais étouffé.

Il se frotta les yeux. Dans la rue commerçante, le bruit des voitures s'arrêta, des bouteilles se mirent bientôt à tinter. Je m'approchai de la fenêtre : une fourgonnette était arrivée près des portes de derrière, et sur le trottoir, la voiture rouge était garée au même endroit qu'hier sauf qu'il n'y avait personne dedans. Toute vide au soleil, la question de savoir ce que la voiture faisait là était aussi aberrante que celle de vouloir en savoir autant sur les arbres, les nuages ou les toits. J'étais sur le point de concéder généreusement cette place à la voiture vide. Ici, dans l'appartement, les orteils de Paul craquèrent sur le plancher, et en bas, sur le trottoir, une femme entra dans son ombre. Les nuages de l'été passaient clairs et hauts, ou plutôt mous et proches, et ici, Paul et moi étions sur le mauvais rayonnage, trop las, trop loin du sol. Aucune personne se trouvant dans notre cas ne souhaite empêcher les défaites. Pas même Paul, je crois. Le ratage du bonheur se poursuit immanquablement, il nous a fait plier. Le bonheur est devenu une exigence délirante, et le mien, ce bonheur bancal, un guet-apens. Quand nous voulons nous ménager l'un l'autre, c'est un échec. Comme au moment où Paul m'a rejointe près de la fenêtre et que je lui ai caressé le menton du bout du doigt pour qu'il ne mette pas la tête dehors. Sentant l'obstacle de ma tendresse, il se pencha au dehors et vit la voiture rouge. La tendresse a ses propres mailles, si je veux tisser des fils telle l'araignée, je reste moi-même collée dedans, ma toile s'agglutine en formant des boules. J'abandonnai Paul à la fenêtre, et d'ailleurs cette voiture rouge sans personne dedans ne lui sembla digne que d'un de ces jurons que l'on pousse par habitude. Ensuite, sans desserrer les dents, il descendit en pantoufles et remonta la Jawa en ascenseur. Nous la traînâmes jusque dans l'appartement. Et deux jours plus tard, c'était un dimanche, Paul la poussa devant lui jusqu'au marché aux puces en empruntant la rue des Mûriers.

J'avais décidé de rester à la maison. Je ne voulais jamais passer rue des Mûriers sans me rendre auprès de la tombe de Lilli, sans chercher celle du cordonnier. Cela aurait pu durer longtemps. Je n'aimais pas aller voir la tombe de Lilli. J'aurais supporté Lilli et moi, mais pas les fleurs rouges de sa tombe. Mon beau-père les qualifiait de tradescantias. Au marché, on les appelait des Viennoises, et pour moi c'étaient des sanguinaires. Rouges étaient les tiges, les feuilles et les fleurs, chaque plante était jusqu'aux extrémités une poignée de lambeaux de chair. Lilli les nourrissait et moi, je me plaçais à ses pieds et me fourrais les doigts dans la bouche pour ne pas claquer des dents. Après l'accident de Paul, je ne fus plus attirée vers aucune tombe. Je voulus en outre garder la Jawa même si on ne pouvait plus rouler avec.

Notre amour avait fait un tour sur lui-même : nous nous étions connus au marché aux puces et la moto avait été de la partie. Maintenant c'était la première fois que Paul y reve-

nait depuis lors, et c'était pour se débarrasser de la Jawa.
Paul dit :

Garder la moto, c'est s'enfermer dans une situation igno-
ble. Enfermés ou non, je voulais la laisser dans l'appartement parce que c'était l'accident qui était une atrocité et
non la moto. Mais Paul et la moto, tous deux dans un bel
état, debout à attendre dans la poussière volante du marché
aux puces, c'était tout de même aussi une chose atroce. Je
dis :

N'y va pas avec ces croûtes sur le visage.

Paul prit les choses à la légère :

On verra bien, peut-être que ton ballon gonflable nous
reviendra.

Ce qui nous revint, ce fut le vieux aux jambes marbrées.
Sur son trente et un, en costume du dimanche avec une cravate en soie et un chapeau de paille aéré. Paul lui vendit la
Jawa en déclarant que le vieux n'était pas des services secrets,
sinon il n'en aurait pas offert plus que tout le monde. Je n'en
étais pas si sûre. Ce soir-là, Paul revint tard du marché aux
puces, soûl. Il se prit du saucisson dans le frigidaire et du
pain dans le tiroir. À chaque bouchée qu'il touchait en mangeant, il demandait :

Qu'est-ce que c'est.

C'est du saucisson, disais-je.

Et ça.

De la tomate.

Et ça, qu'est-ce que c'est censé être.

Du pain.

Et là.

Du sel et un couteau, et l'autre couvert est une fourchette.

Paul regardait dans ma direction en mâchant, comme
contraint de me chercher.

Du saucisson, de la tomate, du sel et du pain, dit-il, mais
tu es là aussi.

Et toi, où étais-tu, demandai-je.

128

Il montra sa poitrine avec le manche du couteau :

Dans ma chemise et auprès de toi.

Il mit un morceau de croûte de pain dans la poche de sa chemise.

Si je me fais bientôt arrêter..., et si toi, bientôt... De la nourriture mâchée entraîna les mots à sa suite dans le gosier. Quand il eut fini de manger, il posa les couverts dans l'évier, le pain dans le tiroir et essuya les miettes tombées sur la table :

S'il faut s'attendre aujourd'hui à des visiteurs inconnus, autant que ce soit propre chez nous.

Quelques minutes plus tard, il entra dans la chambre et s'assit au bord du lit à côté de moi :

Alors on ne mange rien, aujourd'hui, dans cette maison.

Mais tu as déjà mangé.

Quand.

Il y a cinq minutes.

Et qu'est-ce que j'ai mangé.

J'énumérai tout.

Il acquiesça.

Alors l'homme a mangé à sa faim.

J'acquiesçai.

Heureusement qu'il n'avait pas dit TON HOMME. En fait, s'il avait bu l'argent gagné avec la Jawa, c'était son affaire. Je ne voulais surtout pas savoir combien. Et si je ne peux plus devenir aussi bête que le bonheur en roulant, si le ciel ne vole plus et que je ne peux plus m'agripper aux côtes de Paul, c'est mon affaire. Et aussi que nous ne soyons pas allés dépenser cet argent au restaurant du Jagdwald comme après notre première rencontre au marché aux puces. Paul avait eu son accident sans moi, sa moto était morte et il nous empêchait peut-être de nous comporter comme lors d'un repas d'enterrement. Paul tenait à faire table rase, par exemple en enlevant les miettes de pain de la table. De la même façon que j'avais tenu à faire table rase après m'être séparée de mon premier mari.

129

À l'époque, j'allais au marché aux puces pour me débarrasser d'objets qui me renvoyaient en arrière. Mon alliance, c'était pour de l'argent, j'avais des dettes. À côté de moi, Paul vendait des antennes construites par lui-même pour capter les programmes de Budapest et de Belgrade. Les antennes n'étaient pas autorisées mais tolérées, on en voyait sur beaucoup de toits de la ville. Ici, aux puces, sur la toile cirée bleue de Paul tiraillée par le vent, elles ressemblaient à des bois de cerf. J'ôtai mes chaussures pour lester le journal sur lequel j'avais posé mon bric-à-brac. J'avais les pieds sales et m'attristais toujours aussi vite qu'autrefois, entre l'allée et l'usine où l'on fabriquait le pain, avec les serpents de poussière du garçon que l'on avait définitivement endormi. Quiconque passait ici en traînant les pieds aurait pu vendre pour rien ce qu'il avait sur la peau et ramasser un haillon les yeux fermés pour s'en couvrir. Cela se serait remarqué seulement sur les militaires et les policiers parce qu'il n'y avait pas d'uniformes par terre. Pas de brin d'herbe, pas d'arbre, un tas d'êtres humains et un été de pauvres dans la poussière qui volait. Et c'était là que je vendais de l'or.

Pour mon écharpe en laine, j'aurais dû encaisser trois fois plus ; les bracelets en plastique et les broches, le chapeau de plage et le ballon pour jouer dans l'eau, on ne pouvait en tirer que de la menue monnaie. Dans ma jupe courte et moulante, avec mon alliance accrochée à une ficelle qui pendait de mon poignet jusqu'à terre, je me faisais l'effet d'un bon mélange de deux caractères roués. Moitié trafiquante de marché noir ruinée qui se décide à montrer sa chair qui, la convoitise aidant, va donner du prix à sa marchandise. Moitié une de ces petites putains poudrées de rose qui, pendant l'acte, fauchent à l'occasion l'or du prétendant. La dépravation aurait impressionné ici et, avec la rapidité et la clarté du score d'un partout, rapporté un bon paquet d'argent. En imagination, je me plaisais dépravée et concupiscente. Je pliai un peu la jambe droite, posai le talon sur le pied gauche, fis bouffer mes cheveux au-dessus du front en écartant les doigts, lançai un regard plein d'invites et de douceur, partant de ce que je proposais. Mais j'avais la certitude que ma jupe courte baissait de niveau à cause de mes jambes torses, qu'il manquait à mon cou la lueur du verre opalin et à mes yeux levés l'amertume qui entraîne les hommes vers le fond. Ce que j'avais de plus frivole était le vent chargé de poussière. En fait, je ne savais même pas combien de grammes pesait l'alliance, ni la valeur du gramme d'or. J'appartenais à l'alliance, elle ne m'appartenait pas. Ayez pitié de cette gourde, voilà une phrase qui aurait mieux rendu dans ma bouche, mais à cet endroit-là, elle eût été déplacée.

Un vieux monsieur soupesa l'alliance, vérifia son poinçon à la loupe.

C'est de l'or, que voulez-vous que ce soit, dis-je.

Combien tu en demandes, deux mille, là.

Je ne sais pas si je vais la vendre.

Deux mille cent, allez, on fait l'affaire.

Facile à dire.

Bon, je fais encore un tour.

Pendant combien de temps.

Ben, un petit quart d'heure.

L'alliance sera partie.

Alors donne voir.

Pas si vite.

Combien faut-il que je t'en offre.

Est-ce que vous avez l'argent sur vous.

Bon Dieu de bois, et puis quoi encore, il faudrait peut-être que je me le colle sur le front.

Un dernier prix.

Deux mille deux cents, là. Tu veux vraiment la vendre, ou tu veux t'asseoir sur les genoux du papi.

Je vais encore réfléchir.

Mais qu'est-ce qu'elle vient chercher ici, cette jeune chatte en chasse, cria-t-il.

Pendant que je l'évitais du regard, il rangea sa loupe dans sa poche, hésitant à partir. À un tour inutile, il aurait préféré une affaire. Là, face à moi, dans la poussière, avec sa chemise bien repassée à rayures bleues, ce papi sur les genoux duquel on aurait pu s'asseoir ne m'était pas inconnu. Son ventre, ses mains et ses tempes étaient empruntés à l'officier de Lilli. Ce jour-là, le soleil rond comme une boule était dans du coton.

Paul avait beaucoup de clients, il montrait ses antennes et distribuait des notices indiquant les directions du ciel vers Budapest et Belgrade. J'étais à genoux et ma jupe remonta, je tirai dessus mais c'était absurde. Le vieux avait dit vrai, j'observais Paul par-dessous, telle une chatte qui regarde un être humain. À côté de Paul il y avait la moto, parfois heurtée par les gens. Toute frémissante, j'attendais de la voir tomber à la renverse et me montrer à nouveau mon Tata en train de mourir. Paul demandait deux mille lei par antenne et n'encaissait que la moitié. Paul fit une courbette à un jeune couple qui trouvait le prix trop élevé :

Alors haut les cœurs en direction de Bucarest, je vous souhaite bien du plaisir.

Il savait négocier comme il faut, dire des impertinences aux gens sans les vexer. Moi, en revanche, je donnai mon chapeau de paille à la première venue avec une dent en moins et un double menton, et pour les bracelets, je me contentai de bras féminins velus et de n'importe quelle somme. À l'usine, l'enveloppe du salaire, ce courrier envoyé par une main inconnue, tombait presque d'elle-même sur notre bureau deux fois par mois. Chacun rangeait son argent dans son portefeuille et jetait l'enveloppe sans recompter. La somme indiquée sur l'enveloppe ne pouvait être modifiée, on restait tout petit et bien tranquille. J'avais besoin d'argent de façon urgente, mais je ne savais pas faire l'article pour un fourbi dont on veut se débarrasser ni comment gagner de l'argent sous le nez des autres.

Près de la clôture du terrain, il y avait une conduite en béton crevassée. À un bout était assis un homme qui versait le vin rouge de son bidon en fer-blanc dans un vieux globe de lampe en verre dépoli avant de le vider jusqu'à la dernière goutte. À l'autre bout, un homme était tout à son amour, il avait un enfant sur les genoux et lui embrassait les cheveux. Entre eux deux se dressait du fil de fer rouillé sortant de la crevasse de la conduite. Je nous confondais tous trois dans ma tête. Là, l'homme à l'enfant vidait l'abat-jour, j'en étais capable moi aussi. Là, l'homme au bidon devait embrasser l'enfant à son tour et avait oublié comment s'y prendre. Et une fille comme moi, l'alliance au bout d'une ficelle, ne l'avait jamais appris. Et tous deux vendraient l'alliance beaucoup plus vite que moi. La poussière soulevait le sol vers le ciel, c'était un jour de guingois. À ce moment, le seul client planté devant les deux dernières antennes était le vent. Paul fermait à demi les yeux.

Est-ce que c'est ton alliance.

Fut-ce mon faible signe de tête qui me trahit ou savait-il depuis longtemps que j'étais une jeune chatte en chasse ?

Tu en demandes six mille, dit-il, et tu ne descends pas au-dessous de cinq mille.

Une mouche se posa sur mon gros orteil et me piqua, je la regardai du coin de l'œil en ayant honte de la tuer d'un coup, car je ne pus m'empêcher de lancer aussitôt :

Mon mariage ne valait pas autant.

Qui dit cela, toi ou ton mari, demanda Paul.

Ensuite, je dus aller aux toilettes, deux cabines en bois au fond du terrain.

Laisse l'alliance ici, fit Paul.

Dire qu'il y pensait, qu'il avait de la sollicitude pour moi. Il dénoua la ficelle que j'avais au poignet, je tendis le bras en l'écartant et en regardant au loin comme les enfants que l'on déshabille. Pas tout à fait de la même manière, car aux endroits où j'avais la peau fine, mon pouls lui bondissait presque dans les mains. Ces dernières s'intéressaient au nœud, moi à l'attouchement. Une fois détachée, je mis consciencieusement mes chaussures. Paul, mon alliance sur l'auriculaire, la tendit au-dessus des antennes, laissa pendre le bout de la ficelle et fredonna une maxime en vers de sa composition :

Un baiser sur une main
Parée d'or fin
Et la raison s'éteint.

C'était risible, mais il prit au sérieux son rôle de boni-menteur et les gens s'arrêtèrent. Je ris en m'éloignant dans les longues allées. Au bout du terrain, derrière la clôture en fil de fer, gisait le calme incertain d'un chantier oublié. Entre les grues, les conduites et le béton effrité grimpaient des belles-de-jour, des liserons et des renouées. Depuis un certain temps, j'avais à l'esprit un tout autre doigt.

Lorsqu'on m'avait convoquée le deuxième jour après mes bouts de papier, j'eus une idée fixe juste après le baisemain, celle d'aller aux toilettes. Albu dit :

Mais je t'en prie, à gauche dans le couloir, l'avant-dernière porte, mais sans sac à main.

Je pris à gauche dans le couloir, je ne voulais ni courir comme une folle ni être d'une lenteur excessive. Deux portes plus loin, un téléphone sonna et sur le chemin du retour il sonna encore, personne n'alla répondre. Dans la cour inté-rieure, il y avait une station-service avec deux pompes à essence et à gasoil, et une pompe à eau. Deux camions gris, un bus à rideaux verts, un minibus, une voiture bleue, une blanche. Et deux rouges. Au bout du couloir, on pleurait derrière une porte. Sur le lavabo il y avait un morceau de savon avec deux poils noirs collés dessus, et au-dessous, dans la poubelle, un mouchoir taché de sang. J'eus malgré tout le cœur qui battit la chamade, la hâte se glissa dans mes pas et je revins sûrement plus vite qu'il ne l'aurait fallu.

Voilà que le tramway sonne, un chien traverse la rue en courant, une de ces grandes carcasses tachetées, la queue rentrée entre des pattes souillées de boue à demi sèche. Où a-t-il été la chercher, cette boue, par cette chaleur. De l'écume baveuse lui pend à la gueule, la sonnerie ne sert plus à rien, une fois mort, il serait en sécurité, il pourrait enfin tendre les pattes loin de son corps. Ceux-là, il y en a de plus en plus, lance le jeune homme près de la portière. L'homme à la serviette acquiesce : et quand on se fait mordre, on a tout juste le temps de se confesser, c'est arrivé à un enfant de ma rue. Il avait de l'écume à la bouche, comme celle qui sort de cette gueule. De l'écume de chien, plus rien à en tirer, la rage et adieu. La vieille à la tête tremblotante dit : les chiens sont pervertis par tous ces engrais chimiques qu'il y a dans les champs. On fertilise et il ne pousse que des rats énormes, des oiseaux maigrichons et de l'herbe vivace. Et tout le reste demeure rabougri, oublié par Dieu. Que dire, si un chien comme celui-là me mord, vous au moins, les jeunes, vous aurez toujours la ressource de courir. Il y a quelques années, j'étais d'une rapidité, mon fils me disait encore : tu es une vraie tornade, doucement, doucement. S'en aller en courant ne fait qu'aggraver les choses, lance le jeune homme. Quand un chien de ce genre vous arrive dessus, il faut rester immobile et avoir l'air sûr de soi, le regarder sévèrement dans le yeux comme pour l'hypnotiser. Oui, quand on a de bons yeux, mais pas derrière ses lunettes, rit la vieille. Mon Dieu, sans mes lunettes, je ne peux même pas distinguer la queue de la tête. Peut-être qu'un regard sévère sur la queue marche aussi, rit le conducteur, faut essayer. Mais récemment, j'ai vu au parc un oiseau à trois pattes, dit la vieille, je vous le jure, je ne mens pas, j'avais mes lunettes. Je ne voulais pas le croire, alors j'ai demandé à deux jeunes si c'était vrai. Et ça l'était. Et ta migraine, comment ça va, demande l'homme à la serviette. Mal, répond la vieille, on oublie ses années, elles sont parties, mais les yeux, les pieds, la vésicule biliaire, eux, ils ont bien en mémoire le temps et tout vient de là. Le conducteur déboutonne complètement sa chemise. En attendant, voilà le marché, dit-il, on y est presque.

135

Alors comme ça, on est attirée par le Midi, fit Albu, ici aussi, devant l'Opéra, il y a une fontaine et des pigeons. Sauf que les demoiselles comme toi, elles aiment les orangers, et où ça se termine, ha ha, ça se termine dans un hôtel de passe avec des braqueurs de banque portant de grosses chaînes en or et des chaussures à talons, des maquereaux pleins de furoncles, avec des dents longues et, ajouta-t-il en tenant son crayon rongé devant son visage, de si petites queues.

Si Albu en a une de ce genre, c'est son bout de crayon qui est l'étalon.

Qu'est-ce qu'il perd, ce pays, si je le quitte pour un autre, demandai-je.

Agitant le bout de crayon entre le pouce et l'index, le commandant dit tout bas, comme à part soi, des mots que je n'étais pas censée entendre : quand on n'aime pas sa patrie, on ne peut pas comprendre. Et quand on n'est pas capable de penser, il faut sentir.

Lilli attachait une grande importance aux mains de ses hommes. Elle n'aurait pas pu regarder le balancement de cette main fine sans attirer à elle les doigts d'Albu. En dépit de tout ce qui se serait dit dans ce bureau, Lilli n'aurait pas oublié qu'aucun homme ne lui résistait, elle l'aurait convoqué quelque part en ville et l'aurait bel et bien eu. Pour s'étendre par terre, on trouve toujours un plancher, un banc ou un peu d'herbe quand l'urgence vous déchire le cœur. Dépouillé de son titre et de sa raison, Albu aurait hanté la belle chair de Lilli. Redevenu commandant, il aurait retrouvé son grand bureau, et, dans sa gêne éprouvée face à l'inconnu, il aurait commencé par se peigner en imaginant de bons prétextes pour son chef. Il aurait dû mentir comme moi, en proie à une angoisse échevelée. Je le lui aurais souhaité, mais sans comprendre Lilli. Avec ses deux yeux dont les prunes bleues prenaient une teinte plus foncée pour les hommes âgés, Lilli m'aurait dit ce qu'il y avait. Elle aurait enlevé au fruit du secret quelques-unes de ses peaux et se serait tue près du noyau en ayant sur le visage cette fleur de tabac qui plaisait tant. Je l'aurais blessée et elle m'aurait blessée. Mais en apparence, nous aurions passé un moment agréable au salon de thé ou nous aurions fait une promenade.

Ce n'est pas à ce train-là qu'on va en venir à bout, dit Albu.

Pour élucider l'affaire, je suis censée écrire le nom de tous les Italiens que je connais. J'en avais ma claque de cette affaire, on allait sur le soir, je ne connaissais aucun Italien et le déclarais en vain. Il explosa :

Tu mens.

Lui qui prétendait tout savoir. Un homme comme lui savait sûrement que je ne mentais pas. Il m'obligea à m'attarder d'autant plus longtemps sur cette affaire, jusqu'à la fin de ses heures de service. Il étendait les jambes, desserrait un peu sa cravate, rejetait la tête en arrière. Il se peignait nerveusement, regardait si des cheveux étaient restés sur le peigne puis le rangeait dans la poche de son pantalon. Il tapa sur son bureau et se campa en face de moi. Il me cogna le nez contre la feuille blanche, me releva de ma chaise en me tirant par une oreille qui brûlait comme de la braise. Puis sa main glissa de ma tempe jusqu'à mes cheveux qu'il enroula obliquement autour de son index, et me tira par cette mèche à travers tout le bureau, jusqu'à la fenêtre et retour à la chaise. Quand je me retrouvai devant ma feuille, j'écrivis :

Marcello.

Je me mordis les lèvres, aucun nom ne me venait à l'esprit sauf Mastroianni et Mussolini et ceux-là, il les connaissait aussi.

Je ne connais pas son nom de famille.

Et où l'as-tu rencontré, ce Marcello.

À la mer.

Où à la mer.

À Constantza.

Qu'est-ce que tu es allée chercher là-bas.

Le port.

Cette saleté de port, et lui.

Il venait d'un bateau.

Comment s'appelait ce bateau.

Je ne l'ai pas vu.

Pas le bateau, dit-il, mais son uniforme.

Il avait des vêtements d'été comme tout le monde.

Mais il était marin, ton nez l'a senti.

Il m'a dit qu'il l'était.

Albu savait que je mentais et m'y contraignait, et moi, à force de solitude, je croyais à mon histoire. Il rangea son crayon rongé dans le tiroir, jeta un coup d'œil dedans avant de le refermer et dit :

Rentre chez toi et réfléchis. Demain, dix heures précises, j'ai bien dit précises. C'est qu'ici on a encore les bouts de papier pour la France et la Suède. Là, d'autres que toi ont dû en écrire eux aussi, tout cela donne une grosse histoire. Dix heures précises.

Des papiers pour la France, première nouvelle. Nelu lui avait-il menti ou était-il allé jusqu'à écrire deux séries de papiers, ou était-ce une fille de la salle d'emballage ? Albu les avait-il dans son tiroir et me les montrerait-il le lendemain ? Ou était-ce une histoire forgée de toutes pièces qu'il me débitait avant mon départ pour que je devienne à moitié folle d'ici le lendemain ? Ma langue se mit à refroidir, tout cela s'arrêterait-il un jour...

Je me retrouvai dans la rue en train de marcher, le soleil avait fini de se teinter de rouge, tout était en place pour la nuit, chaque ombre de la ville s'était couchée. Je portais dans ma tête mon grouillement sous un cuir chevelu relâché, et le vent, lui, portait les cheveux qui poussaient dessus. Le vent est fait pour voler, les feux rouges pour s'allumer, les voitures pour rouler, les arbres pour se dresser. Faut-il y voir un sens ou une simple occupation ? La langue me montait au cerveau avec un goût douceâtre et, en apercevant le stand d'un kiosque, je me figurai que j'avais faim ou que je devrais avoir faim. Je demandai une part de gâteau au pavot et fouillai dans mon sac pour trouver mon portefeuille. Ma main tomba sur un papier dur qui ne m'appartenait pas. Je parcourus quelques mètres jusqu'à un banc, posai le gâteau sur mes genoux et sortis le papier du sac. Un bonbon aux extrémités bien tortillées, enveloppé dans du papier d'emballage gris-jaune, et à l'intérieur, quelque chose de dur, emballé sans être trop serré. J'ouvris ce petit paquet en faisant travailler mes yeux. Ce que je vis n'était ni une cigarette ni un bout de branche, ni du persil ni un bout de patte d'oiseau, c'était un doigt à l'ongle d'un noir bleuté. Je le fourrai vite dans mon sac. À l'arrière du kiosque, des rayons de soleil se faufilaient par les interstices des planches, je tenais le gâteau au pavot devant ma bouche comme si j'avais donné à manger à une malade. Le kiosque se mit à glisser dans ma direction, tiré vers l'avant par les rayons de soleil. Je mâchais lentement, les grains de sucre me crissaient jusque dans le front, je ne pensais à rien, ou soudain, tout m'était indifférent. J'étais en bonne santé, en fin de compte, et c'était une femme diminuée qui mangeait le gâteau, elle se croyait obligée de manger et le faisait pour sauver sa peau. Moi, je la persuadai que le gâteau au pavot lui semblait bon jusqu'à ce qu'il n'en reste plus une miette dans ma main. Ensuite, j'enveloppai le doigt dans le papier d'emballage, refermai les extrémités en tournant, mais en mon for intérieur, j'étais sciée en deux. La mort que l'on convoite secrètement de temps à autre afin de l'effaroucher pouvait oser s'avancer et repérer une date, à moins que cette dernière n'eût été entourée sur le calendrier d'Albu. Le kiosque resta en place, le banc resta vide, je marchai sans m'arrêter. Je voyais les morts maigres et grasses chercher ma date dans la ville, avec tous leurs cheveux et une raie, une couronne de cheveux ou une calvitie. Je voyais des chemises boutonnées et ouvertes, des pantalons et des shorts, des sandales et des chaussures basses, des sacs en plastique, des sacs à main, des filets à provisions, des mains vides. Chacun à sa manière, les passants aidaient la mort à chercher ma date.

Je frôlai cinq poteaux de réverbères, je regardai à l'intérieur des poubelles, deux d'entre elles étaient à moitié vides. Les ordures, on les jette vite et négligemment. L'ongle du doigt était noir, sa peau changée en toile cirée froide. Comme ce doigt était long dans mon sac, en chemin. C'était à moi qu'il revenait de le jeter. L'asphalte de l'été sentait le goudron chaud, j'étais dégoûtée du gâteau au pavot, de la brise du soir, des roseaux, des touffes de saules au bord du fleuve. L'eau leur léchait le pied en clapotant, mais elle n'était pas assez profonde. Quelques promeneurs plongés dans le soir, ils allaient dans l'autre direction, la tête penchée, les solitaires étaient en double, les couples allaient à quatre vers l'eau qui coulait et l'autre pont. L'endroit pour le doigt était sur le pont près du garde-fou, là où l'on avait posé autrefois la valise bourrée de papier. Sans le vouloir, je m'y rendis, tins le petit paquet au-dessus de l'eau et le laissai tomber. Il garda son papier en heurtant violemment la surface. L'eau céda et le tourna en tous sens sans vouloir l'engloutir. Le fleuve aurait préféré un homme entier. Quant à moi, j'en avais déjà assez de ce morceau-là, mais aussi d'ignorer à qui il appartenait et si c'était l'homme tout entier qui était mort ou seulement son doigt.

Albu ne fait jamais allusion à ce doigt. Moi non plus. Cette amnésie du lendemain, transparente et aux aguets à dix heures précises. Elle a cligné des yeux à chaque baise-main, jusqu'à aujourd'hui. Depuis le doigt, je ne vais plus aux toilettes chez Albu.

Le dégoût m'attendrit, je ne deviens dure que lorsque je veux le communiquer à d'autres. J'ai parlé à un seul être de ce bonbon dans du papier d'emballage gris-jaune, c'était à Lilli. Après trois journées chez Albu, je revenais pour la première fois à l'usine. Personne ne m'a demandé où j'avais été. Nelu tuait le temps en lançant des regards malicieux, en préparant du café, en aérant la pièce, en empilant des papiers.

J'avais déjà un avis sur les modèles de boutons qu'il poserait l'après-midi en demi-cercle sur mon bureau. Mais je ne pouvais pas dire que les blancs étaient beaux comme l'émail des dents, les marron comme une demi-coquille de noix, les gris comme de la pluie sur la poussière.

Après le travail, installée avec Lilli au salon de thé, je racontai l'histoire sans ambages. Je laissai de côté toute la peau du fruit pour commencer par le noyau. Lilli enroula donc une mèche de cheveux autour de son index et écarta sa chaise de la mienne. Imperceptiblement, croyait-elle, mais il y avait un espace entre les deux et après tout, je n'étais pas aveugle. Ces petits yeux méchants qu'elle braqua sur moi en demandant :

Tu es sûre que c'était un doigt humain.

Cette fleur de tabac à la froideur obstinée ne voulait pas être attaquée par le dégoût. Je serrai le poing au bord de la table et posai l'index à plat.

Et ça, alors, qu'est-ce que c'est.

Rentre ton doigt, dit-elle.

Est-ce qu'on peut le confondre.

J'ai vu, remets-le à l'intérieur de ta main.

Qu'est-ce que tu as vu, une cigarette ou une patte d'oiseau.

Faut-il vraiment que je te le dise ou suffira-t-il que je le croie ?

Ah bon, alors tu me crois, tu es vraiment trop bonne.

Comme j'étais bien bonne, moi aussi, et que je ne voulais plus torturer Lilli, je rentrai le doigt sans lui demander si elle pensait qu'un chat, près des poubelles, mangerait un doigt. Sans demander non plus en combien de temps un ongle devenait noir. Et je ne dis pas non plus à Lilli combien j'avais peur des digitales dont les tiges élancées fleurissaient dans les jardins. Je gardai aussi pour moi le fait que j'avais décidé, dégoûtée par mon gâteau au pavot, de rendre à Albu son petit paquet. Et que j'avais cru, quand il avait flotté dans le fleuve, qu'Albu me le réclamerait le lendemain matin à dix heures précises.

L'hiver dernier, je me suis acheté un petit bocal de cornichons au magasin d'alimentation près de l'usine, dit Lilli, et je les ai mangés en deux fois. Les derniers, je les ai pêchés dans le bocal à l'aide d'une fourchette. Sur la fourchette, il y a eu un cornichon, puis une souris. C'est plus dégoûtant qu'un doigt, non ?

Mais la souris, elle est allée toute seule dans les cornichons, dis-je. Et si quelqu'un l'a mise volontairement dans le bocal, à l'usine de conserves, ce n'était pas pour toi. N'importe qui aurait pu les acheter, ces cornichons.

N'importe qui aurait pu les acheter, sauf que c'est moi qui l'ai fait.

Comme pour prendre la défense d'Albu, Lilli se passa la main dans les cheveux, sur la nuque. Ils bouffaient maintenant, et nous nous taisions en tournant la tête l'une vers l'autre, mais pas les yeux. Lilli prononça ces mots issus du vide :

Demain, il faut absolument que je paie la facture d'électricité.

Lilli et moi avions pris l'habitude de nous taire l'une à côté de l'autre trop longtemps pour que cela passe inaperçu. Et quand l'une de nous deux recommençait à parler, elle disait n'importe quoi. Quand on se connaît bien, la souris après le doigt, le silence après la souris et la facture d'électricité après le silence ont le même sens. Continuer de parler d'une chose que l'on ne dit pas. D'autant que sur le visage, le front et la bouche sont séparés autant que faire se peut.

Près des cabinets en bois du marché aux puces, il y avait deux files d'attente et un jeune policier était en faction pour empêcher les gens de s'oublier dehors, près de la clôture. N'ayant pas de porte, la première toilette n'était pas occupée, mais il y avait deux files d'attente. Et un homme sortit du deuxième cabinet en tenant la porte dans ses mains. Il la passa à un autre individu qui piétinait déjà depuis un bon moment devant le premier cabinet ; ce dernier y rentra à reculons et plaça la porte à l'entrée. Soulagé, il reboutonna enfin sa braguette. Ses chaussures étaient pleines d'éclaboussures.

Pourquoi ne le laisse-t-on pas passer devant, demanda une femme avec des lunettes de soleil, il est encore petit, non. Un garçon en short et en sandales lui releva sa robe et pleura, elle lui donna une tape sur les mains :

Lâche ma robe, arrête.

Laisse-le donc pleurer, dit un homme, il pissera moins.

Il tira une boîte d'allumettes de la poche de son pantalon et l'agita bruyamment devant le visage du garçon :

Tiens, je te les donne.

L'enfant secoua la tête.

Comment tu t'appelles.

Puce en sucre, dit l'enfant.

Mais non, tu ne t'appelles pas puce en sucre, dit l'homme en faisant du bruit avec ses allumettes. Et il dit à la mère :

N'ayez pas peur, il n'y a que des graines de tournesol dedans.

La femme attrapa le garçon par la nuque :

Eh bien, dis-lui donc ton nom.

L'enfant leva le bras pour se protéger le visage. Ensuite, ce fut trop tard, le liquide lui dégoulina sur les jambes jusque dans ses sandales. Je tournai les talons et revins vers Paul :

Je n'aurai pas de porte.

Ayant vendu les deux dernières antennes, il était avachi sur sa moto. Il lança en l'air la ficelle vide.

Alors, qu'en dis-tu.

L'argent de mon alliance, Paul le garda dans sa poche où il était en sécurité. Il m'accompagna. Il y avait toujours deux queues près des cabinets en bois. La porte était un morceau de tôle ayant la dimension d'un plateau de table. Des mouches vrombissaient, les gens qui attendaient se disputaient, découvrant des molaires dorées et noires, des chicots et des trous béants. Paul joua des coudes. Il y avait des accords préalables :

C'est toi qui auras ma porte, ensuite elle sera pour moi, et puis pour lui.

Chaque fois que quelqu'un avait terminé ses besoins et poussait la porte devant lui en sortant, les accords préalables devenaient caduques. C'était urgent pour beaucoup de monde, on criait. Adossé à la clôture, le policier mangeait des biscuits et se curait tous les ongles du pouce à l'auriculaire avec les dents d'un peigne en plastique rouge, il était grand temps.

Criez pas comme ça, lança-t-il sans lever les yeux.

Aidez donc les plus faibles, fit une femme avec une queue de cheval, je suis enceinte, je ne peux plus rester debout, mes jambes ne tiennent plus le coup.

Où c'est que t'es enceinte, demanda une vieille en regardant le policier, c'est dans le cul que tu le portes, le bébé, tu n'as pas de ventre du tout.

Je ne suis pas arbitre, dit le policier.

Et la femme enceinte : grand Dieu, c'est plus facile d'avoir des jumeaux que cette porte.

Les jumeaux, c'est plus beau que deux pieds en bois, fit le policier en riant, je vais m'arranger pour que tu n'en aies pas besoin.

Il rangea son peigne dans sa veste, se mit un bout de biscuit dans la bouche et se campa devant les toilettes occupées.

Bon, enceinte ou pas, maintenant c'est quand même elle qui va avoir la porte, ça fait déjà un bail qu'elle est là.

La femme enceinte promit sa porte à Paul. Quand elle sortit des toilettes, elle lâcha le morceau de tôle avant d'avoir vu quelles mains tiraient dessus. Le gros derrière Paul gesticula et poussa des jurons, la porte fut sienne. Paul ne quittait pas le cabinet des yeux, et quand la porte commença à branler de l'intérieur, il l'attrapa et l'enleva.

Hé, pas en pleine prière, pas si vite, dit le gros, dans ces chiottes, on est reçu par Dieu, et dehors, il y a un bazar de tous les diables.

Par Dieu, dit le policier, dis plutôt par l'âne qui a la même tête que toi et qui rentre dans les chiottes.

Paul me poussa dans la petite cabine et posa le morceau de tôle devant. À l'intérieur il n'y avait pas de toit, le ciel envoyait ses mouches vertes qui vous importunaient. Pour les pieds, deux planches souillées surmontaient un trou creusé dans la terre. On aurait pu glisser facilement, je cherchai donc deux endroits secs. Au mur, il y avait écrit à la peinture rouge :

Toute la vie est merdique
Je pisse dessus et bernique.

J'entendais les gens dehors, même la voix de Paul criait. À l'intérieur, on était bien à l'abri. On ne peut pas devenir moins que ce qui pue sous vos pieds. Le vieux avait-il voulu dire, en parlant de Dieu, que cette odeur fétide vous enivrait ? J'inspirai et expirai à fond sans me presser, et au risque de glisser, je fermai les yeux. Ce n'est qu'une fois dehors que je me transformai en étron humain. Je marchais à côté de Paul, les rangées formées par les gens et leur fourbi se dispersaient sur le terrain. Des mégots jonchaient le sol entre les motifs laissés par des semelles nervurées. La poussière nous volait sur la nuque, j'aurais dû dire merci pour la porte des toilettes mais ma langue ne se soulevait pas dans ma bouche. Mon or vendu dans toute cette crotte, six mille lei étaient une fortune à mes yeux. La poussière suivait le même chemin que nos pieds, elle nous devançait. Le vent prit son élan, traîna ses longs rubans et se laissa choir. Des bouts de papier et de vieux vêtements restèrent accrochés à la clôture métallique qui entourait le terrain. Paul plia sa toile cirée de plus en plus petit, la réduisant à une mallette bleue qu'il coinça sur son porte-bagages. Ensuite, il compta l'argent dans ma main, mon coude s'oublia et céda, Paul crachait dans ses mains. Il comptait les billets, et moi j'attendais de voir ses doigts dévier et abandonner leur affaire pour aller vers mon pouls.

Mon ballon et la broche étaient toujours sur le journal, personne n'en avait voulu, j'avais l'intention de partir en les laissant là. Paul gonfla le ballon et le lança. Il vola loin de moi, arraché au sol et à ce dimanche crasseux, comme un melon épluché. Il était bien beau depuis qu'il ne m'apparte-nait plus. Et moi, j'aurais eu envie de m'agenouiller rapide-ment, d'avoir les yeux qui rient et la bouche qui pleure. Ce fut le premier bonheur bancal avec Paul. Et lui, en plein dans ce bonheur, demanda :

Que fait-on le dimanche quand on a les poches pleines et le cœur vide ?

Il ramassa la broche et lustra sur son pantalon le chat en verre aux moustaches en fil de cuivre tordu. Il l'accrocha à sa chemise. Quand il poussa la moto à côté de lui, la mousta-che frémit et le chat commença à respirer.

Si tu veux, on va au Jagdwald, dit-il, là-bas, on peut s'asseoir en terrasse, au restaurant, si tu veux.

À condition que tu jettes le chat, dis-je, il te donne l'air d'un feignant.

Je ne crois pas, répondit-il, mais il le jeta derrière lui dans la poussière en frôlant un homme qui se contenta de lever brièvement les yeux en gagnant la sortie à grandes enjam-bées, comme quelqu'un qui est en retard.

Celui-là, sa belle-mère l'attend avec le bouillon de poulet, dit Paul, ne te presse pas, la soupe est déjà froide de toute façon.

Dans ce vent de poussière, il avait vendu mon alliance ; me prenait-il pour une poule au grand cœur avec laquelle on peut claquer tout son argent ? Depuis les promenades en compagnie de mon mari et de ses parents, je connaissais le petit jardin botanique proche du Jagdwald et quelques noms latins de fleurs. À l'époque, j'habitais chez ces gens au rez-de-chaussée, côté cour. De l'allée du jardin, on entrait direc-tement dans la pièce. En hiver, le poêle à charbon ne soufflait pas de la chaleur vers le plafond mais un air lourd, comme chargé d'encens. Du printemps jusqu'à la fin de l'automne, il y avait des cordons de fourmis le long des murs et des encadrements de fenêtres, des fourmis agglutinées dans les coins des pièces et dans les tiroirs, et des fourmis solitaires s'affairant sur la table et à l'intérieur des lits. Même à la cuisine. Ma belle-mère servait la soupe. Quand son mari tendait son assiette, elle tournait longtemps la louche au fond de la marmite comme pour y chercher des morceaux de légumes. Elle écrasait les fourmis contre le bord de la marmite, mais il y en avait quelques-unes même dans l'assiette de son mari. Il les repêchait avec sa cuiller en les posant sur le bord de son assiette comme si ç'avait été inhabituel.

Mais d'où viennent-elles encore.

Ma belle-mère disait :

T'énerve pas, c'est du poivre.

Si c'est du poivre, moi, je suis un rossignol.

C'est du poivre moulu, mon chéri.

Et depuis quand le poivre a-t-il des pattes, demandait-il.

Après m'être séparée de mon mari, j'étais partie en emportant deux sacs de vêtements et d'autres affaires. Depuis le pont, je ne portais plus de valise à la main. La pierre des Carpates, mon mari me l'apporta au portail du jardin, dans un sac en plastique. Je l'aurais oubliée, elle qui a maintenant une telle importance pour mes noix. J'avais l'impression d'être sans âge, et la plupart du temps, j'avais du mal à savoir si j'étais libre ou solitaire. Être seule n'était ni pénible ni agréable. Rien ne me faisait souffrir, sinon d'être restée deux ans de trop pendant ces trois années de mariage. Je me fis couper les cheveux et m'achetai des vêtements. Et pour le nouveau studio que je louais, des draps de lit, un frigidaire et deux tapis à crédit. Je voulais changer rapidement, tant que le temps tout nouveau m'indiquerait la direction. Lilli, elle, n'était jamais obligée de se transformer, son nez ignorait la coquetterie car il ne peut rien arriver à

147

une froide fleur de tabac. Quand un amour finissait, il était agréable de le lire sur son visage. Lilli avait sa petite idée sur le gâchis des sentiments, mais elle savait aussi qu'il y aurait bientôt deux autres yeux qui brûleraient d'amour pour elle. Je voulais me changer à l'aide de mes mains, mais dans les mains, il fallait avoir un portefeuille bien garni. J'achetai tout sur un coup de tête, sans réfléchir. Par rapport à aujourd'hui, j'avais des soucis négligeables, c'était l'époque d'avant les papiers. En deux après-midi ou trois, je jetai mon salaire par les fenêtres et dus emprunter de l'argent. Pas seulement à Nelu, aussi à des gens que je connaissais à peine. Même l'argent emprunté me fila entre les doigts et prit le chemin des vêtements. Le matin, à mon arrivée au travail, la première chose que je posais sur mon bureau était mon miroir de poche. Je ne cessais de me regarder dedans, entre les listes de boutons. Nelu me complimentait de plus en plus, au fil des jours. On ne pouvait pas se faire couper les cheveux quotidiennement. Pour me persuader que je n'allais pas mal, il ne me restait donc que les vêtements neufs. Pendant une journée au moins, ils étaient plus nouveaux que mon visage. Je pensais bien sûr à mes dettes, mais j'achetais encore plus. De grands yeux fiévreux, je n'étais à l'étroit que dans la région du larynx. L'instantané était toujours plus fort que ma mauvaise conscience. Sur le grand boulevard, au soleil de l'après-midi, les gens se retournaient sur Lilli parce qu'elle était belle et sur moi parce que je lui prenais le bras et chantais à voix haute :

Oui l'arbre a un feuillage
et le thé une eau
l'argent un papier
et le cœur une neige tombée de travers.

Nous jouions aux soûlardes, je chancelais en chantant, Lilli titubait aussi et riait aux larmes jusqu'au jour où je déclarai :

Une robe ne fait pas de dettes, une chaussure non plus. Moi non plus. C'est l'argent qui en fait. Chez beaucoup de gens, il repousse comme des poils de barbe, mais moi, je reste toujours dégarnie. Quand l'argent est dans ma poche, j'ai quelque chose. Puis d'un seul coup, je n'ai plus rien parce qu'il est dans la caisse d'une boutique. Mais là, il garde exactement la valeur qui est la sienne. Il y reste et je le vois. Et si je n'ai rien, c'est pour la simple raison que cet argent se trouve à vingt centimètres de ma poche, tu comprends ça.

Quand on vieillit, il s'amasse, dit Lilli, mais cela ne va tout de même pas te donner envie d'être vieille, j'espère. Bah, et puis ces gens qui t'ont prêté quelques billets ne sont pas si près de leurs sous, d'autant que tu ne vas pas t'enfuir à toutes jambes.

Lilli prenait pour de l'autonomie ce que ma coquetterie avait d'insatiable, depuis peu de temps. Je ne m'enfuirais pas à toutes jambes, c'est vrai. Pas de l'usine, mais pour échapper à ma raison, cette petite poupée de fer que j'avais dans le front et qui ressemblait au saint Antoine rouillé qu'il y avait eu sur la nappe, à la fin du réveillon.

Tant que j'ai habité chez mes beaux-parents, j'étais saisie d'un étonnement plein d'effroi, dans le jardin, à l'idée de voir les églantines que mon beau-père greffait en quelques minutes fleurir chaque été en formant des boules de velours. Elles ne rechutaient jamais, dans leur bois qui venait de repousser. Greffer des rosiers me paraissait être une opération du visage effectuée sur les hanches. Je mettais toutes sortes de fleurs dans le séjour, mais jamais une rose greffée. Difficile de savoir si elle ne se changerait pas encore un peu, une fois coupée. Après la séparation, la seule chose que j'aie pu changer en moi, malgré tous mes efforts, a été le feuillage. Aux longues disputes conjugales succédèrent des jours sans invectives. Chaque journée me tenait à l'écart des gens, j'étais en quarantaine loin de tous les yeux, comme dans un placard, et j'espérais que cela resterait ainsi. Cette tendance au laisser-aller solitaire se maintint en moi et disparut avant de se déclarer chez Mama. Par la suite, restée toute seule dans sa maison, Mama n'eut plus de secrets pour

149

moi, la dernière fois que je lui rendis visite. Et je n'éprouvai pas de pitié. À sa différence, je n'ai pas remis cette tendance à plus tard. Je ne suis pas assez têtue pour cela, et surtout je n'ai pas autant vécu qu'elle qui avait perdu tous les siens et dont la fille avait quitté le nid. Je me retrouvais dans sa résignation, à croire que j'étais la mère et elle l'enfant. À la lumière de la fenêtre, elle était étrangère à vous rendre fou ; près de la vaisselle du dressoir, elle était connue, il y avait de quoi s'enfuir à toutes jambes. Voilà comment elle parcourait la maison. Je compris que cette tendance était pour la fin de la vie et que je l'avais eue trop jeune, il était trop tôt.

J'habitais en location chez un homme très maigre qui souriait en permanence. Son sourire semblait être un trait de son visage et non une expression. De dos, des épaules bossues, de face des clavicules incurvées, c'était une cage à oiseaux qui était à ma porte quand il passait pour le loyer. Une peau transparente sur le visage, on aurait dit qu'elle allait se déchirer en frottant sur les os, sans rides et pourtant très vieille. Je lui demandai de patienter pour la cinquième fois et l'invitai à entrer chez moi pour prendre un thé. Il refusa, s'inclina et pépia, et je me demandai combien de temps encore la tête d'oiseau ferait preuve de patience à mon égard, et si cet homme évitait de se fâcher parce que l'énervement lui aurait déchiré la peau.

Le laisser-aller solitaire n'était sûrement pas ce qu'il me fallait. Quant à mes relations avec Nelu, ce fut la pagaille, je tombai dans le piège de sa haine. Nelu et moi partîmes dix jours en déplacement professionnel dans une petite ville située entre le Danube et les Carpates. Il avait été désigné pour ce voyage et, pouvant choisir la personne avec laquelle il souhaitait partir, il m'avait proposée. Un petit voyage n'était pas pour me déplaire. Je n'avais pas imaginé qu'elle serait bien attirante, la centrale de boutons, car c'était ainsi que s'appelait cette petite ville à l'intérieur de l'usine, mais je m'attendais encore moins à ce désert formé par dix alignements de maisons sales entourées de fosses à ciel ouvert et d'éléments préfabriqués en béton envahis par l'herbe, où l'on n'avait rien construit ni déblayé. C'était à cause de sa grande usine de boutons que cette localité n'était pas qualifiée de village. Entre l'hôtel et le portail de l'usine, une route sinueuse et asphaltée, longue de trois kilomètres, traversait un champ d'orties. Le vent soulevait et abaissait cette masse d'un vert noirâtre, à croire que l'on devait nager. Au petit matin, nous empruntâmes cette route qui ne cessait de se perdre et de recommencer. Même le neuvième jour, je m'y serais encore perdue, les orties étaient plus hautes que notre tête. Ce n'était pas la première fois que Nelu venait ici, il était en pays de connaissance dans les orties comme à l'usine de boutons. Nos chaussures étaient salies par la poussière et la rosée. À huit heures, nous les nettoyâmes au portail de l'usine avec le mouchoir de Nelu avant d'aller et venir entre les bureaux et les services en portant des listes et des échantillons de tissu. À cinq heures de l'après-midi, je n'y voyais plus rien à force de regarder des boutons de plastique, de nacre, de corne ou de fil retors percés de deux, trois ou quatre trous, et des boutons à queue recouverts de lin ou de velours. Dans de telles quantités, les boutons s'entassaient comme des comprimés dans une usine pharmaceutique. On aurait pu les emballer dans des boîtes destinées aux pharmacies pour une prise trois fois par jour après les repas, par exemple, au lieu de les envoyer aux usines de confection où ils seraient cousus sur des vêtements. L'après-midi, la route aux orties était d'un vert tout aussi noirâtre que le matin. La rosée avait séché, la poussière avait blanchi. Des oiseaux piaillaient on ne savait où, il n'y en avait pas dans le ciel. En revenant à l'hôtel, nous parlâmes boutons de la saison à venir, prix et délais de livraison.

À l'hôtel, des chambres du devant, on apercevait la gare rouge à un seul étage. Attachée à un pieu à côté des rails, une chèvre blanche paissait. Dans le cercle qu'elle décrivait au bout de sa corde, elle mangeait des chicorées bleues et de l'herbe roussie, ou elle se contentait de rester là et de suivre les rails des yeux. La nuit avala le sol, le pieu et la corde. Il n'y avait plus que la chèvre et sa tache scintillante. Et tout en haut du fronton luisait le cadran de l'horloge de la gare.

C'était déjà la deuxième nuit que je regardais cette horloge de mon lit. Des trains de marchandises traversaient le ciel, il était impensable de dormir. Depuis mon premier jour ici, le temps était celui du service, même la nuit bourrée de trains. Aux moments où aucun train ne passait, c'était le couloir qui était plein de vacarme et de voix masculines, tout le monde parlait russe. Dès la deuxième nuit, j'avais posé sous mon oreiller, à tout hasard, le vase en lourd cristal taillé. L'eau du robinet avait un goût de chlore et le chlore avait le goût de ce sommeil dont je manquais. Je buvais sans soif, histoire de me lever et de me recoucher. Le soir, nous mangions au restaurant. À côté de notre table ronde, il y avait contre le mur une grande table pour les réceptions. À cette table, je comptai trente-quatre petits hommes aux larges pommettes, aux yeux et aux cheveux noirs comme de l'encre, avec des costumes d'été en tissu gris et des chemises blanches sans col.

Le soir, ils veulent être assis autour d'une table, dit le serveur, pour délibérer de la manière de pisser à cheval et de coudre des boutons à la faucille. C'est une délégation de l'Azerbaïdjan, elle est déjà depuis une semaine à l'usine de boutons pour un échange professionnel, et ensuite elle reste encore une semaine en visite amicale.

Où, demandai-je.

Aussi à l'usine de boutons, dit-il en clignant de l'œil. Mais les visites amicales ont commencé dès le premier jour. Depuis qu'ils sont ici, cinq filles de l'usine arrivent après minuit dans les pièces du rez-de-chaussée qui sont au fond. Il y a foule à chaque porte, et derrière, des gémissements de cornemuse. Rien que d'entendre ces bruits, on tombe déjà par terre. L'un se vide de sa substance, l'autre monte à son tour. Il va y avoir une nouvelle génération dans notre petite ville, ça je peux vous le dire, des Eurasiens morveux et au nez épaté.

C'était toujours le seul et même homme qui, à cette longue table, énonçait de brèves phrases rauques comme s'il avait pesté, mais sans que son visage manifeste la moindre colère. Les autres écoutaient, et de temps à autre, tout le monde riait, même celui qui venait de pester. Il regardait souvent de mon côté. Je le laissais me regarder dans les yeux parce que je n'avais rien de mieux à faire. Nelu passait encore en revue avec moi les boutons de la saison prochaine. J'aurais volontiers émis quelques remarques sur ces gens venus de l'Azerbaïdjan, mais à peine avais-je dit leur nombre que Nelu me fit l'observation suivante :

On ne compte pas les gens, ils le sentent.

Et alors, en vertu de quoi devrait-on ne pas les compter, ils sont là, après tout. Le champ d'orties ou la chèvre de la gare auraient été plus anodins, mais Nelu n'avait pas d'yeux pour eux. Je lui trouvai l'air reposé. Il peut donc dormir dans le vacarme des trains qui passent, comme la chèvre, pensai-je. Un homme réglé comme une horloge suisse, qui dort la nuit pour pouvoir travailler le jour, ce genre de type est fait pour les déplacements professionnels. Le motif du voyage avait été d'emblée dérisoire. Commander des boutons de la route des orties alors que l'on n'a déjà plus les yeux en face des trous et que les montagnes de vêtements de notre usine ont perdu toute réalité. Dès la troisième nuit, j'observais sans cesse l'horloge de la gare depuis onze heures. Il était désormais deux heures précises. De très loin, les trains passaient en bruissant comme des arbres, puis comme de la ferraille dans le ciel pour finir à l'intérieur de la tête qui menaçait d'éclater. Ensuite, le silence était meurtri, des chiens aboyaient jusqu'au passage du train suivant. Mon cerveau suintait en se rétractant. À un moment sans train, on frappa à la porte. J'attrapai le vase qui était sous mon oreiller et criai :

Pachol Tovaritch.

C'est moi.

Nelu était pieds nus et en pyjama sur le pas de la porte.

Cela fait déjà un bout de temps que je frappe.

Je pensais que tu pouvais dormir ; moi, avec cette gare, je ne peux pas fermer l'œil.

Il s'assit sur le lit, la tête entre les mains. J'ouvris la fenêtre et vis la tache scintillante que formait la chèvre endormie dans l'obscurité, le signal rouge loin derrière l'horloge, et là-bas au fond, un vert. Nelu s'étendit.

Je ne peux pas m'endormir à cause de toi.

La fenêtre resta ouverte, nous rentrâmes sous la couverture. Je savais que nos gémissements affamés arriveraient alors, comme les trains sur leurs rails. Je n'avais rien contre. Après un jour et une nuit passés dans ce désert, j'étais prête, j'aurais accueilli en brandissant mon vase n'importe quel citoyen de l'Azerbaïdjan pour le laisser ensuite pénétrer entre mes jambes. Nelu haletait, s'agrippait à mes seins, nous étions étendus près d'une gare, peau contre peau, et il parlait d'amour. Je le laissai dire.

Qu'à cela ne tienne, je pourrai le contredire après le voyage. Chez moi, les sentiments ont sans doute besoin de plus de temps.

Nelu vint toutes les nuits vers onze heures. Le plafonnier était éteint, seule l'ampoule du lavabo restait allumée. Le pli du cou se perdait dans l'épaule, les lignes des bras et des jambes pliés commençaient à flotter, deux yeux blancs captifs, c'était Nelu. Tout le reste était dans l'obscurité. Ce que le désert de la ville avait usé, l'amour devait le remettre d'aplomb. Il me voulait toute la nuit, sa chair et son cerveau étaient d'accord sur ce point et se retrouvaient à l'endroit où l'on ne pense plus à rien. Moi, je n'arrivais à rien, je feulais sans pouvoir oublier où j'étais. Je regardais l'horloge de la gare et elle me renvoyait mon regard. Mon crâne restait aussi clair que le cadran compartimenté du fronton. Ce pas contre le désert, je ne l'aurais pas fait de ma propre initiative. Et le cas échéant, ç'aurait été avec un homme de l'Azerbaïdjan. Il m'aurait raccourci la nuit, celle-là ou toutes les autres nuits à venir. Mais au restaurant, je ne l'aurais pas reconnu à cette longue table. Au dîner, tous les soirs, j'aurais eu l'impression de chercher un bouton en particulier parmi trente-quatre boutons semblables. Et donc, chaque soir, n'importe quel autre aurait pu venir me voir ; de l'extérieur, il n'y aurait pas eu la moindre différence. Ou si différence il y avait eu, je l'aurais repérée à sa façon d'être. Mais ils étaient peut-être tous les mêmes au lit aussi... Après ce déplacement professionnel, je n'aurais pas revu cet homme de dix nuits ou ces dix hommes d'une seule nuit. C'était Nelu qui avait commencé avec moi, je n'étais pas celle qui avait semé le trouble. Toutes les nuits, vers deux heures, je le renvoyais dans sa chambre. Même la dernière nuit, il partit à contrecœur mais en obéissant gentiment de peur de se gâcher le plaisir.

À cinq heures du matin, avant notre retour à la ville, la chèvre traînait autour de son pieu. Je lui donnai un morceau de pain. Elle le mangea sans même l'avoir senti. À peine installée dans le compartiment, je dormis en rattrapant toutes mes nuits, je n'entendis pas le bruit du train, plus rien autour de moi. Quand le train entra dans la gare centrale et que Nelu me réveilla, j'avais la tête posée sur son épaule, comment cela se faisait-il. Nous nous dirigeâmes vers l'arrêt d'autobus et le matin bruyant de la ville. Nelu portait son sac sur le côté et moi le mien entre nous pour empêcher Nelu de passer autour de moi son bras resté libre. Dès la gare rouge et sa chèvre qui mangeait le pain dans le froid matinal tandis que Nelu mettait sa veste sur ses épaules, j'avais compris que nous avions beaucoup de temps devant nous mais qu'aucun amour ne naîtrait.

Au bureau, les jours suivants, je dis avant l'heure du retour à la maison :

Non, je ne t'accompagne pas chez toi. Non, tu ne viens pas non plus chez moi.

Pourquoi, demanda Nelu.

Dix jours ou trois ans, les hommes ont toujours besoin d'une raison. Selon Nelu, il était exclu qu'il n'y eût pas de raison. Après m'être séparée de mon mari, je voulais avoir une vie qui irait avec mes cheveux courts. Tant que j'étais encore jeune, partir dans un beau pays où l'on envoie les vêtements pour l'exportation. Je voulais mériter de beaux habits comme ceux-là, d'autres encore plus beaux et un mari généreux qui me les offrirait. Trois filles de l'établissement horticole s'étaient mariées pour partir en Italie. Après leur avoir posé toutes sortes de questions, mon beau-père nous avait raconté à la maison comment il fallait s'y prendre. Les hommes qui voulaient de la chair féminine provenant d'ici étaient pour la plupart célibataires, estimés dans leur profession, et n'avaient pu songer à se marier qu'après avoir enterré leur mère. Des messieurs d'un caractère doux et minutieux dont la sollicitude était difficile à distinguer du gâtisme, des hommes soignés, sur le retour. Peut-être vais-je malgré tout, pour pouvoir filer d'ici, adopter les goûts de Lilli. Il ne fallait pas être belle à tout prix, mais simplement fraîche, et avoir un maintien plein de modestie. Les mariages sont autorisés deux ans après le dépôt de la demande. Sans un sou vaillant, on s'installe dans le nid d'une famille. On y a son couvert, même en argent avec un peu de chance, et un vase en marbre sur la table. Je voulais tuer deux années jusqu'à ce que mon heure soit venue. Je voulais aller en Italie, cela ne regardait pas Nelu. Ce n'est pas toi la raison, dis-je, il ne s'agissait pas de toi. Ni de moi d'ailleurs, nous n'étions qu'un déplacement professionnel.

Il avait le visage gelé. Puis ses prunelles étincelèrent, carrées. Il prit son élan et me donna une claque plus habile que sa manière de préparer le café, de nouer ses lacets et de tailler ses crayons. Elle resta en place, j'avais un grondement dans la tête. J'éclatai de rire alors que je n'en avais plus envie. Bon, tomber en me cognant la tête contre le chambranle de la porte n'était peut-être que justice, mais être dénoncée par Nelu une semaine plus tard lors de mes papiers pour l'Italie était injuste. Quant à sa manière de surenchérir en écrivant lui-même les papiers pour la Suède et en les mettant dans les poches des pantalons pour me faire renvoyer, c'était de la traque. Et que dire des papiers pour la France...

Grand-mère, nous y voilà, dit le conducteur. La vieille n'a qu'à se lever, à branler dix ou quinze fois la tête, et elle est à la porte. Près de la portière du fond, des bidons s'entrechoquent, des chaussures traînent. Je voudrais bien descendre ici, m'acheter quelque chose, payer une pomme à l'unité, ce qui ne nécessite pas de faire la queue. Si cela allait vite, j'attraperais le tramway à temps. Il sera bientôt neuf heures, on est encore loin de dix heures précises. C'est qu'Albu ne verrait pas une pomme dans mon sac. Une pomme d'été verte comme l'herbe alors que les pommes précoces sont la plupart du temps pleines de vers et tavelées comme si elles avaient des taches de vin. Quand on mord dedans, le jus mousse et la bouche fait la grimace. C'est le genre de pomme qui va avec le corsage qui pousse encore. Je pourrais la manger pendant le trajet, ou juste après être descendue, peu avant dix heures. Je peux aussi la mettre de côté. Si Albu me garde, je n'aurai rien à manger pendant longtemps. Mais si la pomme gâte la noix et qu'Albu me garde par la faute de cette pomme ? En dépit de ma faim, je me prendrai à penser que la pomme s'est peut-être liguée avec la brosse à dents et le dentifrice. Je la mangerai à contrecœur, je n'aurai pas assez faim pour lui trouver bon goût. L'homme à la serviette bondit de son siège et se dirige vers le conducteur : je vais vite acheter de l'aspirine pour moi aussi, tu attends un petit moment. Je ne reste pas plus longtemps, dit le conducteur, j'aimerais bien des tomates moi aussi, mais on est en retard. Si tu attends, je t'en rapporte, dit l'homme à la serviette. Le conducteur débouche sa bouteille : non, j'irai plus vite au prochain tour et j'aurai le temps d'y aller moi-même. Avant de boire, il essuie le goulot avec sa main comme si ce n'était pas lui qui y avait bu en dernier mais un autre homme.

Tout s'agitait fiévreusement dans ma tête, ce dimanche où, après le marché aux puces, j'étais montée sur une moto pour la première fois de ma vie, derrière Paul. Les rues se hissaient vers le haut en ployant. Dans le centre de la ville, des familles nombreuses éparpillées sortaient du portail de l'église sans avancer. Après avoir chanté et prié, les adultes devaient parler de bien des choses et les enfants avaient à nouveau le droit de rire et de gigoter. Une vieille femme vêtue de noir et avec des bas blancs passa dans l'allée des platanes comme si elle avait traversé une vallée et appela :

Georgiana.

Personne ne vint à sa rencontre. Mais quelques arbres plus loin, une fille près d'une poubelle, un ruban rouge au milieu de la tête, battait l'asphalte de son soulier verni en chantant une chanson. Entre les adultes qui, dans le train-train de leur conversation, avaient passé leur chemin, et la petite qui ne venait pas, la vieille ne savait que faire. En roulant, je me retournai à en avoir mal au cou. Les habits noirs se perdirent au loin, et la moto me vibra dans tous les doigts.

Toute sa vie durant, Tata alla le dimanche à l'église. Quand Mama, Grand-père et moi ne l'accompagnions pas, il y allait tout seul. En rentrant chez lui, il s'accordait une petite eau-de-vie et une cigarette étrangère debout, dans la *bodega* de derrière le parc. À une heure pile, il était attablé pour déjeuner. Même les dernières années, chargé de péchés jusqu'à la moelle des os, il allait à l'église. À sa place, en ayant un tel tas de péchés, je serais restée à la maison. J'ai du mal à m'imaginer qu'il promettait à Dieu le dimanche de rompre avec la fille à la longue natte alors qu'il avait rendez-vous avec elle dès le lendemain. Le lundi, la fille à la longue natte venait au marché sans son enfant, je l'avais remarqué. Car comme mon Tata auprès de sa femme, elle comptait les heures à côté de son mari, le dimanche. Le lundi soir, aucun Seigneur ni aucun diable ne pouvaient les éloigner l'un de l'autre. Au déjeuner du dimanche, il y avait sur notre table deux poulets dont nous mangions les restes le soir. Mon Tata mangeait les crêtes des deux poulets parce qu'il en avait besoin pour son péché du lundi. Quant à moi, je me partageais leur cervelle avec Grand-père pour apprendre à me taire tout comme lui. Il est bien possible que mon Tata ait prié Dieu de lui autoriser ce péché, d'autant que le Seigneur devait savoir qu'il ne se passait pas grand-chose avec Mama. Jésus était accroché près de la porte de l'église à droite, à la hauteur de la bouche, si bien que les grands pouvaient lui baiser les pieds en entrant et en sortant. On soulevait les enfants en les tenant par la taille. Tant que ce fut nécessaire, ma Mama ou mon grand-père me portèrent, mon père ne le fit jamais. Jésus n'avait plus d'orteils, les baisers les lui avaient enlevés. Dans mon enfance, Tata m'avait dit :

Ces baisers restent. Lorsqu'on meurt, au jour du Jugement, ils brillent autour de la bouche. Une fois reconnu, on entre au paradis.

De quelle couleur est-ce qu'ils brillent, demandai-je.

En jaune.

Et les baisers qu'on se donne à nous.

Ceux-là, ils ne brillent pas parce qu'ils ne restent pas, dit-il.

Quiconque habitait dans les environs de l'église Saint-Théodore avait sur les lèvres quelques poussières des orteils de Jésus. Quand je voulus remplacer la fille à la longue natte et que mon Tata ne démordit pas de sa chair, j'espérai que les baisers de cette fille resteraient eux aussi, qu'ils brilleraient d'un éclat sombre au Jugement dernier, parmi les baisers donnés sur les orteils, et trahiraient le menteur.

Lilli avait dit un jour que sa mère n'allait plus à l'église depuis que la messe commençait par une prière pour le chef de l'État.

C'est bien beau, tout cela, dis-je, mais que son mari, malgré son âge, aille chaque semaine à son rendez-vous du kiosque à journaux, elle peut le supporter.

Si elle le peut, c'est parce qu'elle le doit, dit Lilli.

J'avais encore la tête submergée par le trajet, même si Paul et moi étions déjà assis depuis un certain temps au restaurant du Jagdwald. Dans la dernière partie du chemin, durant la traversée de la forêt, les branches nous avaient fouetté les cheveux. Les arbres fredonnaient une chanson verte et tout le ciel était en feuilles. J'avais supplié, la tête rentrée dans les épaules :

Pas si vite.

Paul rapprocha sa chaise de la mienne et m'embrassa, la bouche pleine d'écume. J'étais encore étourdie par la route et le baiser venait s'y ajouter. Je voulais rester lucide mais le bonheur ne m'en laissait pas le temps. J'avais été bien trop lente à comprendre que le bonheur pouvait venir d'un marché aux puces crasseux, plein de fourbi et de gens dont je ne voulais que de l'argent. Que le bonheur en tête n'a pas besoin de temps mais d'un heureux hasard. Mes doigts tantôt sur le cou chaud de Paul, au-dessous de son menton, tantôt sur le col froid de la bouteille de bière. Comme nous ne savions que très peu de choses l'un de l'autre, nous parlions beaucoup, et la plupart du temps, ce n'était pas de nous. Paul avait bu six bouteilles de bière et en aurait supporté davantage, lorsqu'à la fin de la soirée des familles arrivèrent dans le bois. Après un déjeuner pris dans leurs lotissements, elles voulaient laisser entrer dans leurs têtes encore un peu de ciel avant la semaine suivante qui serait enfermée à l'usine. Un couple d'un certain âge portant de grosses alliances gravées de motifs floraux à la mode vint occuper les deux chaises restées libres à notre table.

C'est la dernière fois que je te le demande, dit la femme.

Je ne sais pas, dit l'homme.

Mais qui le sait, alors.

Pas moi, en tout cas.

Comment ça, pas toi, ne te fais pas plus bête que tu n'es.

Arrête de postillonner, bon Dieu, j'ai oublié.

Dis plutôt que t'as oublié de te servir de ta jugeotte dès ta naissance.

Oui, sinon elle ne serait pas à côté de ton petit cerveau.

Mais dans la cabane en torchis de ta mère.

Tu en as besoin, ma mignonne.

Ta mignonne, une autre ne va quand même pas venir te prendre.

Oh là là, tu vas encore te lamenter sur mon sort.

Mais à quoi viens-tu de penser ?

Que veux-tu que je te dise.

Tu as sûrement pensé à autre chose.

Non, je n'ai pensé à rien d'autre.

Je ne te crois pas.

Mais si.

Non, tu mens comme tu respires.

Oui oui, même quand je te baise.

Alors là, ça ne fait pas l'ombre d'un doute.

Ce qui ne t'empêche pas d'avoir assez souvent envie.

Parce que tu n'es bon à rien d'autre.

Tu parles, mais tu n'es qu'un trou avec une permanente.

Bon, alors tu vas me dire comment c'était, oui ou non.

Arrête, je ne sais pas.

Mais qui le sait, alors...

Cela continua de la sorte comme un tourbillon dans l'eau, le ton monta, la cabane en torchis devint un poulailler et le trou permanenté un matelas plein de houppes. Leurs yeux lançaient du venin. La femme le soumettait à un interrogatoire comme s'ils avaient été seuls ici, l'homme regardait dans le vide d'un air hagard comme s'il avait été seul. Le soleil était toujours laiteux, on entendait le bruissement des grands arbres, le ciel était lourd et n'avait presque pas de place parmi toutes les feuilles, les chaussures crissaient sur le gravier. Cet homme en avait assez d'elle tout en étant son esclave. Et elle ne nous quittait pas des yeux, tous les trois. Paul et moi étions captifs nous aussi, nous nous taisions sans nous regarder afin de ne pas lui donner l'impression que nous nous faisions des signes. Coupés l'un de l'autre, tendant l'oreille et pourtant presque sourds, nous n'arrivions pas à comprendre ce qu'elle lui voulait. Paul retira sa main de la table, la femme évalua ce geste et me considéra en attendant de voir ce que j'allais faire. Je me penchai vers Paul qui m'attrapa le genou en disant :

Viens.

Je me redressai, mais elle attendait de voir la main de Paul reparaître sur la table. Paul devait l'avoir senti, il la laissa sur mon genou. De l'autre main, il appela le serveur.

Laisse-moi payer, l'alliance vendue sera contente, dis-je.

Je voulais minimiser notre bonheur, le couple se tut soudain et tendit l'oreille comme je l'avais fait avec Paul ; quant à moi, j'étais contente qu'ils entendent à leur tour quelques mots sans les comprendre. Paul prit l'argent dans sa poche, il refusa de toucher au mien. La femme regarda son alliance, et Paul et moi lançâmes en même temps :

Au revoir.

Nous rendîmes le même son que deux automates parlants dont on aurait remonté le mécanisme. La femme leva brièvement la main de la table pour nous saluer. L'homme nous regarda comme si notre assistance avait été sa dernière ressource et dit :

Bonne chance.

Dans sa situation, il en avait plus besoin que nous qui roulions à travers les bois jusqu'à l'immeuble au glissement.

Cette nuit-là, je dormis pour la première fois chez Paul et y restai. Jusqu'à ce que notre chair fût plus vieille tout en étant plus jeune que nous, notre respiration calme ou haletante jusqu'à se briser, nous nous étions aimés durant cette première nuit. Ensuite, j'entendis des aboiements, à croire que les chiens rôdaient à travers le ciel. Puis la rue dormit au tic-tac de l'horloge, le sol était calme. L'aube commençait à poindre, le cadran ne recevait pas encore la lumière du dehors. En bas, dans la rue commerçante, les fourgonnettes ne tardèrent pas à arriver. Je me levai et sortis de la chambre à pas de loup, mes vêtements à la main. Ayant la chair de poule dans le couloir, j'enfilai mes vêtements sur la peau toute chaude de sommeil. Je voulais mettre rapidement mes chaussures et disparaître avant le réveil de Paul, or je n'en fis rien. Pouvoir rester ici comme les chaussures qui y sont rangées, comme le placard mural est accroché dans la cuisine, ou comme une mince bande de soleil à l'éclat audacieux se trouve sur le dossier de la chaise et grandit pour se poser ensuite sur la table. Rester ici, car sur les papiers qui sont remplis depuis longtemps à l'usine, il y a un lundi après chaque samedi. Je me pris un verre d'eau et bus le goût farineux que j'avais sur la langue. Ne pas rester ici comme un objet acheté aux puces, pensais-je, plutôt prendre mes cliques et mes claques. Partir permet de revenir. Une boîte en fer-blanc émaillé rouge trônait sur la table, je l'ouvris, humai le café moulu, refermai le couvercle, reposai la boîte en considérant l'empreinte graisseuse de mes doigts et ce que j'avais rêvé la nuit :

À la maison, mon Tata est étendu dans la cour, sur une table en bois, dans une chemise blanche du dimanche, et à côté de son oreille gauche, il y a une pêche de l'un des arbres qu'il avait plantés lui-même voici plusieurs années. Un homme à la cage thoracique voûtée et au visage d'oiseau mais qui, dans le rêve, n'est pas mon propriétaire, découpe un carré de Tata entre la pointe de son col et son estomac, à travers sa chemise, entre le troisième et le cinquième bouton, méticuleusement, comme en traçant un trait à la règle. Il détache une petite porte de chair blanchie.

Je dis : il y a du sang qui sort.

L'homme dit : il vient du melon de sa femme. Tu vois, il est tout rabougri, il ne pousse plus et n'est pas plus grand qu'un œuf. Nous l'extrayons pour insérer une pêche.

Il enlève le melon de la poitrine et y met la pêche. La pêche aux joues rouges est mûre, mais elle n'est pas lavée, on le voit grâce au cheveu.

Il appartient à la fille à la longue natte, dis-je, et il ne poussera jamais, lui, la fille à la longue natte ne le garde pas au frais.

Tu dois bien lui reconnaître une qualité, elle s'y connaît en légumes.

Là, c'est un fruit, dis-je.

Nous allons voir, dit-il.

L'homme replace la petite porte dans la poitrine, elle entre juste. Il marche vers le mur de la maison, ouvre le robinet et se lave les mains avec le tuyau d'arrosage.

Et la petite porte, on ne la recoud pas, demandai-je.

Non.

Et si elle tombe.

Elle est étanche, cela va se refermer, ce n'est pas la première fois que je le fais, dit-il, car je l'ai appris, mon métier de menuisier.

Après que Paul et moi nous étions aimés au-delà de toute cette fatigue qui va et qui vient, il succomba à un sommeil tranquille et moi à un sommeil éparpillant des images. La petite porte de chair provenait peut-être de la porte amovible des toilettes, le propriétaire avait les traits du chirurgien parce que j'avais maintenant de quoi payer mes dettes de loyer. Mon Tata et la fille à la longue natte n'avaient aucune raison de venir ici. Mon désir de remplacer cette fille n'avait pas le droit de s'immiscer dans ma première nuit avec Paul. La boîte à café rouge a trop de lumière, elle divague de façon inexplicable au soleil, à ma différence.

Paul, par derrière, avait posé les mains sur mes yeux.

J'ai réfléchi, tu t'installes chez moi.

Ne l'ayant pas entendu venir, je me sentis prise sur le fait avec mon Tata.

Non, dis-je.

Tout en étant d'accord comme si je n'avais pas eu le

choix. Quand il retira les mains de mes yeux, une femme secoua deux oreillers blancs à la fenêtre située presque en face de la nôtre, et je dis :

Oui.

Mais j'en doutais. Et l'instant d'après, je pris dans la boîte quatre cuillerées bien pleines de café pour les mettre dans la casserole et Paul dit :

Bien.

C'était un beau mot, car cela ne pouvait pas être mauvais. Paul posa un bocal de confiture d'abricots sur la table et coupa du pain, beaucoup trop de tranches.

Le matin, je mange debout et en marchant pour avoir quelque chose dans l'estomac, sans prendre de petit déjeuner. Mais là, je restai assise. Je parlai de Tata et de la petite porte de peau, du melon et de la pêche. Je laissai de côté la fille à la longue natte. Je passai également sous silence le fait que la boîte à café rouge reflétait ce rêve et que j'étais gênée par cet objet étranger. Avec les gens qui me déplaisent d'emblée, la gêne est moins grande lorsque je n'en parle pas : ce fut le cas vis-à-vis de Nelu, à l'usine. En revanche, je suis gênée par les objets étrangers parce qu'ils me plaisent. J'y place une pensée qui est contre moi. Si je ne l'énonce pas, elle disparaît, tout comme la gêne provoquée par des êtres humains qui me sont étrangers. Je crois qu'à la longue, ce sentiment vous pousse jusque dans les cheveux.

Après m'être séparée de mon mari, durant ces jours calmes où plus personne ne me criait dessus, je remarquai la gêne des autres gens et avec quelle fréquence ils se peignent face à autrui. À l'usine, en ville, dans les rues et les tramways, les autobus et les trains, en faisant la queue aux guichets ou pour acheter du lait et du pain. Au cinéma, avant que la lumière ne s'éteigne, les gens se peignent, et même au cimetière. Avec cette raie tracée du haut du crâne jusqu'au front, la gêne se voit aux peignes de poche. On ne peut enlever d'un coup de peigne que la gêne muette, et le peigne devient graisseux. Quand on a un peigne propre, on en parle et on ne se débarrasse pas de la gêne éprouvée face aux inconnus. Je me rappelai le passé : Mama, Tata, Grand-père, mon beau-père, mon mari, tous avaient des peignes crasseux, même Nelu et Albu. Ceux de Lilli et les miens étaient tantôt propres, tantôt poisseux. Oui, telle était la gêne éprouvée face aux étrangers que nous étions, voilà ce que nous disions et taisions. Paul et moi buvions notre café turc, le soleil était posé sur la table. J'avais raconté mon rêve, puis je n'avais plus rien dit, même sur les peignes. Paul était gêné par mon rêve, cet étranger, il évitait mon visage et regardait par la fenêtre.

Les nerfs fragiles, dit-il, mais après tout ton chirurgien a promis que la porte va se refermer.

Derrière la vitre, trois hirondelles traversaient une parcelle de ciel. Soit elles volaient en tête, soit elles n'étaient que trois et n'avaient rien à voir avec celles qui les suivaient, innombrables. Moi qui aurais dû renoncer à compter, je remuais déjà les lèvres.

Tu veux savoir combien il y en a, demanda Paul.

Je compte bien des choses. Des mégots, des arbres, des lattes de palissades, des nuages ou des dalles de pierre entre deux poteaux télégraphiques, les fenêtres le matin jusqu'à l'arrêt de tramway ou les piétons sortant d'un autobus pour aller d'un arrêt à l'autre, les cravates rouges en ville, l'après-midi. Les pas pour aller de mon bureau jusqu'au portail de l'usine. Voilà comment on garde le monde bien en ordre, dis-je.

Paul enleva de la pièce une photographie qui n'était pas accrochée au mur auparavant, sinon je l'aurais vue. Mais elle était encadrée, il y avait sous le verre une blatte écrasée. Quand mon père est mort, j'ai encadré cette photo et je l'ai accrochée dans la pièce. Elle y est restée deux jours, puis la blatte s'y est mise, elle est entrée dans la famille. Elle a bien raison, la blatte, quand quelqu'un meurt, on fait semblant de l'avoir plus aimé que ceux qui sont encore vivants, parce qu'on a peur pour soi-même. Alors j'ai décroché la photo.

À part la blatte, je vis la mère de Paul avec des fossettes, un bras sur la hanche gauche de sa robe d'été, l'autre autour de la taille de son mari. Le père de Paul portait une casquette, une chemise à carreaux aux manches retroussées, un short large descendant jusqu'aux genoux, des chaussettes montant sur les mollets et des sandales. Il avait passé un bras autour de l'épaule de sa femme et posé l'autre sur sa hanche droite. Tous deux de la même taille, serrés l'un contre l'autre, les mains sur les hanches comme deux anses. À l'époque, je ne me posais pas encore de questions sur les joues collées les unes contre les autres. Devant les parents, un des premiers landaus munis de stores que l'on pouvait fermer. Ceux de la photographie étaient ouverts, Paul était assis dans son landau, la visière amidonnée de son chapeau de soleil lui dessinait un croissant de lune au-dessus du front, et sous le menton, un ruban lui descendait jusqu'au ventre. Son oreille gauche sortait du chapeau, toute tordue. Et la couverture, poussée par des pieds gigoteurs, pendait à l'extérieur de la voiture d'enfant. Derrière la famille une colline, les fleurs blanches des pruniers, et tout en haut, le combinat sidérurgique, aussi flou que la fumée qui s'échappait des cheminées. Une famille ouvrière dans le bonheur de l'industrie, une photographie pour le journal. Là, attablée au soleil, je ne pus m'empêcher de parler à Paul de mon beau-père parfumé sur son cheval blanc, sa photographie datait aussi des années cinquante.

Ton père est très différent de l'homme au cheval blanc, dis-je, et pourtant tous deux sont communistes. L'un dans la ville et ses hauts fourneaux, l'autre traversant les rues du village en bottes de cheval bien cirées. L'un trime dur et place l'acier en fusion plus haut que ses facultés de jugement, l'autre monte à cheval, harcèle les gens et sent l'eau de toilette.

À mon mariage, mon grand-père ne dansa qu'une valse avec moi. Il colla sa bouche sur mon oreille et dit : en 1951, ce chien puait déjà l'eau de toilette et c'est un type comme lui qui va entrer dans notre famille. Il veut encore se moquer de nous, il faut croire. Il veut manger ici avec nous, il faut croire. Eh bien d'accord, il l'aura, son assiette d'honneur. J'ai quelque chose pour lui à la maison, je lui flanquerai du poison dans sa nourriture. Ces mots, il les disait bien tranquillement, il respirait facilement et ne perdait pas la mesure de la valse, comme un homme qui va mettre son projet à exécution. Ma robe longue ondulait à l'extérieur, au-dedans j'étais raide comme un pieu. Il marcha plusieurs fois sur l'ourlet et s'excusa. Je me contentai de dire :

Cela ne fait rien.

J'en avais par-dessus la tête de ma robe longue, et je n'avais donc qu'une envie, c'était qu'il marche dessus sans arrêt jusqu'à ce que je ne sois plus dedans. À la fin de la danse, il traversa la salle pour me raccompagner à ma place à côté de mon mari, au bout de la table. Trois chaises plus loin, mon beau-père se pencha sur l'épaule de sa fille dont la boucle d'oreille était ouverte. Mon grand-père passa la main sur ma manche :

Et c'est avec cet homme-là que tu veux vivre.

Je ne pouvais plus demander s'il entendait par là mon beau-père ou mon mari. Il traversa la salle pour sortir, il avait voulu parler des deux. Je le cherchai du regard. Mon mari me prit la main et la tira vers lui pour que je tourne aussi les yeux dans sa direction. Et quand mes yeux y furent et que mes doigts reposèrent entre ses mains sur son pantalon noir, j'eus l'impression que la manche blanche s'étendait dans le lointain. Je voulus encore davantage qu'il me tienne toujours les doigts et vive avec moi comme s'il avait eu trois mains en sa possession. Nous ne sommes pas coupables de ce qui taraude mon grand-père. La musique reprit, on servit le repas. Chargés de plats, les serveurs s'avancèrent entre les tables en passant par la porte par laquelle mon grand-père était sorti sans revenir, même pour le repas.

Mon beau-père avait mangé, il avait les mains luisantes de graisse et des ongles qui semblaient vernis, les joues chaudes,

168

le regard vif, aucune trace de poison. Dans son assiette, des os de poulet qu'il avait sucés pour les nettoyer parfaitement. La musique reprit. Tel un marin, le cuisinier en veste blanche avec son foulard bleu et sa toque blanche apporta le gâteau de la mariée jusqu'à notre table. C'était une maison ajourée à trois étages, décorée de fenêtres et de rideaux en glaçage, et de deux colombes en cire sur le toit. Le cuisinier me mit le couteau dans la main, je dus découper la maison, trancher des murs bruns en traversant une croûte blanche jusqu'à ce que tout le monde en ait un morceau dans son assiette. À la place de mon beau-père, on avait aussi débarrassé l'assiette du dessus et l'assiette plate. Il tendit son assiette à dessert :

Juste une petite part, s'il te plaît.

Mais du pouce et de l'index, il en montra une grosse. J'entendais mal et manquais d'air, mon cœur devint paresseux, à croire que c'était moi qui avais absorbé le poison. J'allai à la recherche de mon grand-père. Il n'était pas dans la rue ni devant la cuisine, ni près des instruments dans le débarras servant aux musiciens. Il était assis à côté des tonneaux de vin et d'eau-de-vie, n'attendait rien ni personne, et me dit quand je voulus m'asseoir près de lui :

Tu vas salir ta robe ici.

Je m'adossai à l'échelle de secours accrochée dans le coin.

Celui-là se parfumait, et nous, on nous a emmenés à la gare, et après un voyage de deux semaines, nos quelque quatre cent cinquante familles se sont retrouvées face à un pieu planté dans le monde. Des pieux en rangées tracées au cordeau, du ciel au-dessus, de l'argile au-dessous, et entre les deux, nous et les chardons fous. Le soleil grillait tout. Pendant plusieurs jours, avec ta grand-mère, nous avons creusé un trou dans la terre à l'endroit du pieu, et nous l'avons recouvert de chardons. Nous nous lacérions la peau en les cueillant. Le vent d'est nous anéantissait, et cette soif, pas d'eau à trois kilomètres à la ronde. Nous allâmes jusqu'à la rivière avec des casseroles et des récipients, mais le temps de regagner notre trou, nous avions répandu toute l'eau. Nous avions la gale et des poux, ta grand-mère dut être tondue, moi aussi. Sauf que c'est différent pour une femme. Même les chardons et leurs poils blancs qui volaient partout, le vent ne les laissait pas en paix. Ta grand-mère disait : tu vois, le cheval blanc est là, il nous court après, nous allons avoir la robe d'un cheval. Elle donnait des coups autour d'elle, rentrait la tête dans les épaules et criait : va-t-en de là. Elle se mit à errer partout sans plus retrouver son chemin entre les trous creusés dans la terre, même durant les journées les plus longues. Je criais Anastasia, Anastasia. On entendait son nom derrière chaque chardon, et elle ne répondait pas. Crier donnait encore plus soif. Et ensuite, quand j'étais en face d'elle, elle mangeait de l'argile comme si elle avait bu de l'eau à grands traits. Souvent, elle riait encore de ses dents brunes et cassées ; pendant quelque temps, ses gencives se sont crevassées, puis elles se sont ratatinées avant de disparaître. Plus rien ne saignait. Des yeux de chouette et ces grincements dans la bouche, un fantôme était accroupi dans l'argile. J'étais en train de mourir de soif, mais elle, sans se gêner, ramassait de la terre et la buvait à grands traits. Je lui tapais sur les mains, sur la bouche. Par peur des poils de chardon, elle s'était arraché les cils et les sourcils. Ses yeux étaient aussi nus que sa tête, deux gouttes d'eau. Mon Dieu, j'aurais voulu la boire, avec cette soif. J'ai résolu de l'empêcher de mourir, de la garder là de toutes mes forces car l'amour n'était plus du tout possible. Je la battais de plus en plus durement parce qu'elle ignorait son nom et son âge, d'où elle était venue et avec qui. Nous n'étions pas loin de crever tous les deux, elle impitoyablement folle et bonne, moi diablement lucide et mauvais. Après s'être laissée tomber elle-même, elle m'a laissé seul au monde, la mort criait aussi Anastasia, plus fort que moi. Cette fausse mort à laquelle Anastasia était entièrement soumise. Difficile de prendre les choses comme elles viennent... Je ne pouvais m'empêcher de la battre comme plâtre, beaucoup de gens regardaient et personne ne me dérangeait. D'autres n'étaient pas meilleurs que moi, mais peu m'importe. J'étais une brute et elle est restée bonne, voilà tout. Je n'avais plus toute ma tête. Je la poussais par la nuque en exultant et je criais : tu ne vas pas le croire, mais nous allons sécher comme des cosses de pois, ici, personne ne devient un cheval. Tu as compris, ici, il ne pousse pas un arbre qui puisse donner du bois pour des cercueils. Je le vois bien, c'est nous qui serons notre propre cercueil. Tantôt elle se traînait en plissant les yeux, tantôt elle se laissait aller et me regardait fixement en me demandant : tu es garde, est-ce qu'on te paie ? Dieu merci, cette canaille, elle ne la prenait pas pour son mari. À peine l'avait-on enterrée que le premier hiver arriva. Elle avait de la chance, elle n'était plus obligée de voir tous ces poils blancs qui se mirent à tomber. La neige nous fouettait le visage, il n'y en avait jamais eu sur terre de plus épouvantable. Elle ne se posait pas, on la voyait seulement courir. Le soleil l'aiguisait, partout des vagues tranchantes comme des couteaux. L'été, l'argile traversait elle aussi la chaleur torride en courant, jaune, ocre et grise. Parfois d'un blanc bleuté comme si l'on avait nagé jusqu'au bout du ciel, et cela nous donnait encore plus le tournis. Mais la neige brûle autrement que l'argile : on a beau se détourner, elle vous vide les yeux. Beaucoup d'entre nous ont perdu la raison, seuls ou à deux, cela ne comptait plus. Peu après la mort de ta grand-mère, un tracteur arriva et aplanit nos trous creusés dans la terre. Nous devions construire, car en fin de compte nous étions des êtres humains, nous disait-on, et il fallait nous ôter de la tête l'idée de rentrer chez nous. Peut-être que cela eut du bon, je dus fouler aux pieds beaucoup d'argile et faire sécher des briques, le temps était humide, ensuite l'hiver arriva. Je n'avais pas le temps de penser. Les vêtements moisis de ta grand-mère, je les échangeai contre sept planches. Comme tous les autres, je construisis une maison, figure-toi, elle devait avoir huit mètres de long et quatre mètres de large, une maison, c'était deux mille trois cents briques.

Chaque brique avait trente-huit centimètres de long, vingt de large et douze centimètres d'épaisseur. Et chaque mur avait l'épaisseur correspondant à la longueur d'une brique. Avec le mauvais temps, tout a été bancal et de travers. Et pour le toit, de la paille, des chardons, de l'herbe que le vent emportait constamment. Sur le mur extérieur, on traçait un signe, un carré, des pointes ou un cercle, c'était une sorte de numéro de maison car les chiffres étaient interdits. Pour conjurer la mort, je traçai un cheval. Jusqu'à la fin, j'ai su qu'aucun d'entre nous ne se transformerait en cheval. Seule la région devenait un cheval tous les hivers, avec cette neige qui courait toujours ainsi. Je restai encore quatre ans dans cette maison, ne me demande pas comment. Maintenant, il faut que tu y ailles, dit mon grand-père, si tu aimes son fils, il faut que tu y ailles.

Est-ce qu'il y est pour quelque chose, demandai-je.

Il leva les yeux au ciel :

Tu poses la question de travers.

Est-ce que j'y suis pour quelque chose, demandai-je.

Demande plutôt s'il peut y *faire* quelque chose, dit mon grand-père, non, il ne le peut pas.

En rentrant dans la salle, j'aurais voulu que quelqu'un me retire de ma propre peau. Comme personne ne s'y employa, j'y fourrai quelque chose. Sur le gâteau de la mariée, il restait un demi-mur et deux fenêtres, je mangeai un rideau. Mon mari dansa avec sa mère et son sac verni blanc qui se balançait dans son dos à lui. Mon Tata dansa avec l'édifice blanc de ma Mama. Mon beau-père dansa avec sa fille et les chaussures blanches de cette dernière. Je me considérai de haut en bas, cette couleur s'installait dans ma famille. Que pouvait-on y faire, il fallait bien que ce fût quelqu'un.

Un cheval entre dans la cour du camp

Il a une fenêtre dans la tête

Vois-tu le mirador qui se dresse bleuté,

chantait parfois mon grand-père en travaillant dans le jardin, et ce n'était pas un chant nuptial.

Le tramway est arrêté au feu. Ça y est, encore rouge, dit le conducteur, et pour qui donc, il n'y a pas un homme qui traverse la rue de toute la semaine, mais ils vous flanquent des feux et restent collés à leur bureau, le cul enflé. Ils ne vont jamais en ville pour les regarder, leurs feux tricolores. On leur donne des primes pour ça, par-dessus le marché, et moi, on me les sucre parce que je suis trop long pendant le trajet. Debout, les gens regardent le feu et se taisent. L'un d'eux ne peut pas se retenir d'éternuer. Une fois, deux fois, trois fois. Un feu ne donne tout de même pas envie d'éternuer, cet homme éternue à cause du soleil, et quatre, et cinq. Je ne peux pas supporter que l'on éternue autant, ce sont toujours de petits hommes maigres qui ne peuvent pas s'arrêter et n'ont aucun savoir-vivre. Ces abrutis ne mettent guère la main devant leur bouche que la première fois, ensuite, ils renoncent. Après chaque éternuement, on espère que c'est désormais fini et pourtant on ne cesse d'attendre la fois suivante. On devient idiot à force de compter et de participer. Le voilà qui éternue pour la sixième fois, il pourrait tout de même se pincer le nez et prendre sept fois une grande bouffée d'air, il pourrait aussi compter quelque chose et ce serait fini. Mais il n'est pas du genre à le savoir, celui-là, va-t-il falloir que je le lui crie d'un bout à l'autre de la voiture. Non, avaler de l'air n'est absolument pas le truc pour ne plus éternuer, c'est le hoquet que l'on guérit en avalant sept fois de l'air. Cet homme doit se masser les ailes du nez jusqu'à ce que le chatouillement ait disparu à l'intérieur, voilà le truc pour ne pas éternuer. Ses yeux ont déjà la taille de châtaignes, et s'il ne s'arrête pas bientôt, ils vont lui sortir de la tête. En quoi cela me regarde-t-il. Il a le cou rougi par l'effort, les oreilles en feu. Le voilà qui éternue pour la septième fois, atchoum, rien qu'à le regarder j'ai déjà de l'air dans le cerveau. Il pourrait tout de même éternuer autre chose qu'un atchoum. Ça y est, c'est fini, non, il éternue

173

pour la huitième fois. Celui-là, il ne va plus rien en rester, il va partir dans un atchoum et rapetisser jusqu'à n'être plus qu'une boule de morve.

Paul rangea la photographie dans le tiroir et demanda :

Et ton beau-père, qu'est-ce qu'il était en ce temps-là, dans les années cinquante.

Activiste du Parti, répondis-je, responsable des expropriations. Mon grand-père avait des vignes sur les coteaux du village voisin. Le communiste parfumé lui a confisqué ses pièces d'or et des bijoux et l'a mis ainsi que ma grand-mère sur la liste des déportés dans le Bàràgan. Quand mon grand-père est revenu du camp, sa maison appartenait à l'État. Il a été en procès jusqu'à ce qu'on lui donne le droit d'y emménager à nouveau, la boulangerie industrielle y avait installé des bureaux. On parlait beaucoup de la maison, surtout pendant les repas, et au sujet de ma grand-mère, on se contentait de dire de temps à autre :

Elle a résolu de mourir vite, elle n'a pas tenu le coup lors de ce fichu premier été. Elle n'a pas pu attendre, elle n'aura pas connu la maison d'argile. Le jour de mon mariage, le communiste parfumé revint pour la première fois dans la petite ville. De manière inconsidérée, comme on le vit bientôt. Il a dû penser que personne ne le reconnaîtrait, ou il n'y a même pas songé. Pour lui, les gens de ce district n'étaient qu'une calamité publique. S'il se rappelait quelques têtes, c'était celles des gens qui étaient à son service. Grâce à ses listes, il connaissait cette racaille de nom et ignorait ses visages. Ma grand-mère n'était qu'une morte de son choix parmi tant d'autres. Il voulut fêter son retour au village. Mon grand-père le reconnut aussitôt à sa démarche et à sa voix, même s'il se présenta sous un nouveau nom. À l'époque, il avait eu un nom de service, son nom actuel est son patronyme. Il est le fils d'un cocher qui, après la guerre, s'était fait charretier pour gagner sa vie avec deux chevaux bais. Son père livrait du bois et du charbon, de la chaux et du ciment, parfois il transportait aussi des cercueils au cimetière quand les gens ne pouvaient pas payer l'élégant corbillard en bois sculpté. De son vivant, il a balayé plus de crottin de cheval qu'il n'a vu d'argent. Pour épargner les chevaux, ses fils devaient courir derrière la charrette pleine, et quand la voiture s'arrêtait, décharger, enlever les marchandises à la pelle ou porter des sacs. Le cheval blanc fut l'adieu aux bêtes de trait, mon beau-père, en l'enfourchant, a échappé à toute cette crotte. Il traversait le village à cheval, incapable de se tenir d'aplomb, et détestait tous les gens plus riches qu'un charretier. L'eau de toilette était sa seconde peau. Un communiste parfumé, comment cela peut-il exister, demandai-je à Paul. Qu'est-ce qu'un communiste, au juste.

Moi, dit Paul. J'étais bien élevé, je faisais mes devoirs, et un jour mon père m'a appelé à la cuisine. Le bol contenant son blaireau et son savon à barbe était posé sur la table, et il y avait de l'eau chaude sur le fourneau. Il me barbouilla de savon jusque dans les narines et apporta son rasoir. À l'époque, j'avais juste trois poils sur le menton. Tout fier de moi, j'ai commencé à me raser et je suis entré au Parti, pour mon père, cela allait ensemble. Il disait qu'il était né avant l'époque et qu'il ne pouvait que la suivre. D'abord fasciste, puis partisan de l'illégalité. Mais moi qui étais né en plein dans cette époque, il me fallait la devancer. Aujourd'hui, les quelques adeptes de l'illégalité disent à bon escient : nous étions peu, nous sommes restés nombreux. On avait besoin de beaucoup de gens et ils s'échappaient de l'ancienne vie comme des guêpes. Ceux qui étaient suffisamment pauvres devinrent communistes. Comme bien des riches qui ne voulaient pas aller au camp. Maintenant, mon père est mort, et aussi vrai qu'il y a un ciel là-haut, il s'y nomme chrétien. La moto lui appartenait. Ma mère était mécanicienne. Elle est aujourd'hui à la retraite et tous les mercredis, elle retrouve ses camarades de brigade ratatinés au salon de thé qui est près de la quincaillerie, place du marché. Quand j'étais petit et que je me promenais avec mon père en ville, il me montrait sa photo de meilleur ouvrier de l'usine sur le tableau d'honneur installé dans le parc du peuple. Je préférais regarder les écureuils qui s'appelaient tous Mariana et qui grignotaient des graines de potiron, faute de noisettes. Les graines de potiron s'achetaient à l'entrée du parc. C'est de l'exploitation, disait mon père, une poignée de graines de potiron pour un leu. Il ne m'en achetait pas.

Les écureuils se nourrissent tout seuls, disait-il.

Il me fallait crier Mariana les mains vides, et les écureuils venaient pour rien. En les appelant, je mettais les mains dans les poches de mon pantalon. Face au tableau d'honneur, dans l'allée principale, mon père disait :

Garçon, il ne faut regarder ni à gauche ni à droite, mais toujours droit devant soi, tout en restant souple.

Ensuite, il m'enfonçait ma casquette sur la tête plus bas sur l'oreille gauche que sur la droite, et nous continuions notre promenade. Avant de traverser les rues, il cillait des yeux et me disait :

Faut d'abord regarder à gauche et à droite s'il n'y a pas de voiture qui vient, mon garçon, c'est nécessaire quand on marche et nuisible quand on pense.

Il m'a rendu visite une seule fois dans cette ville, fier de me voir dans un immeuble, ce qui est tout autre chose qu'une maison comme chez nous avec une montagne bouchant la vue ; ici, on a de l'air et une vue d'ensemble. En sortant sur le balcon, il n'est pas arrivé à voir grand-chose. Il est tombé sur mes outils et mes antennes et m'a demandé :

Quoi, tu travailles au noir ici.

Ces antennes étant destinées à capter des chaînes étrangères, il a dit comme en parlant d'une tierce personne :

Mon fils aime l'argent, voilà comment le socialisme devient la risée de tout le monde. Et qu'est-ce qui viendra après, du capitalisme pur et dur. Là, on aura beau construire des antennes jusqu'à plus soif, on ne fera pas partie des gens dorés aux as.

Je répondis : gagner de l'argent n'est pas se moquer du monde, cela n'a rien d'interdit.

Là-dessus, il a déclaré : ce n'est pas non plus permis, mais à qui as-tu demandé l'autorisation.

Comment peux-tu parler de capitalisme, dis-je, ce ne sont pas des dollars que je gagne, et puis en Yougoslavie et en Hongrie on est socialiste comme ici, et la télévision l'est aussi.

Ces derniers temps, il y a plus de profiteurs que de combattants, dit-il, et d'une façon générale, l'argent pourrit le caractère.

Mais c'est de ton fils que tu parles, dis-je, tu n'en as qu'un et c'est moi. Et toi, à quoi es-tu arrivé ? Une carrière de fer en fusion pour des fourches à fumier et des tracteurs, quoi d'autre. Ici, ce n'est toujours pas le paradis sur terre, mais tu as le cerveau qui fleurit rouge. Quand tu arriveras chez le Seigneur, il verra la petite lumière que tu as au front et il te demandera : alors, mon pêcheur, que m'apportes-tu ? Deux poumons rongés, des disques intervertébraux en mauvais état, une ophtalmie chronique, de la surdité et un costume élimé, diras-tu. Et qu'as-tu laissé en bas sur terre ? Mon carnet du Parti, une casquette et une moto, diras-tu.

Mon père rit : ouh là, on en arrivera là si c'est toi qui deviens Dieu. Mais sais-tu qu'au ciel je devrai par-dessus le marché avoir honte de toi, parce que de là-haut, ton travail au noir sur les toits, on le voit comme sur un échiquier.

J'avais perdu l'envie de parler, à sa différence. Il regarda l'heure et dit : enfin, espérons qu'il n'y a dans cette ville que quelques personnes sur cent qui ont besoin de programmes étrangers. Et quand ces oiseaux-là auront leurs antennes, ce sera fini.

Je dis : tu es méchant, vieux et jaloux, même de moi.

Mon père se tut, et en respirant difficilement, il enfonça sa casquette sur son oreille droite exactement comme la mienne, quand j'étais petit, face au tableau des meilleurs ouvriers. Sauf qu'il faisait désormais ce geste sur lui-même.

177

Il regarda sa montre et dit : à quoi bon tout cela, j'ai faim maintenant.

Ton père était aigri, dis-je, sinon il n'aurait pas parlé de façon aussi bornée, mais il n'était pas dangereux pour les autres. Mon beau-père a grimpé haut, et il ne dira jamais à personne ce qui a causé sa chute. Il n'y a que des rumeurs. Mais on sait exactement comment ce communiste parfumé chevauchait d'une maison à l'autre, attachait son cheval blanc à l'ombre des arbres et son fouet à la crinière du cheval. Et que le cheval blanc s'appelait Nonjus. Mon grand-père racontait que les paysans devaient apporter du foin et un seau d'eau fraîche. Le cheval blanc mangeait et buvait pendant que le cavalier fouillait les maisons pour y trouver des céréales et de l'or. Les plans des champs étaient numérotés sur ses papiers. Après chaque expropriation, il revenait vers son cheval blanc et prenait son fouet dont la mèche tressée en cuir multicolore était accrochée à l'encolure de la bête. Au bout de cette mèche, il y avait un pompon, et au bout du manche était vissé un couvercle en corne. Il dévissait l'extrémité du manche, son crayon était à l'intérieur. Il tirait une feuille de sa veste et rayait un chiffre. Quand il parcourait le village à cheval, des aboiements le suivaient. Les chiens sentaient que l'homme monté sur ce cheval blanc arrachait le village à sa quiétude. Mon beau-père détestait ces roquets, son fouet claquait en l'air et les poussait à bout. Petits comme ils étaient, ces chats aboyeurs faisaient la culbute à côté des sabots. Le troisième, le quatrième, ou parfois même le dixième coup de fouet les touchait à la nuque ou entre les oreilles. Ensuite, l'homme continuait sa route, on entendait à peine les sabots dans la poussière. On n'enlevait les roquets de la rue que tard le soir, quand on savait qu'il n'y passerait plus à cheval. Leurs ventres clairs gisaient là, raides morts, gonflaient au soleil, leurs yeux et leurs gueules étaient la proie des mouches. Il livra au service de la sûreté intérieure des paysans de grande et de moyenne fortune, puis des petits paysans. Zélé, il s'en prit bientôt à des paysans trop nombreux et trop pauvres. Les messieurs de la ville en renvoyaient quelques-uns au village par le train suivant.

Un matin, on trouva le cheval blanc mort dans son écurie, empoisonné avec du son. Jour et nuit, les hommes des environs furent interrogés puis battus à la mairie par deux employés, des vauriens du village qui se relayaient. On inculpa trois hommes et on les arrêta. Ils moururent tous les trois, mais aucun d'eux n'avait fait le coup. La nuit, les deux vauriens chargèrent le cheval blanc sur un tracteur et l'enterrèrent dans une vallée entre le village et la petite ville de derrière les vignes. Mon beau-père les accompagna, assis dans la remorque à côté du cadavre avec un des mauvais sujets et une lampe-tempête. Ils durent boire de l'eau-de-vie tant le cheval puait. L'autre crapule était assise au volant, sobre, et roulait vers les collines. Il avait beaucoup plu et le tracteur s'enlisa dans la terre molle. Le lendemain, le gars qui conduisait raconta que des grillons, des grenouilles et d'autres animaux nocturnes avaient crié à qui mieux mieux dans l'herbe fraîchement lavée, et que le cadavre du cheval puait jusqu'à la lune. Nous étions dans le sac du diable, dit-il. Le grand communiste devint fou furieux cette nuit-là. Il erra dans la boue en sanglotant et en poussant des jurons. Il ne pouvait se retenir de vomir sans arrêt à s'en éclater les yeux, il n'avait plus rien du tout dans l'estomac. Quand la tombe fut creusée et le cheval déchargé du tracteur, il se jeta par terre et se cramponna à l'encolure de la bête. Il ne voulait plus lâcher prise. Les deux vauriens durent le traîner jusque dans la cabine du tracteur et l'attacher au siège. Il y resta aussi tout le chemin du retour, attaché, souillé par la boue et les vomissures, muet. Quand le tracteur fut arrivé en haut d'une colline à mi-chemin, le conducteur détacha le communiste et lui demanda s'il voulait s'arrêter encore un peu. L'homme détaché secoua la tête d'un air absent. La lune luisait dans ses yeux qui avaient l'éclat mort de la neige. Dans le ronflement du tracteur, il se mit à prier. Il balbutia plusieurs Notre-Père jusqu'à l'entrée du village, quand les premières maisons furent en vue. Dans le village, on croit encore aujourd'hui que cet enterrement a été sa fin. Cette nuit-là, la peur tapie au fond de l'être humain ne s'empara pas seulement du précieux communiste. Dans le sac du diable, ses deux employés entendirent aussi leur dernière heure sonner. Le conducteur se mit à aller à l'église et raconta la nuit de l'enterrement à qui voulait bien l'entendre. Le communiste parfumé fut retiré du secteur. La rumeur ne cessait de courir que le conducteur, non content d'avoir enterré le cheval, l'avait empoisonné de ses propres mains. Il disparut pour peu de temps, et au village, on le crut incarcéré comme il le méritait. Mais il réapparut quelques jours plus tard, n'ayant plus que sa main gauche. Tout le monde le connaissant, il voulait disparaître et proposa ses services dans un autre village où on le prit comme bedeau. Là-bas, on disait qu'il avait perdu sa main à la guerre. Après son départ, on la retrouva chez lui dans une boîte à farine, à la cuisine. Comme on ne prenait que des infirmes pour cet office au lendemain de la guerre, il s'était lui-même tranché la main d'un coup de hache.

Paul fit du café, l'eau siffla sur le gaz et à la fenêtre de la cuisine, un merle vola, se posa sur le rebord en tôle et picora sa propre ombre.

Pendant un moment, il y en a eu deux qui venaient, dit Paul, et puis on en a retrouvé un près de l'entrée, plein de fourmis.

Paul remua le café, la cuiller tinta, je mis mon index sur ma bouche.

Chut.

Nous pouvons continuer à parler, de toute façon il va s'envoler tout de suite.

Mais il reposa la cuiller sans bruit. Sur la table, devant mes mains, la boîte à café rouge, la marmelade jaune comme un œuf et les tranches de pain blanc. Dehors, un ciel vertical, le bec jaune pâle et les plumes en poisse. Chaque objet regardait l'autre. Paul versa le café dans les tasses, la vapeur lui nimba le cou. Je tapotai la tasse du bout du doigt et montrai la fenêtre de mon doigt brûlant : le merle s'envola, le café était encore trop chaud.

Le communiste parfumé fut muté à l'établissement horticole, continuai-je, et il y est resté. L'effet du cheval blanc se poursuit de nos jours, cet homme n'est toujours pas des subalternes, il n'a jamais été obligé de travailler depuis lors. Comme on ne pouvait en faire ni un chef ni un ouvrier, il a été nommé gardien et l'est resté. Il a appris à réciter avec aisance des litanies de noms de plantes en latin. Le dimanche, il allait se promener avec sa femme, sa fille et son fils, et plus tard je suis venue aussi. Il cassait dans les fourrés une petite branche toujours bien droite, en arrachait les feuilles et montrait des pervenches au bord du chemin à l'aide de cette badine en disant *vinca minor* et tout ce qu'il savait dessus. Près d'un banc, il disait *aruncus dioicus* et tout ce qu'il savait sur l'aronque. Et sur le chemin suivant, *epimedium rubrum* et *plumbagum*. Près d'un creux poussait son *hosta fortunei*. Il fallait rester là et l'écouter. Mon mari disait qu'auparavant, il avait été encore plus sévère. Quand mon mari ou ses sœurs riaient, le communiste parfumé ne leur adressait pas la parole pendant plusieurs jours. Le dernier été que j'ai passé chez eux, je voulus aller cueillir des marguerites au fond du jardin pour les mettre dans le vase. Près du noyer, je vis mon beau-père qui parlait tout seul à voix haute en remuant la bouche mais aussi les mains et les pieds. Il était tellement absorbé qu'il me remarqua seulement lorsque je me trouvai sous son nez. Il savait que j'avais dû le voir tout le chemin avant d'arriver là, mais il sourit sans éprouver la moindre gêne et me posa la question que j'aurais dû lui poser moi-même :

Le soleil te donne la migraine ?

Non, je veux cueillir des marguerites.

Tu es sûre que tu vas bien ?

Oui, et toi ?

Comment cela, moi, j'ai le nez au milieu du visage.

Moi aussi, et cela ne t'empêche pas de me poser cette question.

Je ne peux pas me plaindre, dit-il.

Je me demandais s'il y en avait deux comme lui. Un spécimen calme vu de près, et de loin un autre dans lequel les morts marmonnent. Pour les chasser, il doit secouer sa charge. Discrètement si possible, ou sinon en public, mais en s'arrangeant pour qu'on l'admire au lieu de le plaindre. Et le meilleur moyen d'y arriver, c'est de danser. Nous étions seuls à la maison, lui et moi. Cet après-midi-là, mon mari et ma belle-mère étaient occupés en ville. Je renonçai à cueillir mes marguerites, et ce n'était pas parce que j'avais peur de lui, mais des marguerites blanches...

En ce temps-là déjà, réciter par cœur des noms latins ne faisait pas pousser la moindre plante. Ses mains n'avaient rien appris à part greffer des rosiers. Il y a deux ans, l'établissement horticole dut confectionner des couronnes pour l'enterrement national d'un directeur d'usine, vingt couronnes grandes comme des roues. Désireux de se distinguer, mon beau-père voulut faire tresser des fleurs originales. Il commanda des lis jaunes et des fougères pour en finir avec les éternelles couronnes d'œillets piqués dans du lierre. Au cimetière des héros, en fait de couronnes, on ne déchargea du véhicule que des touffes de tiges brunes. Avec ses trente ans de métier, mon beau-père ne se doutait pas que les lis jaunes se fanent en une demi-heure. Il devait être licencié, mais il avait l'ingénieur en chef à sa merci. Vingt-huit ans de moins que lui, robuste et fraîche émoulue de l'école, elle pouvait courir dans tous les sens pendant des heures et savait mieux diriger que lui. Les jours de travail étaient longs, le ciel chaud, l'été vert. Quand juin céda la place à juillet et qu'un feuillage dense poussa sur les branches des arbustes, mon beau-père avait déjà commencé à mettre le grappin sur l'ingénieur. Dès le début, elle n'y fut pas hostile. Cette année-là, il n'y avait pas beaucoup de pucerons ni d'acariens, les uns et les autres avaient leur temps. L'inspectrice des poux assura au directeur que les lis jaunes, d'une façon générale, tenaient longtemps. Et que cet été-là, les professionnels parlaient beaucoup du mildiou qui, provenant du Midi de la France, hantait les cimetières : pour respecter le repos des morts, on ne luttait pas contre les parasites sur les tombes. Lorsque des fleurs fraîches étaient mises à proximité du mildiou, elles se desséchaient toutes en un clin d'œil ; il se serait produit exactement la même chose avec des œillets, dit-elle au directeur. Ce dernier ajouta foi à la science de la jeune femme car la sienne propre, même s'il était sur le point de partir à la retraite, n'allait guère au delà de la différence entre l'œillet et la camomille.

J'aimerais bien savoir combien de gens ont déjà été convoqués dans notre immeuble et les magasins d'en bas, à l'usine et dans la ville entière. Car enfin il doit tous les jours se passer quelque chose chez Albu, derrière chaque porte du couloir. L'homme à la serviette qui s'est précipité pour acheter de l'aspirine, je ne le vois pas dans la voiture. Peut-être a-t-il raté le tramway ou l'a-t-il trouvé trop bondé. S'il a le temps, il peut attendre le suivant. Une femme s'est assise à côté de moi, son postérieur est plus large que le siège, d'autant qu'elle a les jambes écartées et un cabas entre elles. Sa cuisse frotte contre la mienne, la femme fouille dans le cabas et en tire un cornet de papier journal plein de cloques rouge sang et ramollies. Elle se prend une poignée de cerises dans le cornet, tiens, des cerises justement. Elle crache les noyaux dans son autre main. Elle ne prend pas son temps, ne les suce pas soigneusement, il reste de la chair sur tous les noyaux. Qu'a-t-elle à se presser ainsi, personne ne va lui manger sa part de cerises, après tout. A-t-elle déjà été convoquée ou le sera-t-elle un jour ? Elle a bientôt la main si pleine de noyaux qu'elle ne peut plus la refermer. S'il ne tenait qu'à moi, elle pourrait cracher les noyaux par terre ou les laisser tomber discrètement, cela ne me dérangerait pas. Il y a des gens debout jusqu'au conducteur, et cela ne les dérangerait probablement pas non plus. Le conducteur ne trouverait les noyaux que le soir et se fâcherait car c'est lui qui doit balayer la voiture, mais d'autres vestiges de la journée joncheraient aussi le sol. Comment le vieil officier a-t-il pu avoir une idée pareille à propos de Lilli ? Chaque année, il y aura la saison des cerises, de mai à septembre, tant que durera le monde, qu'on le veuille ou non. Il ne saurait en profiter maintenant, on n'en sert pas en prison. C'est bien que la voiture soit aussi bondée à présent, de la place, j'en aurai toujours assez chez Albu. Et sur le chemin du retour, ce soir, si retour il y a. Quand il se fait tard, les tramways passent rarement. J'attendrai, m'assiérai auprès des quelques voyageurs dans cette lumière jaune et insensée. Et si à cette heure tardive, peut-être après le dîner, l'un d'eux a envie de manger des cerises, il ne devra pas se gêner.

J'attendis le surlendemain pour aller trouver mon propriétaire. Je payai mes dettes, deux mille lei. Ses mains étaient recouvertes d'une peau aussi fine que celle de son visage. Je comptai les billets et les lui mis dans la main, il pensait ne compter que mentalement en même temps que moi, mais on l'entendait murmurer. Un billet froissé tomba par terre, je le ramassai sans le défroisser, il était posé de travers et le propriétaire ne l'avait pas bien en main. Pour ce qui était de prendre, le vieux était encore moins doué que moi au marché aux puces. Que pouvait-il bien avoir en tête lorsqu'il dit : Oh là là, j'ai les mains toutes sales d'avoir épluché des pommes de terre, je fais de la purée aujourd'hui, vous aimez ça ?

J'ai déjà mangé.

Avec des escalopes et de la salade.

À ce moment, je vois dépasser de sa poche un manche en bois, celui d'un couteau. Quand j'ai sonné, il n'a pas laissé son couteau à la cuisine mais l'a mis dans sa poche. Soit parce que attendant quelqu'un, il voulait l'avoir sur lui, soit parce que ayant oublié le couteau dans ses mains, il a songé juste au moment d'ouvrir la porte qu'un couteau effraierait n'importe quel visiteur. Je compte vite les billets et les lui donne afin de pouvoir m'en aller sans tarder. Mais voilà que nous concluons une affaire. En souriant et en pépiant, il me rachète mon frigidaire et mes tapis en m'offrant la somme que je lui avais remise, plus un billet de cent lei qu'il retourne chercher à la cuisine. Et quand il rapporte le dernier billet de cent, il a toujours le couteau dans sa veste, soit qu'il l'ait encore oublié, soit qu'il l'y ait laissé à dessein.

Je vais m'installer chez un homme et une moto, dis-je.

Celui du marché aux puces, fit-il.

Vous le connaissez, demandai-je.

Si c'est celui-là.

Vous étiez aussi aux puces.

Et au restaurant du Jagdwald, dit-il. Je ne chercherai un nouveau locataire que l'hiver prochain, le studio sera alors plus cher. Pas pour vous, si quelque chose va de travers, vous revenez.

C'est pour cela vous m'avez racheté mon frigidaire et mes tapis ?

Seulement par besoin.

À ce moment-là, sans savoir s'il voulait parler du besoin de ces choses ou de ma personne, je dis :

J'habite l'immeuble au glissement.

Il savait où c'était.

Le premier matin que j'avais passé dans l'immeuble au glissement, Paul et moi avions tant parlé, jusqu'à ce que le soleil soit au zénith. J'étais certes étonnée de voir à quel point il fallait se rappeler le passé, les mères et les pères, à seule fin de dire d'où venait l'un avant d'arriver à l'autre. Des mouchoirs, des casquettes, des poussettes, des pêchers, des boutons de manchettes, des fourmis – même la poussière et le vent avaient du poids. Il est facile de parler des années passées quand elles se sont mal passées. Mais s'il nous fallait dire qui nous sommes maintenant, nous qui respirons, seul un silence suspect s'étendrait à côté de notre langue.

L'après-midi, Paul alla au magasin s'acheter une bouteille de vodka jaune à l'herbe de bison. Le soleil montait vers le soir, la vodka à la tête de Paul. Sur la table de la cuisine se pressait une fourmi, Paul agitait une allumette au-dessus d'elle.

Où vont les fourmis, dans la forêt.
Où est partie la forêt, dans le bois.
Où est parti le bois, dans le feu.
Où le feu s'en est-il allé, dans le cœur.

L'allumette s'enflamma, c'était de la magie noire car Paul tenait la boîte dans l'autre main, sous la table. L'allumette se tordit, la flamme lécha le pouce de Paul. Paul souffla, son regard se perdit dans le mince ruban de fumée.

Et le cœur s'est arrêté de battre,
Et les fourmis s'en vont.

Paul n'était pas soûl mais seulement éméché. Une ivresse plus extérieure qu'intérieure lui pendait à l'oreille. Que les fourmis traversent le cœur n'a rien de drôle à mes yeux, mais Paul éclata d'un rire qui me démangea aussi. Son ivresse me contamina ; à l'époque, la vodka n'avait pas une once d'obscurité et je n'avais pas encore peur de la boisson pour Paul. Les six premiers mois, Paul ne buvait pas autant, la moitié du brin d'herbe restait dans le liquide le soir. Et les premières semaines, à son retour du travail, il allait sur le balcon. Les étincelles provoquées par la soudure, qu'elles étaient rapides à s'éteindre. Où le feu s'en est-il allé, je voyais toujours l'allumette et les fourmis dans le cœur. Parfois, Paul sifflait tout seul une chanson où il y avait davantage de lime à métaux que de musique, elle avait l'air si fausse. Chaque semaine, toute la ramure d'une antenne était terminée, et il y en avait presque assez pour un dimanche aux puces et une quantité d'argent. Ces antennes, Paul ne parviendrait pas à les vendre : deux jeunes gens frappèrent à la porte.

Travail au noir et infiltration de l'État par des chaînes étrangères, dirent-ils.

Sans poser de questions, ils emballèrent les outils et les tubes en fer dans des sacs qu'ils avaient apportés et les descendirent en ascenseur jusqu'à une fourgonnette que l'on apercevait de la fenêtre de la cuisine. Ils posèrent les antennes terminées dans la cage d'escalier. Paul dit :

Si vous avez tout, refermez derrière vous en sortant.

Il emporta la bouteille de vodka à la cuisine et s'enferma. Dans la cage d'escalier, je m'adossai au mur pour ne pas gêner le passage et regardai les deux hommes. Ils descendirent tous les étages à pied en portant les antennes, une dans chaque main. D'un pas pressé, produisant un bruit de pièces métalliques qui s'entrechoquent et l'écho allant avec, une bête farouche aux bois volés. Ils ne se laissèrent pas seuls l'un l'autre mais firent ensemble le chemin trois fois dans les deux sens. La dernière fois, l'un d'eux gonfla les joues avec lassitude, je vis sa chemise qui lui collait au dos, il dit :

Il faut bien.

Fais donc, dis-je, mais ne m'explique pas le contraire.

Je les laissai s'en aller avec leurs bois de cerfs et je dus frapper du poing à la porte de la cuisine jusqu'à ce que Paul vienne m'ouvrir. La vodka était finie, Paul alla de la chambre au balcon avec plus de pieds qu'il n'en avait et cria :

Cette espionne, elle est assise là-bas et elle m'observe.

Dans l'immeuble d'en face, deux étages plus bas, une femme cousait, assise à sa fenêtre.

Laisse-la donc faire sa couture, elle ne regarde pas en l'air, voyons.

Qu'elle couse où elle veut, mais pas sur son balcon.

Mais c'est son balcon à elle, et tu ne l'intéresses pas.

C'est ce qu'on va voir, dit Paul.

Il rentra en titubant dans la chambre, prit une chaise et monta dessus comme un enfant maladroit. Et pendant que je me demandais pourquoi, tout en le tenant pour l'empêcher de tomber, il baissa son pantalon et, du balcon, se mit à pisser dans la rue. La femme rangea son nécessaire à ouvrage et rentra dans son appartement.

À l'usine de construction mécanique, il y eut une réunion à cause des barres de fer volées par Paul, il fut licencié. Les camarades de sa salle restèrent à leur place en silence et dans les rangs du fond, comme des tas de merde dans les buissons, dit Paul. À l'époque, ils volaient tous et le font encore aujourd'hui pour fabriquer chez eux des arrosoirs, des moulins à café, des chauffe-liquide, des fers à repasser, des fers à friser et des bigoudis qu'ils vendent bien. Un homme sur deux est un Nelu, il n'est pas nécessaire d'écrire des bouts de papier, cela marche aussi de cette manière.

Paul n'est pas convoqué, mais on ne le ménage pas pour autant. J'ai fait irruption dans sa vie quand je suis venue m'installer chez lui. Dans mon sillage, toute vie, même la plus tranquille, eût été débusquée, on n'aurait oublié aucune personne ayant partie liée avec moi. Paul est puni lui aussi. Moi, même les jours où je ne suis pas convoquée, on me donne un coup dans le cœur en suivant Paul. C'est lui qui a été accidenté et non moi. Que l'on mette sa vie en jeu pour me le montrer ou qu'on le fasse à cause de lui parce qu'il le mérite, cela peut avoir la même issue. Mais sans jamais donner la même chose. Avant son accident, Paul avait plus de mal à attendre que moi. Quand il était en train de faire la tournée des bistrots en ville, j'attendais son retour. Et lui, quand j'étais convoquée, attendait le mien. Depuis son accident, j'attends comme lui. Si je pense dans bien des directions à tous les porteurs de peignes, je n'ai plus confiance qu'en deux personnes. S'agissant de Lilli, cette confiance n'a plus cours, il ne reste plus que Paul. Tes pensées se lisent sur ton visage, dit le commandant. S'il en est ainsi, je devrais pouvoir lire sur le visage des gens s'ils sont également convoqués, au moins sur celui des voisins. Ils lisent peut-être Albu sur mon visage sans vouloir le montrer.

Le vieux Micu qui habite au rez-de-chaussée à côté de l'entrée m'a dit une fois l'année dernière, en septembre, qu'il avait été convoqué au mois d'avril.

À cause de toi, a-t-il dit.

Comme si ç'avait été ma faute. Quand j'étais venue m'installer dans l'immeuble de Paul, monsieur Micu m'avait vouvoyée. Depuis qu'il est convoqué et que c'est ma faute, il me tutoie. Il était le chauffeur du directeur de l'usine de chaussures, et, vu sa carrure, sans doute aussi une sorte de garde du corps, pensait Paul. Madame Micu était secrétaire à l'école de musique. Ils ont deux fils qui écrivent rarement et ne viennent jamais. Paul parle assez souvent avec monsieur Micu, plus de madame Micu que de monsieur ou de lui-même. Elle a le même âge que lui et passe toutes ses journées à la maison depuis qu'elle est à la retraite. Quant à lui, il traîne toute la journée près de l'entrée ou dans la rue commerçante en cherchant des gens avec qui bavarder.

Assis près de l'entrée sur une marche d'escalier, il mangeait des raisins noirs fraîchement lavés quand je suis revenue chez moi. Il se leva et m'accompagna dans l'entrée, ses raisins gouttèrent jusqu'à l'ascenseur. J'appuyai sur le bouton, l'ascenseur commença bruyamment son ascension, et c'est seulement alors qu'il me déclara avoir été convoqué à cause de moi.

Pourquoi y êtes-vous allé, dis-je. Moi, je dois y aller parce que je suis convoquée à cause de moi-même. Si c'était à cause d'un autre, je n'irais pas.

J'ai du mal à le croire, dit-il.

En arrachant les grains du pouce et de l'index, trop vite pour que je puisse les compter, il approcha la bouche de mon oreille, du jus giclait de chaque grain quand il mordait dedans. Il levait le petit doigt avec affectation, ce qui enlaidit encore davantage un homme comme lui dont le dentier grince quand il mange. Il me demanda si je voulais quelques grains de raisin parce que je ne détachais pas les yeux de sa main.

Mais ne va pas croire que je te le reproche, dit-il.

Alors que voulez-vous ?

J'ai des enfants, aussi.

Les enfants, on ne leur fait pas de confidences, dis-je.

Quand l'ascenseur arriva au rez-de-chaussée et que la porte s'ouvrit, monsieur Micu tendit le cou à l'intérieur comme si quelqu'un avait pu se trouver au plafond même s'il n'y avait personne par terre. Il coinça du pied la porte ouverte.

Je t'ai guettée ici, c'est qu'on ne sait jamais quand tu viens et que je dois le noter, moi.

Un de ses yeux reflétait la dernière boîte aux lettres accrochée au mur derrière moi, ou était-ce la pupille de son globe oculaire qui, de sa propre initiative, était devenue blanche et carrée ? Je renonçai à regarder son autre œil car il chuchota :

J'ai déjà noirci deux cahiers d'arithmétique, je dois les acheter moi-même.

Il avait arraché tous les grains, un lambeau de peau bleue restait accroché à chaque pédoncule de la rafle. Son regard courut ensuite le long des boîtes aux lettres jusqu'à l'entrée.

Je ne t'ai rien dit, j'ai prêté serment, et qu'est-ce que ça veut dire, prêter serment, tout par écrit, noir sur blanc.

Depuis la moitié de sa vie, madame Micu joue au loto. Ce jeu a pris de l'importance maintenant qu'elle est en retraite. Une fortune lui tombera un beau jour entre les mains, elle l'a toujours su. Et comme il se fait tard, elle y croit de plus en plus. Tous les mercredis, quand on annonce les tirages, elle attend dans sa robe du dimanche à fleurs rouges. Dans l'entrée, ses chaussures vernies marron sont prêtes à être enfilées quand le monsieur du loto sonnera à sa porte. En général, personne ne sonne de tout le mercredi parce que dans l'immeuble, depuis le temps, on connaît les affres de cette journée. Et si l'on ose malgré tout sonner chez elle, ce n'est guère que le facteur ou un voisin étourdi. Quand madame Micu, endimanchée, referme lentement la porte de l'intérieur, elle a une fois de plus été trompée. Tout s'effondre alors, elle enfouit son visage dans le fauteuil et sanglote. monsieur Micu casse quelques assiettes contre le mur, balaie les morceaux, puis il se maîtrise et la console. Ce sera bientôt l'heure de l'émission de variétés à la radio locale. Tout s'aplanit au cours de la semaine jusqu'au mercredi où sa femme est à nouveau prête. Paul l'a souvent entendue pleurer derrière sa porte et a demandé à monsieur Micu comment il supportait cela. Il a répondu que c'était sa croix et qu'il en avait l'habitude. De même qu'il s'était habitué, quand il était encore chauffeur et elle secrétaire, à la voir ramasser à l'école et en ville des rubis, c'est-à-dire des tessons de verre rouge. Elle a toujours eu des dons d'artiste, dit-il. Lorsqu'elle en a eu un premier coffret plein, elle l'a montré au musée municipal, puis à un orfèvre. Comme elle menaçait de se suicider, monsieur Micu l'a envoyée chez l'horloger auquel il avait auparavant offert quelques verres d'eau-de-vie dans un bar, pour que sa femme puisse enfin s'entendre dire qu'il y avait des rubis dans son coffret. Quant à la robe du dimanche, on n'y changera rien, on la range en silence dans la penderie tous les mercredis soir en versant quelques pleurs. Mais il n'est plus question de suicide. L'horloger a été payant, dit monsieur Micu, je me serais épargné bien des ennuis si j'y avais songé plus tôt.

Peu après mon arrivée dans l'immeuble, je trouvai madame Micu adossée au mur, juste après l'entrée. Elle était en collant, sans chaussures, et portait une robe d'intérieur boutonnée tout du long. Sur ses joues brillait un duvet, autour du menton une toison blanche et mitée, le long de ses lèvres une moustache clairsemée, rebiquant sous chaque narine. Madame Micu suçait son index et tournait autour de ses yeux un doigt plein de salive, à la manière d'un chat qui se nettoie. Je me dirigeai vers l'ascenseur. Sans bouger, elle appela :

Mamzelle.

Elle me montra un tesson de verre rouge.

As-tu déjà vu un rubis de cette taille.

191

Jamais, dis-je.

Ce serait un truc pour la reine d'Angleterre, je crois que je vais lui envoyer, qu'en dis-tu.

Et si on le vole à la poste.

C'est juste, dit-elle en le remettant dans sa robe.

Elle devait avoir entendu parler de ce que monsieur Micu surveillait et notait. Bien avant que son mari ne s'en ouvre à moi, elle restait l'après-midi au beau milieu de l'entrée quand je revenais de la ville, et portait un torchon en guise de foulard. Un jour, elle me barra la route avec son bras et me dit :

Tu es sortie la première, avant Paul. Mais il n'y a que lui qui soit rentré.

Mais maintenant, je suis là, répondis-je.

Après lui, dit-elle, et chez moi, Radu est arrivé avec trois kilos cent, puis Emil avec trois kilos cent cinquante. Mara, je l'ai laissée filer, mon mari ne voulait pas d'elle. Et ensuite c'est Emil qui est arrivé, deux fois, ça ne va tout de même pas, mais à l'époque, c'était possible, les jumeaux déchirés.

Elle ne savait plus la différence entre un torchon et un foulard. Mais elle récitait par cœur le poids de naissance de ses enfants comme mon grand-père les dimensions de ses briques du camp.

Moitié par malignité parce qu'il notait mes allées et venues et sans doute encore bien d'autres choses, moitié par gratitude parce qu'il m'avait mise dans la confidence, j'achetai un cahier d'arithmétique pour monsieur Micu. L'idée était de lui faire perdre son assurance quand il noterait dans un cadeau offert par moi ce qu'il avait observé. Je voulais le paralyser en toute courtoisie, car une dispute n'aurait rien donné. Comme ce n'était pas mercredi, je sonnai et monsieur Micu ouvrit, tenant à la main une tartine de saindoux. Les grains de sel brillaient dessus. Il hocha la tête.

Beaucoup trop grand.

Je ne savais pas.

Les miens sont petits et plus épais.

Pourquoi ne pas passer à un cahier plus grand, dis-je.

Non, non, fit-il, il faut que ça entre dans une poche de veste.

Depuis ce jour, j'écris dans ce cahier d'arithmétique ce qu'Albu me dit en me baisant la main, ou le nombre de pavés, de lattes, de poteaux télégraphiques ou de fenêtres d'ici jusqu'à cet endroit. Je n'aime pas écrire, car ce qui est écrit est susceptible d'être trouvé, mais je ne peux pas m'en empêcher. Souvent, du jour au lendemain, les mêmes choses au même endroit changent de nombre. En apparence, tout est comme avant, mais pas quand on compte. Et pas non plus quand on joue au doigt prêté en fermant les yeux et en traçant du doigt des nuages, le bord des toits, les feuilles frémissant sur les arbres ou entre deux branches tant que le bois est dépouillé. Plus les bords sont hauts, plus le doigt se promène facilement. J'ai bien souvent grimpé la pente raide du clocher de l'église en me faufilant jusqu'en haut, et je suis montée jusque sous les girouettes en forme de coq, au faîte des maisons. Les antennes de Paul qui, une fois sur les toits, sont encore des bois de cerf, je les copie jusqu'à leurs extrémités les plus fines, je n'omets rien. Et je ne touche pas les autres antennes d'à côté. Avant, pour dessiner d'après modèle, je ramassais des cailloux au bord du chemin pour m'aider. Depuis le bonbon dans son papier d'emballage, je ne me sers que de l'index que je courbe le long de tous les détails délicats. Je n'ai pas essayé de voir si l'on pouvait courber le doigt coupé.

Un jour, j'ai copié Lilli. Elle se trouvait dans le couloir de l'usine, un palier plus haut que moi, et se tourna de profil ; je lui montrai la ligne droite de son front, son nez indifférent, le menton et le cou en verre opalin et chaud. Faisant abstraction de toutes les marches d'escalier, mon doigt sentait la différence entre la peau de Lilli et les objets. J'étais arrivée au bout de l'épaule, Lilli posa les mains sur ses seins :

Rends-moi transparente, dit-elle, je suis sûre que tu le peux.

Je n'en fus pas capable, je dessinai seulement la partie du devant, le bras de derrière était couvert, lorsque Lilli dit :

Maintenant, c'est ton tour.

Cela ne se fit pas, on entendit des pas dans le couloir. Lilli descendit les marches en courant. Ses sandales n'avaient que deux fines brides, ses chevilles sautillaient, sa robe voletait. Vues d'en bas, les cuisses de Lilli lui montaient jusqu'au cou. Dans la cour, nous avons gloussé, elle plus fort que moi, mais elle se mit à pleurer, et elle pleurait peut-être depuis nos ricanements. Quand j'avalai ma salive, elle rit pour de bon, s'essuya les yeux et dit :

Ce n'est que de l'eau. Tu te souviens d'Anton, le marchand de vêtements de cuir.

Celui avec une verrue sur l'aile du nez.

Mais non, lui, c'était le photographe.

Alors celui qui est parti à la campagne.

Oui. Il avait des œdèmes qui ne partaient plus. Il est mort à l'hôpital ici, avant-hier, et je n'ai rien su. Tu te rappelles comment on nous avait pincés.

Non, je ne me souvenais même pas qu'il s'appelait Anton.

On a frappé, il y avait deux experts-comptables dans l'encadrement de la porte et j'étais en sous-vêtements. Ils ont avalé leur salive comme tu viens de le faire. Ils se sont assis tous les deux sur une pile de vestes en cuir, le menton appuyé sur la main, et ils ont chuchoté ensemble. Anton tenait des jupes en cuir devant moi comme si j'avais été une cliente. Chaque jupe était plus grande que l'autre, aucune n'était à ma taille, c'était le but. Alors il a mesuré de la main mon tour de taille, de hanches et la longueur jusqu'au milieu du genou. Quand on est aussi mince, un veau suffit pour une jupe d'un seul morceau, a-t-il dit en clignant de l'œil et en regardant les experts-comptables. Il a noté les mesures en centimètres sur une boîte de chocolats qui traînait là depuis que je le connaissais, et il a coincé son crayon sur son oreille. Vous n'avez pas de ventre, deux pinces par derrière et c'est tout, pas d'autre couture. Ensuite, il servit des chocolats. L'un des experts-comptables en prit une poignée, son compagnon envoya Anton faire un tour d'une heure. Quant à moi, je devais rester. Alors Anton a refermé la boîte de chocolats et les a flanqués dehors tous les deux en disant :

Je préfère encore vous tuer.

Et c'est pour cette raison qu'il a dû partir à la campagne.

Est-ce que tu aurais aimé l'y suivre ?

Oui.

Mais à l'époque, tu disais ça y est, j'en suis débarrassée.

Oui, c'était d'ailleurs vrai.

Et malgré cela, il t'a manqué.

Pas le moins du monde, dit Lilli.

La mangeuse de cerises assise à côté de moi a vidé sa main, a fait tomber tous les noyaux dans un trou de son cabas plein, puis froissé le cornet vide qu'elle a enfoncé dessus. Elle a frotté ses mains poisseuses l'une contre l'autre, puis sur sa robe. Avec cet imprimé à fleurs rouges, les taches ne se verront pas. Je vois un bras brandissant une serviette, et j'aperçois aussi la tête. Où était-il fourré jusqu'à maintenant, cet homme, est-il finalement monté au marché ? Il faut croire qu'il n'a pas autant de temps que je le pensais. Ou bien la foule lui est indifférente. Certains aiment bien s'entasser pour chercher la bagarre. Et ils ont de la chance, car il y a de ces chiffes molles qui se taisent quand on les traite de tous les noms. La mangeuse de cerises s'est levée et se fait toute plate pour s'avancer dans l'allée centrale. Je dois aussi descendre au prochain arrêt, comme beaucoup de gens. Les autocars sont au coin de la rue. Les gens chargés de paniers, de sacs et de bidons descendent tous à cet arrêt et, de la gare routière, regagnent leurs villages. L'homme à la serviette descend aussi, va-t-il à la campagne ou habite-t-il près d'ici ? Il se pourrait, allez savoir, que nous prenions le même chemin, qu'il soit employé à l'endroit où je suis convoquée. Peut-être va-t-il rester pendant plusieurs arrêts, beaucoup de gens se pressent autour des portières et ne descendront pas du tout au prochain arrêt. La mangeuse de cerises me sourit de ses gencives bleu foncé. Elle joue des coudes pour gagner la porte arrière. Si c'est nécessaire, je jouerai des coudes pour aller jusqu'à la porte du devant qui est un peu plus près. Cette femme veut-elle planter ses noyaux de cerise ? Mon grand-père disait que dans la plaine du Bàràgan, il y avait des graines sauvages qui ne germaient que lorsque les oiseaux les avaient mangées et transformées en fiente. Quant aux noyaux de cerise, avant d'être mis dans la terre, ils doivent sécher au soleil pour que des arbres puissent pousser. Si tous les noyaux poussent, c'est une cerisaie que cette femme rapporte chez elle dans son cabas. Les gens basculent vers l'avant, vers l'arrière, tous en même temps. Le cabas aux noyaux est coincé parmi eux. Le conducteur sonne et crie par la vitre : toi, la mort t'attend dans ta chambre, et tu traînes sur les rails. Il crie ensuite à l'intérieur de la voiture : chaque idiot se lève le matin et se fabrique sa journée. Le conducteur parle-t-il tout seul ou à nous tous, qu'en sait-il. Non, moi par exemple, je resterais couchée, mais Albu se lève, lui.

Tous les soirs, quand je rentrais du dépôt, je n'y voyais goutte au fond de l'allée plongée dans l'obscurité, mais ensuite, mes yeux s'habituaient à la nuit et distinguaient de plus en plus de choses. Je comptais les portails des maisons. Dans leur course, ils s'interpénétraient puis se séparaient, c'étaient les mêmes maisons d'ici jusqu'à là-bas, mais les portails donnaient toujours des nombres différents. Quand je m'engageais dans notre rue en tenant un caillou pris à la nuit, je traçais le toit de l'usine où l'on fabriquait le pain, chaque cheminée et les coqs des girouettes pour changer la tromperie des portails. Comme on préfère être dans tous ses états qu'en sécurité, je jouais à compter. Mieux vaut être dans tous ses états, se dit-on quand on s'ennuie. Après avoir compté, je jouais au doigt prêté afin que tout ne fût pas contre moi à l'endroit où j'habitais. Après avoir vu la fille à la longue natte dans le bus, je cessai de compter les portails du coin. Et cela n'empêcha pas le temps de filer. Mais un jour que je ne connaissais plus les girouettes de la boulangerie industrielle, mon départ de la petite ville étant déjà loin, j'empruntai derrière la poste une rue parallèle et me dis en pensée :

Les clarinettes sur la table.

Il se mit à pleuvoir. Un homme marchait devant moi, il ouvrit son parapluie, je m'arrêtai. Quand le parapluie, à l'autre bout de la rue, fut aussi petit qu'un chapeau, je le dessinai. Le jeu du doigt prêté reprit. Pose tes clarinettes sur la table, avait dit Albu car j'avais joué avec le gros bouton de mon corsage. Je posai les mains sur la table puis oubliai, il répéta cette phrase. Ce jour-là, Albu trouva un cheveu sur mon épaule. Quand il l'enleva, ses doigts remontèrent sur ma joue. Tout près de moi, il y avait l'odeur de son eau de toilette, et sur son cou des pores rasés de près qui lui mouchetaient les joues de points de plus en plus petits, comme sur du bois poncé. Il tint le cheveu entre deux doigts en écartant les trois autres et voulut le laisser tomber. Qu'il possède les cheveux poussant sur mon crâne, qu'il recourbe l'index pour m'entraîner là où bon lui semble, passe encore. Mais les cheveux tombés doivent rester là où ils sont. Albu avait certainement autre chose en tête quand il se leva et remit sa manchette par-dessus sa montre. De son bureau, il n'aurait pas vu un cheveu, même sur l'épaule de Lilli. Avait-il fini par oublier son objectif de même que j'ai oublié le nom de son eau de toilette âcre, ou y avait-il renoncé ? Cette eau de toilette, Avril ou Septembre, jamais je ne la confondrai avec un autre ; je recommençai à tourner mon gros bouton et dis :

Remettez le cheveu à sa place, il m'appartient.

Comme mon front fut effrayé par ma propre voix et

comme j'attendis une punition, après ces mots. Il rentra ses doigts écartés, je crois que, pour décider quel parti prendre, il regarda le motif que formaient les petits trous à la pointe de ses chaussures. Pour ma part, je fixai la lumière venant de la fenêtre. De l'autre côté, il y avait le crayon rongé et le doigt d'Albu sur mon épaule. Il remit effectivement le cheveu en place puis cria :

Les clarinettes sur la table.

Debout près de la fenêtre, le dos tourné, il balançait l'occiput, la lumière éclatante mettait tous ses cheveux bout à bout, une belle toison sur sa nuque, et il lança un rire vers l'arbre, se retourna vers moi et s'assit négligemment sur le rebord de la fenêtre. Il posa une chaussure sur le talon, la pointe à la verticale, et montra une semelle propre sans pouvoir s'arrêter de rire. Un fou rire comme les miens. Son oreille avait une lueur verte, le feuillage s'emparait de la fine courbe de son cartilage. Il n'y avait pas de quoi rire, à travers cette altération d'une couleur ayant viré au verdâtre, on voyait son départ de ce monde et non le mien. Un souffle de vent, et l'arbre aurait déjà happé ce fou rire. À sa place, je n'aurais pas ri à ce moment-là.

Voilà que le tramway s'arrête près de la gare routière, tout le monde pousse et je suis au milieu de la voiture. L'homme à la serviette a crié au conducteur par-dessus les têtes : mon Dieu, quelle foule d'idiots. Et l'homme qui est derrière lui se gratte le menton en disant : fais gaffe, espèce de ver à soie, sinon je t'écrase la moustache d'un coup de talon, et tes dents, c'est dans ton mouchoir que tu vas les rapporter chez toi. Il n'a pas du tout de moustache, l'homme à la serviette. Mais l'homme qui a dit cela en a une. Tous deux sont descendus. L'homme à la serviette s'est retourné une dernière fois vers le bagarreur qui, levant le doigt comme pour menacer un enfant, rit grossièrement. Il a les bras longs et nerveux, les dents blanches, il ne plaisante pas. Aujourd'hui, il finira bien tout de même par trouver quelqu'un à écharper. L'homme à la serviette ne va pas s'abaisser jusqu'à se battre, il pense probablement qu'il vaut mieux avoir honte mais filer d'ici indemne, impeccable, que de souiller ses vêtements de sang. Et ce sang serait le sien, avec un courage dû à un accès de colère, il aurait le dessous. Il est parti dans l'autre direction en haussant les épaules. Nous ne prenons donc pas le même chemin, il n'est pas employé à l'endroit où je suis convoquée. Dommage, ç'aurait été un homme que j'aurais pu connaître non pas de manière plus intime qu'Albu, mais autrement. Un homme ridiculisé qui s'est laissé traîner dans la boue sans rien faire. Le conducteur crie : dépêchez-vous, sinon je ne vais pas bouger d'ici avant Noël. La mangeuse de cerises est déjà dehors, elle se dirige vers une poubelle et y jette son cornet de papier froissé. Une casquette vole par la fenêtre et touche le visage du conducteur, un homme l'a lancée du dehors. Il a les cheveux ébouriffés, un pantalon mouillé par l'urine, une chemise pleine de sang. Et une blessure toute fraîche au front. À côté de lui, il a un sac fermé par un lien et qui gigote. Le conducteur rejette la casquette par la fenêtre : garde tes poux. Et toi, garde ma casquette jusqu'à ce que j'arrive, lance l'homme en riant, c'est que je monte, moi. Pas chez moi, dit le conducteur, je ne suis pas dans l'entretien des pissotières, ça, c'est un tram. Depuis cette nuit, deux heures et sept minutes, je suis papa, dit l'homme en titubant, j'ai un fils, ma femme est à la maternité. Et qu'est-ce que t'as dans ton sac, demande le conducteur. Un agneau, dit l'homme, je vais l'offrir au médecin et lui baiser sa main en or. Il veut mettre sa casquette et ne trouve pas sa tête. Il la fourre dans sa poche. Pas question, dit le conducteur, si ton fils pisse dans la rame, il peut rester dans le tram vu qu'il ne sait pas encore marcher. Toi, c'est différent. L'homme tire son sac par-dessus les rails et se presse à côté de la portière. Ceux qui descendent le repoussent. Il pose la jambe au milieu du marchepied. Le conducteur se lève et l'envoie promener d'une bourrade. L'homme s'effondre. Hé, chef, tu m'emmènes, hein, si tu me laisses ici, que ton fils perde la vue... Le conducteur crache sur le marchepied, ferme la portière et repart. Dans le sac, l'agneau a poussé un petit cri. Les roues, peut-être qu'elles l'ont écrasé. Devant moi, des gens voulaient encore monter et derrière moi aussi, tous se taisent. Le conducteur dit : on n'est pas loin, au prochain arrêt, je vous laisse tous descendre. On n'est pas loin, comme il dit, le conducteur, mais je dois me hâter de retourner chez Albu. Au prochain arrêt, il sera dix heures moins le quart.

Je sais que l'on peut avancer à grandes enjambées et respirer au même rythme. Sans observer ses chaussures ni un point en l'air afin de ne pas avoir la vue troublée. Il faut regarder plusieurs choses tour à tour comme lorsqu'on marche d'un pas tranquille, on avance presque aussi vite qu'en courant et sans s'essouffler. Mais cela suppose que la route soit dégagée, les deux qui sont devant moi devraient enfin libérer le passage. Ils portent des pastèques, leur filet se balance au-dessus du trottoir. Le vendeur leur a découpé dans chaque pastèque une entaille triangulaire. Pour qu'ils goûtent, il l'a certainement portée à leur bouche au bout de son couteau, puis il a rebouché les pastèques. Ils n'ont que des pastèques mûres dans leur filet, ces deux-là. Et celles qui ont été entaillées fermentent vite, il faut les manger le jour même. Est-ce que ce couple portant un filet a une famille aussi grande que cela, ou veut-il manger uniquement de la pastèque à midi, l'après-midi et le soir, cinq pastèques froides accompagnées de pain pour ne pas avoir la diarrhée et des frissons. Chaudes, elles ont un goût de boue, il faut les rafraîchir. Cinq pastèques n'entrent dans aucun frigidaire, elles tiennent à la rigueur dans une baignoire. Mon grand-père disait :

Autrefois, on descendait les pastèques dans le puits. L'eau les porte facilement, elles flottent. Au bout d'une heure, on peut les repêcher avec un seau et les manger. À la première bouchée, la bouche a mal comme dans la neige, mais la langue s'y habitue. Les pastèques trop froides sont un piège à la douceur farineuse, on en mange trop, on se gèle l'estomac. Tous les étés, des gens meurent en mangeant des pastèques du puits, même en ville. Personne ne meurt d'une pastèque de la baignoire, mais beaucoup de gens meurent dans leur baignoire. Oui, le matin, on peut se laver à l'eau chaude, y rafraîchir des pastèques à midi, et l'après-midi tuer des agneaux et des oies dont le sang s'écoule dedans, et le soir, se laver encore une fois à l'eau chaude. Le tout dans la baignoire. Et quand on en a assez des pastèques, des agneaux, des oies et de soi-même, on peut s'y noyer, disait mon grand-père, oui oui, rien ne vous en empêche.

Plutôt dans le fleuve, disais-je.

Il n'y en a pas dans le coin, alors s'il faut en plus partir chercher de l'eau... Et d'ici qu'on vous retrouve, on ne vous reconnaît sans doute plus du tout. Les cadavres trouvés dans les fleuves sont épouvantables. Quand on est suffisamment las, autant poser pour la dernière fois du linge propre sur la table et mourir proprement chez soi, dans sa baignoire.

Si l'on compte aussi les ombres de ces deux-là, ils portent à quatre. Parfois, les gens n'auraient besoin que d'une pastèque et ils en prennent des quantités parce qu'elles sont bon marché, ils les laissent pourrir et pensent par-dessus le marché avoir économisé de l'argent. Je marche juste derrière leur filet en posant le pied bruyamment, mais les voitures trimballent leur bruit très haut, vers le soleil. Pourquoi ces deux-là tirent-ils sur leur filet en l'écartant, ce n'est pas ce qui va le rendre plus léger.

Pardon.

Non, ils n'entendent pas, le mot est trop bref.

Entre les maisons grimpent des roses folles, en haut des massifs fleurissent le grand aneth agité sans répit par le vent, et les fritillaires impériales qui, dans leur alanguissement, s'accommodent de n'importe quelle chaleur de midi, anesthésiées par la poussière. Des cordes à linge tendues entre les arbres fruitiers, beaucoup de pêchers et de cognassiers.

Encore mouillés aux endroits sombres, des robes d'intérieur et des tabliers prennent la poussière avant d'être secs. Je n'étais encore jamais venue ici, même sans but. La jupe de Lilli hérissée de plis est à sa place dans ce coin où les jardins sont trop exigus pour de grands arbres. Tant pis si l'homme à la pastèque se fâche, maintenant je le tire par la manche.

Excusez-moi, il faut que je passe.

Tournant la tête, il fait encore deux pas au petit trot et regarde à nouveau dans ma direction, puis lâche prise.

Mais qu'est-ce qu'il y a, crie-t-elle, tu ne peux pas le dire, quand tu lâches ?

Elle retire sa chaussure de dessous les pastèques, puis le pied de sa chaussure, et enfin un bout de pansement qui a glissé de son petit orteil :

Et voilà, l'ampoule est ouverte.

Hé, dit l'homme, regarde donc, on la connaît, celle-là. Ses cheveux teints en brun ont un éclat argenté près du crâne, comme lors de cette soirée à la lumière crue où Martin, après une nuit gâchée par la danse, n'avait plus été des parapoutch. Quant à la femme, elle a le visage aussi chagrin que ce soir-là, lorsque Martin l'avait torturée dans la salle de bains.

Ah, dit Anastasia, tu as les cheveux courts.

Qu'allez-vous faire de ces cinq pastèques ?

Tu les as déjà comptées, lance-t-il en riant, on va festoyer, tu sais déjà où.

Et comment ça va, demande-t-elle.

Bien, dis-je.

Nous aussi, dit-il, on se reverra peut-être.

Peut-être.

Un camion passe à grand bruit, Anastasia dit :

Il faut qu'on y aille.

Alors Martin m'a quand même baisé la main pour prendre congé, et j'ai regardé la chaussée parce que devant le front d'un chauffeur, deux chaussures de bébé volaient au bout de leurs lacets. Et une fois le véhicule disparu, il y eut

202

de l'autre côté de la rue une Jawa rouge et un vieux en short dans un garage ouvert. Et l'homme qui, par derrière, arriva du jardin en rentrant la tête près de la corde à linge pour pénétrer dans le garage, c'était Paul. À la montre d'Anastasia, il était dix heures cinq.

Paul et le vieux rient, je cherche les veines qui marbrent les jambes maigres et vois l'antenne sur le toit. C'en est une de Paul. Il prend une clé à molette, il ne l'a pas cherchée mais a juste posé la main sur l'étagère. Le soir, quand il faisait la tournée des bistrots en ville, je le croyais. Comment ne pas le croire, sa cuite était réelle, qu'aurait-elle pu avoir de trompeur. Je ne lui ai jamais demandé avec qui il buvait, ni qui payait l'addition. D'autant que Paul, à la maison, buvait seul. Après l'accident, il a dit lui-même :

Les buveurs se reconnaissent instantanément d'une table à l'autre par des regards, les verres parlent entre eux. Pas question de m'embêter avec des camarades de soûlerie. Je bois mon eau-de-vie en compagnie d'autres gens, mais à ma table, je veux être seul.

Ensuite, Paul a jeté notre literie par la fenêtre, dans la nuit, en commençant par nos oreillers. Je les vis par terre tout en bas, petits et blancs comme deux mouchoirs. Les pieds nus, je descendis en ascenseur et les remontai. Et quand j'arrivai en haut avec les oreillers, c'étaient les édredons qui se trouvaient en bas. En les remontant en ascenseur, je ne pus me retenir de pleurer de les voir si grands, terrassés par le caprice nocturne d'un fou. Pour les oreillers, j'avais ri. Chez monsieur Micu, la fenêtre de la chambre à coucher était encore éclairée par la faible lumière de la lampe de chevet. Il était tard, mais on était toujours mercredi, le jour de la catastrophe du loto. Allez savoir quel genre de consolation monsieur Micu essayait encore à cette heure-là pour habituer sa femme au lendemain, peut-être un rapport sexuel, de l'amour physique.

On se lasse des jeunes gens, disait Lilli, mais les hommes

d'un certain âge, dans les rapports, savent rendre la chair des femmes légère et lisse.

Jeter de la literie par la fenêtre était physique, sans être de l'amour, plus physique que des vêtements volant par la fenêtre. La robe du dimanche dans laquelle madame Micu avait attendu la fortune, ce mercredi-là, était à nouveau accrochée dans la penderie. Mais son corps, madame Micu le portait. Quand madame Micu est adossée au mur de l'entrée et ne connaît plus la madame Micu d'aujourd'hui, mais d'autant mieux celle d'il y a vingt ans, j'ai envie de la fuir. Sa chair décatie n'est pas inconsciente de son entourage comme l'était celle de ma mère, elle s'offre aux attouchements. Un jour, monsieur Micu a dit à Paul :

Chaque rapport sexuel est une cuillerée de sucre pour ses nerfs qui ont démissionné, c'est le seul moyen pour elle de garder toute sa tête.

Toute sa tête, demanda Paul.

Toute sa tête, j'ai bien dit sa tête, pas son bon sens.

Si la lampe de chevet n'a pas éclairé une copulation mais la dernière information consignée dans le cahier, notre literie devrait échapper au crayon. Je n'ai pas allumé la lumière dans l'entrée, j'ai porté mon fardeau jusqu'à l'ascenseur comme une voleuse. Quand je suis arrivée en haut avec les édredons, Paul, sur son oreiller blanc, était couché en pyjama, tel un papier rayé. Les genoux remontés jusqu'au ventre, il demanda :

Est-ce que quelqu'un t'a vue.

Je le recouvris, posai le second édredon à ma place et en lissai les plis comme si la personne étendue sur le drap avait été celle que j'aurais voulu être le lendemain à la première heure, une femme qui, dorénavant, n'accepterait plus ces folles soûleries. Les yeux au plafond, Paul dit :

Désolé.

Ce mot-là, je ne l'entendais pour ainsi dire jamais. Pas même quand Paul se rongeait l'intérieur des joues ou avait le menton déformé. Il laissait toujours les excuses au-dessous de son visage sans s'avouer vaincu. Cela m'amena, je ne sais ni pourquoi ni comment, à inventer un mensonge ; chargée d'un filet de pommes de terre en revenant de la rue commerçante, j'entrai le lendemain dans le silence de la pharmacie pour dire :

Mon grand-père a reçu un éclat dans l'œil en fendant du bois. Il a perdu l'œil droit, il habite loin d'ici et ne peut pas venir en ville. Depuis, il ne sort plus de chez lui, ne va même pas à l'église ni chez le coiffeur. Il a honte vis-à-vis des gens, je voudrais lui acheter un œil.

On peut mentir en toute tranquillité à propos des morts, aucune parole ne se réalise plus. Chez Albu, ce qui me fait sentir qu'un bon mensonge prend, c'est que je me crois moi-même d'un mot à l'autre. Cet éclat de bois était minable, j'ai tellement menti par peur et pour les autres que je ne peux plus mentir sans peur ni pour moi. Vêtue de sa robe de ville sous sa blouse blanche, la pharmacienne se tenait là comme deux femmes emboîtées l'une dans l'autre, une d'un certain âge et une jeune. Celle en robe savait à quel point la douleur vous tourmente, celle en blouse blanche comment on la traite, mais aucune des deux ne savait évaluer les bons mensonges. La pharmacienne baissa pourtant les yeux en disant :

Vous pouvez l'acheter, même sans ordonnance, il ira certainement, mais vous ne pouvez pas le changer. Prenez-en un dans la vitrine, je peux même vous en donner deux.

Elle rit.

Ou même trois, il y en a une sacrée quantité et ils prennent la poussière.

Je pris un œil bleu foncé, il y eut un premier trou dans la vitrine. Mon grand-père avait eu les yeux bruns avec cet éclat atténué que le verre ne saurait avoir car il n'a pas souffert. L'œil que j'avais acheté lançait une prune bleue dans l'eau, mais cette dernière était de la glace. Un œil qui voulait se mesurer à celui de Lilli sans réussir à provoquer l'étonnement. Que dire alors de son nez en fleur de tabac, aucune main ni aucune machine n'auraient su l'imiter.

Avant d'acheter les pommes de terre, j'étais restée face aux confiseries de l'*alimentara*. Dans les bocaux superposés, j'avais vu des bonbons rouges avec des guêpes mortes collées dessus, puis des lames de rasoir rouillées, puis des biscuits cassés, puis des boîtes d'allumettes, puis des bonbons verts collés et beaucoup de guêpes. Quant aux rayonnages, les couleurs des bouteilles y alternaient, le jaune de la liqueur aux œufs, le rose du jus de framboise, de l'alcool camphré verdâtre, du dissolvant transparent comme de l'eau. Les produits qu'il y avait là n'étaient pas sûrs de ne pas être autre chose. Le vendeur avait l'air d'être un homme fait d'allumettes, de lames de rasoir, de bonbons collés et de biscuits, prêt à s'effondrer l'instant d'après.

Cent grammes de lames de rasoir au sucre, dis-je.

Fiche le camp, cria-t-il, tu ferais mieux de t'acheter quelque chose à la pharmacie, t'as vraiment une case en moins.

Il disait vrai, les marchandises, en tournoyant, passaient à côté de mon bon sens. J'allai chez le marchand de légumes, contente de voir que les pommes de terre prises dans la cagette ne se transformaient pas en chaussures ni en pierres, une fois sur la balance. À la main, j'avais deux kilos de pommes de terre, et dans la tête, le caractère irrévocable des choses. Ainsi chargée, je me rendis à la pharmacie et achetai l'œil de verre. Si je ne suis plus convoquée, il faudra que Paul me fixe un petit anneau dessus et je le porterai à mon cou comme un bijou, pensai-je à ce moment-là.

Dans la cage d'escalier, quand on entend l'ascenseur redescendre avec les coursiers d'Albu, j'entends doucement sa voix dans ma tête : mardi à dix heures précises, samedi à dix heures précises, jeudi à dix heures précises. Après avoir refermé la porte, combien de fois m'est-il arrivé de dire à Paul :

Je n'y vais plus.

Paul me prenait dans ses bras :

Si tu n'y vas pas, ils viendront te chercher et ils t'auront pour toujours.

J'acquiesçais.

Maintenant, Paul pose son mouchoir par terre à côté de la moto, s'assied dessus et serre des vis. Et moi, debout derrière un buisson, je n'ai pas envie de partir, clac, clac sur l'asphalte pour rentrer dans l'immeuble au glissement que chacun connaît. Sauf madame Micu qui fait tout au plus dix pas de sa porte jusqu'à l'ascenseur et encore dix jusqu'à l'entrée, pas un de plus, sinon elle oublie son chemin. Elle a dit :

Le monde est grand, comment pourrais-je sentir du dehors où se trouve notre appartement à l'intérieur.

Elle a dit au sujet de l'ascenseur :

Tu montes dans cette voiture qui marche avec une corde, pas avec de l'essence. Est-ce que tu as un billet, aujourd'hui c'est le dernier jour du mois, le contrôleur va sûrement passer. Là-haut, sur le toit, on meurt de faim.

Elle me donna un abricot, je montai dans l'ascenseur. Le noyau battait à travers la chair du fruit que sa main avait réchauffée. En haut, je jetai l'abricot par la fenêtre, si loin qu'il vola. Je ne me suis pas laissée prendre par son abricot, mais à présent, j'aimerais bien être comme madame Micu qui débite des choses inouïes d'une voix molle. N'a-t-elle pas dit au sujet de l'arrivée :

Et ensuite c'est Emil qui est arrivé, deux fois...

Quand je suis revenue deux fois avec la literie, la nuit, j'ai compris que ce qu'elle me racontait allait me rattraper.

Maintenant, si je rentre malgré tout dans l'immeuble, je vais enfiler le corsage qui attend encore et m'asseoir à la cuisine. Quand quelqu'un sort de l'ascenseur, la porte de ce dernier fait un grand bruit de pierres à l'étage d'au-dessus ou d'au-dessous. Et à notre étage, un bruit de ferraille. Quand j'entends de la ferraille, je sors sur le palier. Aujourd'hui, Albu va venir. La toute dernière fois que j'ai été convoquée, il m'a montré ses papiers d'identité. Je me suis amourachée de sa photographie au lieu de lire comment un homme qui vous écrase les doigts en vous baisant la main se fait appeler par sa mère ou sa femme. Il devait y avoir trois ou quatre prénoms, trop tard, la carte d'identité était déjà rangée dans la poche. Si Albu juge bon que je disparaisse, je lui dirai la vérité :

Mon grand-père a peint le cheval sur la maison, j'attends à la porte.

Et si c'est Paul qui sort de l'ascenseur, je lui dirai la même chose, il n'aura pas besoin de mentir avant même que je lui demande :

Où étais-tu ?

Comme bien des fois, il dira :

Dans ma chemise et auprès de toi.

La Jawa rouge brille, fraîchement repeinte. Par ennui, par inadvertance, le vieux regarde du côté de mon buisson et se baisse vers l'oreille de Paul. Maintenant, Paul se lève et m'aperçoit. Pourquoi boutonne-t-il sa chemise...

Ha ha, ne pas perdre la tête.

Composition réalisée par Graphic Hainaut

Cet ouvrage a été imprimé en France
par CPI Bussière
à Saint-Amand-Montrond (Cher)
en octobre 2009

N° d'édition : 2011001. — N° d'impression : 092886/1.
Dépôt légal : février 2001.